Christina Bacher
Hinkels Mord

Bisher von der Autorin bei *KBV* erschienen:

SOKO Marburg-Biedenkopf (Hg.)

Christina Bacher, geb. 1973 in Kaiserslautern, mischte lange Jahre in der Marburger Kulturszene mit und entdeckte dort ihre Leidenschaft für den Kriminalroman. Die Mitbegründerin des Marburger Krimifestivals und jahrelange Autorin der hr2-Ratekrimireihe *Bolle und die Bolzplatzbande* gab schließlich im CRIMINALE-Jahr 2016 die KBV-Anthologie *SOKO Marburg-Biedenkopf* heraus. Heute lebt die Journalistin und Autorin von Jugendbüchern und Kriminalromanen in Köln, wo sie vor einigen Jahren »Bachers Büro« gründete – eine Schmiede für Texte aller Art. www.bachers-buero.de

Christina Bacher

HINKELS MORD

Kriminalroman

KBV

FSC
www.fsc.org
MIX
Papier aus verantwortungsvollen Quellen
FSC® C083411

Originalausgabe

www.kbv-verlag.de
E-Mail: info@kbv-verlag.de
Telefon: 0 65 93 - 998 96-0
Umschlaggestaltung: Ralf Kramp
unter Verwendung eines Fotos von © Katharina Kaufmann
Lektorat: Volker Maria Neumann, Köln
Druck: CPI books, Ebner & Spiegel GmbH, Ulm
Printed in Germany
ISBN 978-3-95441-522-9

»In unmittelbarer Nähe von Marburg,
westlich vom malerisch gelegenen Schlosse,
erhebt sich eine mit herrlichen Eichen
bewachsene Kuppe, der Dammelsberg.
Es ist ein wunderbares Stückchen Erde,
ein Lieblingsort der Bewohner Marburgs.
Könnten sie uns erzählen,
die rauschenden Blätterkronen,
viel würden sie uns erzählen
von Freud und Last, die sie geschaut,
von frohen Liedern, die sie vernommen.

Und doch!
Auch eine dunkle, furchtbare That ist hier geschehen,
mitten auf einem der das Revier durchziehenden Pfade,
nicht fern vom Saume des Waldes – ein Mord.«

Didaskalia vom 15. Juni 1864

9. September 1861, Dammelsberg, Dorothea Wiegand

Immer weiter den steilen Berg hinauf. Trotz der ungewöhnlichen Hitze, dem Hinkefuß und dem dicken Bauch konnte es ihr heute nicht schnell genug gehen. Gleich würde sie ihm wieder nahe sein. Seine Küsse erwidern, ihn wild machen, sich liebkosen lassen. Und – ja, vor allem das! – endlich in Ruhe über die Hochzeit reden. Die immer dringlicher wurde, je schneller das Kind in ihr wuchs. Deswegen hatte sie sich heute besonders hübsch gemacht. Mit neuen Mützenbändern, die sie voller Liebe angenäht hatte. Gekauft von den vier Talern, die er ihr einst zugesteckt hatte.

Liebe. War es das, was sie in diesen frühen Morgenstunden den Dammelsberg hinauftrieb? Oder eher die Angst, dass der Ludwig doch nicht zu ihr stand?

Mit einem unehelichen Kind konnte sie nirgendwo mehr eine Stelle bekommen. Kein Haus würde sie beschäftigen wollen. Und ohne Arbeit, kein Lohn und keine Bleibe. Und doch hatte sie es, wenn sie ehrlich war, auch ein bisschen darauf angelegt. Denn jetzt musste *er der Hochzeit zustimmen, unbenommen, was die Alte sagte. Diese zänkische, böse Frau. »Hinkel«, hatte sie ihr abfällig nachgerufen, »mach, dass du mir aus den Augen kommst!« Genauso hatten sie die Kinder früher in der Schule gerufen. Nicht nur wegen ihres Hinke-*

beins, sondern weil alle sie schon immer für dumm hielten. Dabei war sie alles andere als ein Hohlkopf. Sie würde es den Ockershäusern noch zeigen, die sie ablehnten, seit sie am 6. August 1837 ihren ersten Schrei getan und ihre unverheiratete Mutter in Misskredit gebracht hatte.

Sie hatte sich vorgenommen, das Herz des Schuhmachers Hilberg zu erobern und sich als Ehefrau im Hettche-Haus einzunisten – dort, wo er schon immer mit der Mutter lebte. Immerhin: Sie, Dorothea Wiegand, trug sein Kind unter dem Herzen. So würde er sie zur Frau nehmen müssen.

Und schlau hatte sie das eingefädelt, als sie im April ihre Arbeit dort aufgenommen und ihm schöne Augen gemacht hatte. Sobald die Mutter morgens aus dem Haus gewesen war, hatte Ludwig mit ihr gescherzt. Dieser schöne Mann mit dem dichten, schwarzen Haar und dem festen Griff. Es schauderte sie jetzt noch, wenn sie daran dachte, wie er sie an sich gedrückt hatte. Bald. Bald würde es wieder so sein wie im Frühjahr. Nur dann offiziell als Mann und Frau. Ob sie heute endlich den Heiratsantrag bekommen würde, auf den sie seit Wochen wartete? Sie wusste, dass auch er viel für sie empfand. Hätte er sie sonst heute an einen so romantischen Ort gelockt? Mitten in den Wald, wo nur ab und zu ein Forstläufer vorbeikam oder ein Student auf dem Weg zum Festplatz? Er hatte einen feinen Sinn für so was, der Ludwig. Er würde den Antrag dem Anlass gebührend feierlich gestalten.

Schnell, voran, es musste schon acht Uhr durch sein, so hoch wie die Sonne stand. Und sie würde es sich nie verzeihen, zu ihrem Antrag zu spät zu kommen. Seit sie den Ludwig heute Morgen in der Frühe gesehen hatte, schlug ihr Herz kräftig. Gleich nach dem Aufwachen war sie zu ihm gelaufen, um ihre Schuhe zum Beschlagen zu bringen. Das war nur ein Vorwand gewesen, weil sie sich nichts sehnlicher wünschte, als ihn wiederzusehen. Wie gestern schon, als er nicht zu Hause gewesen war und sie ihn zufällig auf der Barfüßer Straße mit dieser Regine Dörr gesehen hatte, die ihr hinterhergespuckt hatte. Und vorgestern, als er die Tür nicht geöffnet hatte, obwohl er ganz offensichtlich zu Hause gewesen war. Seit dem 22. August wusste er von dem Kind und hatte sich seither nicht freudig geäußert. Das tat weh. Das gab einen Stich ins Herz. Selbst als sie mit hohem Fieber im Landeskrankenhaus gelegen hatte, war er nicht vorstellig geworden. Dabei hatte er sich doch sicher auch nach ihr verzehrt. Ob er Angst vor dem Gerede der Leute hatte? Oder vor dem Groll der Mutter? Oder gab es die Verlobung wirklich, von der alle redeten? Mit dieser Regine aus Bauerbach. Dann war Eile geboten. Von wegen Hinkel. Sie, die Dorothea, fand immer Mittel und Wege, ans Ziel zu kommen. Ihr Bauch war schon stattlich, der Arzt hatte ihr bestätigt, dass sie bereits in der 20. Woche sei. Das Kind würde in weniger als fünf Monaten zur Welt kommen. Ludwig hatte die Wölbung nur entsetzt angestarrt. Dann aber das Treffen oben am Dammelsberg unter der großen Eiche vorgeschlagen.

Kurz blieb sie stehen, um Luft zu holen. Ehrfürchtig befühlte sie den Elisabeth-Taler, den sie an einer silbernen Kette um den Hals trug. Unter heißen Liebesschwüren hatte er ihr die Kette umgelegt. Und sie angefleht, das Kind wegmachen zu lassen. Darauf war sie nicht eingegangen, das Medaillon hatte sie aber natürlich behalten. Es zeigte die Heilige Elisabeth mit Krone, Heiligenschein und dem Modell einer Kirche in der rechten Hand. Es war das Einzige von Wert, das sie besaß und jemals besessen hatte, und sie würde es ihrem Kind irgendwann mal vererben. So würde es beschützt sein ein Leben lang.

Ludwig. Endlich wollte er sie alleine sehen. Unter vier Augen. Wie früher. Deutlicher konnte man nicht sagen, dass man sich sehnte. Oder?

1. Kapitel

Liva tanzte. Das Teufels-Zeug ging schnell ins Blut. Gut so. Genial, wie einfach man das Hirn mit ein paar Kräutern austricksen konnte. Ganz easy. Gib ihm Spice, und du bist frei.

Die Bässe wummerten durch ihren zierlichen Körper, fühlten sich an wie Schläge auf den Hinterkopf. Hirn raustanzen, Seele aus dem Leib treiben, die ganze Scheiße hinter sich lassen. Die Bässe waren heute ihre Freunde, der kleine Ehrenfelder Club ihr Heim. Dann war auch der Rest besser zu ertragen. Denn Tanzen half gegen Trauer. Und gegen die Wut. Wut und Angst. Tanzen war gut. So wild du kannst. Auf den Tag heute vor drei Jahren hatte sie ihren Bruder verloren, seitdem musste sie ohne ihn klarkommen. Sie hätte sich vielleicht damit abgefunden. Hätte sich der Trauer weiterhin hingegeben, wie es ihre Mutter seit Jahren tat.

Wären da nicht seit ein paar Monaten diese regelmäßigen seltsamen Anrufe in den Abendstunden gewesen. Und immer, wenn sie dranging, legte derjenige auf. Auch heute hatte sich der unbekannte Anrufer mit unterdrückter Nummer wieder gemeldet. Das konnte jeder sein, das war klar. Aber Liva bildete sich ein, dass es Alex war, der dahintersteckte. Vielleicht wollte er nur mal hören, ob es ihr gutging? Um nicht als verrückt dazustehen, hatte sie bislang niemandem von den Anrufen erzählt. Das war sicher besser so.

Heute hatte sie Alex ganz besonders vermisst. Sie hätte ihm gerne ihr Herz ausgeschüttet und ihren Kummer geklagt. Jetzt, wo es auf das Semesterende zuging, wollten alle Studierenden offenbar noch mal einen guten Eindruck machen – um sie herum nur noch Egos kurz vor dem Exitus. Ob das nur an diesen renommierten Journalistenschulen so war oder an jeder normalen Universität? Unerträglich jedenfalls. Fiese Andeutungen vom Prof in ihre Richtung. Alle verehrten den Hallermann, alle, sie ausgenommen. Und das wusste er und spielte die kleine Macht aus, die er hatte. Er saß am längeren Hebel, das wollte er beweisen.

Letzter Aufruf, Frau Lohrey. Ohne Thema, kein Abschluss, Frau Lohrey. Wenn das Thema Ihrer Reportage nicht rechtzeitig angemeldet wird, drehen Sie hier noch eine Runde, Frau Lohrey. So wird das nie etwas mit dem Journalismus, Leute.

Runden drehen. Gerne. Aber nicht an der Schule, sondern lieber hier, im Club. Sowieso: Warum sollte sie sich beeilen? Ob in Frankfurt, München, Berlin oder hier in Köln – überall freischaffende, schlecht verdienende Schreiberlinge mit lebenserhaltenden Nebenjobs. Sie schuftete jetzt schon mehrmals die Woche als Aushilfe in einer Bäckerei. Sollte sie doch noch überraschend ihren Abschluss an dieser hochehrwürdigen Schule machen – wobei sie keinen Schimmer hatte, welches Thema sie für ihre Abschlussreportage wählen sollte – würde da draußen bestimmt keine Tageszeitung, kein Hochglanzmagazin und schon gar kein Radiosender »Hier« schreien. So fing der Konkurrenzdruck schon unter den Studierenden an, die teilweise ein Praktikum nach dem anderen absolvierten.

Ihr Bruder hätte sich das alles nie gefallen lassen. Er hätte – da war sie sich sicher – seinen Platz an dieser Schmiede für Journalisten-Snobs nach kurzer Zeit aufgekündigt und sich was Neues gesucht. Wenn er etwas anpackte, dann mit voller Überzeugung. Liva erinnerte sich noch gut, wie beeindruckt sie gewesen war davon, wie er in seinem Geschichtsstudium aufgegangen war. Er hatte sogar seine Freundin vernachlässigt, wenn er an einem Thema dran gewesen war, das ihn interessierte. Und kam ihm jemand blöd, ignorierte er denjenigen einfach. Radikal. Konsequent. Auch ein bisschen verrückt. Alex eben.

War er deshalb verschwunden? Weil er nicht bereit gewesen war, ein Leben voller Kompromisse zu führen? Hatte er die Nase voll gehabt von all den Menschen, die etwas von ihm wollten – seine Mutter, die Freundin, die kleine Schwester, sein Freundeskreis? Liva hatte von solchen Leuten schon gehört, die ihr altes Leben einfach radikal abbrachen und woanders neu anfingen. So hart es war, sie konnte diese Erklärung besser ertragen als die Selbstmordtheorie ihrer Mutter. Immer und immer wieder hatte sie betont, ihr Sohn sei in den letzten Wochen vor seinem Verschwinden zerstreut gewesen, nahezu depressiv. Er habe eine Therapie begonnen, über die er aber nicht habe sprechen wollen. Obwohl Liva damals ja noch im selben Haushalt gelebt hatte, hatte sie von all dem nichts bemerkt. Vielleicht waren sich die Geschwister in diesen Jahren doch fremder gewesen als man gedacht hatte. Denn es gab wohl einiges, das sie über Alex' Leben nicht gewusst hatte. Und auch das schmerzte sie.

Was würde sie dafür geben, zu erfahren, was tatsächlich an diesem 6. August vor drei Jahren in Marburg passiert war. Die Polizei hatte die Suche nach dem erwachsenen, jungen Mann zeitnah eingestellt, weil es keinerlei Hinweise auf ein Verbrechen gab.

Verflucht, was war nur los? Plötzlich all diese trüben Gedanken. Die Zauberkräuter wirkten nicht mehr. Dabei sollten sie doch diese Scheiß-Sorgen abschießen. Krieger, wo seid ihr? Vielleicht musste sie sich noch einen Joint genehmigen, wenigstens einen kleinen. Hier im *Flore* gab es kein Legal High, der Club galt als sauber. Vielleicht würde sie Konstantin doch noch überreden können, kurz mit rüber ins *Fortuna* zu gehen. Er hatte ihr doch selten einen Gefallen abschlagen können. Das war schon zu Schulzeiten so gewesen. Konstantin, ihr Freund und Helfer. Mit trübem Blick scannte sie die Theke ab, auf der Suche nach dem dunkelbraunen Lockenkopf. Da hinten saß er, ganz alleine mit seinem Bier und seinen Gedanken, genoss die lauten Beats und schaute hin und wieder zu ihr rüber. Sie freute sich, wenn es ihm gut ging. Das war selten in letzter Zeit, und Liva hatte das Gefühl, dass ihn etwas bedrückte. Darüber reden wollte er nicht, das hatte sie schon gemerkt.

Liva taumelte. Erst, als sie sich auf den Barhocker neben Konsti sinken ließ, fühlte sie sich wieder sicher. Seltsam, dass sie tanzen konnte, aber nicht mehr laufen. Dass sie rauchen konnte, nur nicht reden. Überhaupt:

Dass man einsam sein konnte inmitten von Menschen – das war das Schlimmste.

»Wollen wir noch ins *Fortuna*? Auf einen Absacker?« Er wusste natürlich sofort, warum sie da hinwollte. Er kannte sie so lange, dass er ihre Bedürfnisse immer verstand. Dass man in dem Club leicht an illegale Drogen kam, wusste sie ja sogar von ihm. Einmal hatte er im Rahmen seines Praktikums der Sozialarbeit einen schwer erziehbaren Jugendlichen begleitet, der dort Drogen gekauft hatte und später bei einer Razzia festgenommen wurde. Konstantin war total fertig gewesen, Liva dagegen sehr interessiert.

Sie musste sich jetzt an ihrem Begleiter festhalten, um nicht zu fallen. Der Boden schien zu schwanken, und Konstantins Gesicht war ganz verzerrt, nicht mehr so hübsch wie sonst. Alle ihre Freundinnen waren früher in ihn vernarrt gewesen. Er aber hatte immer nur Augen für sie gehabt. Ihre Freundin Jessi hatte sie damit aufgezogen, dass er sich nur deshalb in der achten Klasse mit ihrem Bruder angefreundet hatte, um ihr nahe zu sein. Konsti und Alex waren nämlich das absolute Dream-Team gewesen, unzertrennlich, wie Brüder – bis zuletzt. Er vermisste den Freund auch schmerzlich, das wusste sie. Auch, wenn er darüber nie sprach.

»Ich bestell dir ein Taxi. Hast du deinen Schlüssel griffbereit?« So was fragte er nur, wenn er nicht mehr mit zu ihr kommen mochte. Manchmal kam er mit, nur, dass sie nicht alleine einschlafen musste. Aber auch das hatte er seit Monaten nicht mehr getan.

Liva bekam kurz Panik. Sie konnte jetzt unmöglich alleine sein. Die Bässe waren verklungen, der DJ packte seinen Kram zusammen, das Licht im Club wurde heller. Sie hasste es, wenn eine Nacht dem Ende zuging und sie noch nicht müde war. »Komm mit, Konsti. Komm mit nach Hause!« Liva schmiegte sich an den Freund. Spice, richtig dosiert, machte enorme Lust auf Sex. Konstantin war da natürlich der falsche Ansprechpartner. Er verurteilte es auf Schärfste, dass sie Männer mit nach Hause nahm, ohne sich am nächsten Morgen an deren Namen erinnern zu können. Das hatte er ihr mehrmals gesagt.

»Gute Nacht, Liv«, er schob sie raus in die kühle Nachtluft und winkte ein Taxi herbei.

Das machte sie jetzt richtig wütend. Warum sie sich nie in ihn verliebt hatte, lag doch auf der Hand: Er war eben langweilig. Was bitte war cool an einem Typen, der sich immer unter Kontrolle hatte? Der vom ersten Tag an seinen großen Traum geglaubt hatte: als Sozialarbeiter die Welt zu retten oder wenigstens ein kleines Stückchen besser zu machen. Inzwischen arbeitete er als Streetworker in einer Einrichtung für schwer erziehbare Jugendliche, nahm nie Drogen, trank selten einen über den Durst und machte täglich Sport.

»Du Spießer!« Sie wollte ihn aus der Reserve locken. Aus Verzweiflung. Und weil sie den ganzen Abend schon so eine große Wut in sich spürte, die mit ihm ja eigentlich nichts zu tun hatte. Ursprünglich hatten sie sich einfach nur treffen wollen, um an diesem besonderen Tag gemeinsam an Alex zu denken. Wie bereits im letzten und im vorletzten Jahr, als die Wunde noch ganz frisch gewesen war.

»Lieber Spießer als Junkie! Du solltest nach Hause gehen und deinen Rausch ausschlafen. Was denkst du, hätte Alex gesagt, wenn er dich so hätte sehen können?«

Das saß! Dabei sah er gerade gar nicht wütend, eher sehr traurig aus, während er sie in das Auto schob. Sie war doch keine seiner schwer erziehbaren Schützlinge, die er herumkommandieren konnte, wie er wollte. Eine Art Betreuer, der sie auf allen Wegen begleiten musste. Auch, wenn er es gut meinte, mochte sie so etwas gar nicht.

Konstantin schaute jetzt richtig enttäuscht. Liva wollte wieder was Nettes sagen. Sie war fies zu ihm gewesen, das tat ihr leid. Es ist diese Großstadt, die mich fertigmacht, wollte sie noch sagen. Quasi als Entschuldigung. Manchmal dachte sie, dass es für sie besser sei, nach Marburg zurückzugehen. In ihre Hood. Wo sie herkam. Wo ihre Familie war. Genauer: deren klägliche Überreste.

Konstantin schob sie in den Wagen und steckte der Taxifahrerin einen Schein zu. »Er wird nicht wiederkommen, Liva. Finde dich endlich damit ab«, sagte er noch, bevor er die Tür zuschlug. Dann war er schon außer Sichtweite. So deutlich hatte er noch nie gesagt, was er über Alex' Verschwinden dachte. Auch er hatte ihn also für immer abgeschrieben?

Oder war er heute nur besonders schlecht drauf? Er war den ganzen Abend wieder so wortkarg gewesen. Ob er es irgendwann mal schaffen würde, sich ihr anzuvertrauen?

Liva glotzte durch die vernebelten Scheiben. Draußen war nur Dunkelheit.

»Wohin willste?« Die Taxifahrerin duzte sie einfach. Gut, sie war die Ältere. Vor allem aber war Liva schwächer, besoffener und augenscheinlich unglücklicher. Sie, die Frau am Steuer, war also die Überlegene. Ihr Blick ruhte im Rückspiegel auf dem neuen Fahrgast. Sie wartete auf eine Anweisung, bezahlt war ja schon.

»Ins *Fortuna*«, sagte Liva trotzig. »Kennen Sie die Adresse?«

Die Frau nickte. Natürlich. Jede Taxifahrerin in Köln kannte den Club.

Liva checkte ihr Handy, um zu schauen, wie spät es war. Mist, jetzt war auch noch der Akku leer.

»Es ist Viertel nach drei.« Die Rothaarige hinter dem Steuer hatte ihren Fahrgast offenbar gut im Blick.

Gut, dachte Liva. Um diese Uhrzeit ging es dort erst richtig los.

* * *

Erst mal war sie heilfroh, dass kein nackter Typ neben ihr lag. Alles schon passiert nach so einer Nacht, die aus dem Ruder gelaufen war. Als Nächstes ärgerte sie sich darüber, dass sie überhaupt wieder so versackt war, Konstantins Warnungen zum Trotz. Obwohl heute wieder dieses wichtige Reportage-Seminar stattfand, für das sie bis Ende nächster Woche ihre Abschlussarbeit anmelden musste. Tat sie das nicht, würde sie noch ein Semester dranhängen müssen. Was sie aber gerade am meisten nervte – und nur mit Mühe schaffte es Liva, sich in ihrem Bett aufzurichten – war dieses permanente Klingeln. Immer wieder, unablässig, hoch und schrill.

Mist, das war ja gar nicht in ihrem Kopf. Das musste das Telefon im Flur sein. Sie hatte diesen Ton so selten gehört, dass sie ihn zuerst gar nicht erkannte. Liva konnte sich nicht erinnern, dass überhaupt mal jemand auf ihrem Festnetz-Anschluss angerufen hatte. Ihre Freunde nutzten seit Jahren E-Mail, WhatsApp, Threema, Tellonym, Snapchat, SMS oder Insta. Wer – verflucht – besaß überhaupt diese antiquierte Festnetznummer? Die Telekom, okay. Ihr Vermieter, dieser alte Abzocker. Und ihre Mutter.

Mit einem Hechtsprung war sie im Flur und nahm umständlich den Hörer ab. »Ja?«

»Dr. Konrad Naumann, Universitäts-Klinikum Marburg. Sind Sie die Tochter?«

»Tochter?« Sie hörte, wie ihre eigene Stimme ganz seltsam hoch klang und fast kippte. Irgendwie hysterisch. Aufgescheucht. Nahezu verrückt. Was für einen Eindruck sie gerade hinterließ? Aber was Schlaueres fiel Liva gerade nicht ein. Es ging um ihre Mutter, das hatte sie kapiert. »Ist etwas mit meiner Mutter passiert? Geht es ihr gut?« Warum sagte man in solchen Momenten automatisch das, was nahezu unmöglich war? Würde ein Arzt anrufen, wenn alles in Butter war?

Der Mann am anderen Ende hustete, hörte gar nicht mehr auf. »Entschuldigung«, sagte er. »Ich habe mich gerade verschluckt.«

Liva wartete. Ihre Gedanken fuhren Karussell. Warum sprach er nicht weiter? Sie hatte ihre Mutter seit mehr als zwei Jahren nicht mehr besucht. Marburg war verbrannte Erde, Stadt ohne Bruder, Ort der Trauer. Klar. Ihre Mutter wollte sie nie ziehen lassen. Sie hatte Alex' Stelle einnehmen sollen, den Platz des Erstgeborenen, des einzigen Sohnes. Wäre sie nicht weggezogen, wäre sie mit dieser Bürde vor die Hunde gegangen. Zurückgelassen hatte sie eine zerstörte Frau. Eine Mutter ohne Kinder.

Wie aus der Ferne hörte sie ihre eigene brüchige Stimme, panisch, voller Angst. »Was ist passiert?«

»Sie hat ein schweres Schädel-Hirn-Trauma. Es gab wohl heute Nacht im Haus Ihrer Mutter einen Einbruch. Offenbar hat sie den oder die Täter dabei überrascht. Jedenfalls wurde sie niedergeschlagen oder die Treppe hinuntergestoßen. In der Sache ermittelt die Polizei, die werden sich sicher noch mit Ihnen in Verbindung setzen.«

Die Marburger Polizei. Von der hatte Liva nun wirklich genug. Diese stundenlangen Gespräche nach Alex' Verschwinden. Manchmal hatte sie sich wie bei einem Verhör gefühlt. Hatte die vielen unsensiblen Mutmaßungen über das Verschwinden eines 20-Jährigen über sich ergehen lassen müssen. Dabei Schuldgefühle entwickelt. Irgendwann war das nur noch durch das eine Ohr rein-, das andere wieder rausgegangen.

Liva bemerkte erst jetzt, dass der Arzt einfach weiterredete. »… Wir mussten sie in ein künstliches Koma versetzen, dass die Hirnschwellung zurückgeht.«

»Koma«, wiederholte Liva.

»Ja, der Zustand Ihrer Mutter ist sehr kritisch, Frau Lohrey.«

Liva hörte die Stimme des Arztes nur noch gedämpft. Ein Einbruch? Daheim? Was gab es dort schon zu holen – ihre Mutter hatte doch nie etwas von Wert besessen. Nicht mal eine Stereoanlage oder ein Computer befand sich in dem kleinen, windschiefen Häuschen an der Hohen Leuchte im Ortsteil Ockershausen, das ihre Vorfahren zu einer Zeit gebaut hatten, als der kleine Stadtteil noch gar nicht zu Marburg gehört hatte. Altes Fachwerk, von außen schön verputzt, innen marode.

Hatte der Arzt sie gerade etwas gefragt? »Wie bitte?«

»Können Sie schnellstmöglich nach Marburg kommen?« Pause. »Gibt es noch jemanden, den ich informieren muss? Einen Ehemann vielleicht?«

Liva zögerte und sagte dann: »Nein, gibt es nicht.« Sie notierte sich noch Station und Zimmernummer und den Namen des Arztes. Naumann.

»Ich bin schon unterwegs.« Dann legte sie auf. Es war jetzt kurz vor neun Uhr. Auch wenn sie sich sofort auf den Weg machte, würde sie erst weit nach Mittag in Marburg sein.

Liva zog den schwarzen Rollkoffer aus dem Schrank, den sie sich letztes Jahr für eine England-Rundreise gekauft hatte, die sie nie angetreten hatte. Was hatte sie in den letzten Jahren, seit sie zu Hause ausgezogen war, schon alles gewollt und nicht gemacht. Manchmal fühlte sie sich wie gelähmt in ihrem Sein. An manchen Tagen war sie einfach nur froh, wenn wieder ein Tag rum war. Aber all das war unwichtig in Momenten wie diesen. Zwei Jeans, zwei T-Shirts, einen Pullover, Kulturbeutel und Unterwäsche lagen jetzt kreuz und quer im Koffer. Ihr Laptop obenauf. Wie lange würde sie wegbleiben? Einen Tag? Eine Woche? Ihr altes und ihr neues Leben – nur drei Zugstunden voneinander entfernt – und doch waren es Lichtjahre.

Als Liva ein Geräusch aus dem Bad hörte, erschrak sie. Hatte da nicht eben jemand die Toilettenspülung betätigt? Und jetzt wurde Wasser in die Badewanne gelassen. Ein fröhliches Pfeifen drang an ihr Ohr, eine ihr völlig unbekannte Melodie. Panik ergriff sie, Scham. Jetzt fiel es ihr plötzlich wieder ein: Da war ein Junggesellenabschied im *Fortuna* gewesen. Und da hatte ihr dieser süße Typ erzählt, dass er am Wochenende heiraten würde. Seine besoffenen Freunde hatten genug mit sich selbst zu tun gehabt. Und dann war die unvermeidliche Frage gekommen, ob sie beide nicht lieber wohin gehen könnten, wo es ruhiger sei. Und dieser Mann befand sich offenbar gerade in ihrem Badezimmer. Was er noch nicht wusste: Er würde zu Hause baden müssen …

* * *

Sie hatte vollstes Verständnis für seine Reaktion. Wenn die Frau, mit der man die Nacht verbracht hat, plötzlich an die Tür pocht und in strengem Ton gebietet, sich vom Acker zu machen, ist das sicher nicht sehr lustig. Der Mann im Bademantel – und das hielt Liva ihm zugute – hatte es dennoch mit Fassung getragen, aber das fröhliche Pfeifen war ihm vergangen. So schnell sei er noch nie irgendwo rausgekehrt worden, hatte er vor sich hingemurmelt.

»Sehen wir uns denn mal wieder?« Nachtragend war er nicht und offenbar ein Romantiker, der in Verdrängung die Note 1+ verdient hatte. Der angehende Bräutigam hatte offenbar vergessen, dass er in 72 Stunden schon unter der Haube sein würde.

»Wenn du mich am Samstag zu deiner Hochzeit einladen möchtest, komme ich gerne«, Liva war selbst überrascht gewesen über ihre eigene Schlagfertigkeit. Erst, als sie sicher sein konnte, dass er das Haus wirklich verlassen hatte, hatte auch sie sich auf den Weg zum Bahnhof gemacht. Wobei sie – auch mit etwas zeitlichem Abstand – sagen musste, dass er auch noch am helllichten Tag ein Sahneschnittchen war. Wie er da so im Bad vor ihr gestanden und sie so lieb angeschaut hatte. Aber der Gute war ja eh bald vom Markt. Und sie musste sich jetzt erst mal um ihre Mutter kümmern.

Die Regionalbahn ab Frankfurt hielt heute gefühlt an jeder Bushaltestelle. Friedelhausen. Niederwalgern. Niederweimar. Noch zwei Stationen bis zum Marburger Hauptbahnhof. Jedes Fahrgeräusch verursachte ein lautes Dröhnen in ihrem Kopf, das Quietschen der alten Bremsen ließ sie jedes Mal zusammenzucken. Sie hatte zwar eine aktuelle Tageszeitung auf den Knien liegen, aber an Lesen war nicht zu denken. In ihrem Kopf rotierte es. Unzählige Male war sie diese Strecke von Köln über Frankfurt nach Marburg gefahren. Doch nie mit einer solchen Angst im Bauch, die sich umso mächtiger anfühlte, je näher sie ihrem Ziel kam. Was, wenn ihre Mutter, deren Leben gerade auf des Messers Schneide stand, die Augen für immer zumachte, ohne sich von ihr zu verabschieden? Das konnte, das durfte nicht passieren. Wenn Liva nicht schnell genug in der Klinik auf den Lahnbergen sein konnte, würde sie sich das nie verzeihen.

Erst als sie von Weitem das Schloss im Nebel ausmachen konnte, wurde sie innerlich ruhig. Als Kind hatte sie sich eingebildet, dass das neunhundert Jahre alte Gebäude über der Stadt alldiejenigen beschütze, die in seinem Schatten lebten. Es war in ihren Träumen immer ein freundliches Schloss gewesen, mit guten Kräften. Bis zu Alex' rätselhaftem Verschwinden hätte sie sich nicht vorstellen können, dass in dem beschaulichen Städtchen an der Lahn überhaupt etwas Schlimmes geschehen konnte. Eins stand fest: Sie hatte sich hier viel zu lange viel zu sicher gefühlt.

* * *

Auf den ersten Blick hatte sich der Marburger Hauptbahnhof kaum verändert. Liva wurde ganz melancholisch, als sie aus dem Zug stieg. Wer hätte gedacht, dass sie doch so schnell wieder hierher zurückkehren würde? Sie erinnerte sich noch gut, wie sie – mit dem Gefühl der Trauer, aber auch einer großen Hoffnung, dass alles irgendwie wieder normal werden würde – mit ein paar Habseligkeiten nach Köln aufgebrochen war.

Während Liva mit der Menschenmasse – vor allem mit großen Rucksäcken bepackte Erstsemester – zum Ausgang drängte, schweifte ihr Blick rüber zum Ortenbergsteg, der über die Schienen führte. Sie sah hoch zum Kontrollturm, in dem ein Typ von der Bahn saß, den man über eine Sprechanlage erreichen konnte. Ein Mythos! Denn wie oft hatten Alex und sie kichernd diese Sprechtaste ausprobiert, ohne, dass sich jemals jemand gemeldet hatte. Dabei kannten sie die besten Bahnwitze und hatten eine Menge lustiger Fragen gesammelt. Aber die dort oben hatten offenbar ein gutes Fernglas und sahen, wer es ernst meinte oder wer sich einen Scherz erlaubte. In dem riesigen Bau dahinter befanden sich seit ein paar Jahren Proberäume und diese Disco, in der Alex seine große Liebe kennengelernt hatte. Melli. Ab dem Zeitpunkt, als die beiden zusammengekommen waren, hatte er dann Besseres zu tun gehabt, als mit der kleinen Schwester abzuhängen. Sogar von Zusammenziehen war nach kurzer Zeit die Rede gewesen. Da hatte es plötzlich einer ganz eilig gehabt, sich aus dem Gefängnis seiner Kindheit zu verabschieden, spotteten ein paar alte Freunde. Was er nie vernachlässigte, war sein Studium. Das hatte »Prio 1«, wie er immer gesagt hatte. Liva bewunderte das, wie konsequent er war.

Ihre Augen suchten den gesamten Bahnhofsvorplatz nach einem Taxistand ab. Das Areal hier war sehr viel größer und lichter geworden, seit man die Straßenführung verändert hatte. Ein Taxi war dennoch nicht auszumachen, stattdessen zeigte die Anzeige vorne an der Bushaltestelle einen Bus zu den Lahnbergen an. Den würde sie wohl nehmen müssen. Zehn ewige Minuten Wartezeit.

Ein Typ mit langen Rastas saß wenige Meter entfernt auf der Bahnhofstreppe und trommelte auf einer Bongo. Die wilden Haare flogen ihm dabei um den Kopf, seine schlanken Arme steckten in einem weiten, bunten Hemd. Liva betrachtete ihn genauer. Das gab es doch gar nicht. Das war doch ... »Gunnar?«

In Zeitlupe drehte der Typ den Kopf, die flinken Hände weiter am Instrument. Ein unsicheres Grinsen entstand, verging, bildete sich erneut. Der Typ stand unter Drogeneinfluss, so viel war klar. »Liv! Howdy?« Er grinste jetzt schief und schien sich gar nicht zu wundern, dass er sie hier traf. Für Gunnar, der in ihrer Nachbarschaft groß geworden war, bevor er als Jugendlicher in ein besetztes Haus an der Lahn gezogen war, war sie vielleicht nie weg gewesen.

Liva schaute nervös rüber zur Bahnhofsuhr. Noch acht Minuten, bis der verflixte Bus kam. Gerade wollte sie sich verabschieden, da versuchte Gunnar erneut ihre Aufmerksamkeit mit einem Trommelwirbel zu erreichen.

»Hömma, tut mir echt leid mit Alex. Ist jetzt fast auf den Tag drei Jahre her, oder?«

Erstaunlich, dass er sich nicht nur an ihren Bruder, sondern auch noch an das Datum seines Verschwindens erinnern konnte. »Das war'n feiner Kerl. Ich hab noch nie einen getroffen, der sich so gut mit der Marburger Geschichte und dem ganzen alten Kram auskennt. Voll der Nerd. Schad drum, echt. Aber gegen bad vibration kann man nix machen.« Gunnars helle, blaue Augen standen im krassen Gegensatz zu seinen großen, schwarzen Pupillen. »Bad vibration everywhere.«

»Was, wenn er noch lebt?«, entgegnete Liva trotzig. Es klang nicht sehr überzeugt. Schnell wandte sie sich ab. Fünf Minuten bis der Bus kommen würde. Eigentlich fehlten ihr gerade die Nerven für ein solches Gespräch. Während Liva sich anschickte, die Straße rüber zur Haltestelle zu überqueren, schien Gunnar ganz versunken in seine Erinnerungen und bemerkte nichts von ihrer Eile.

»Hab ihn ja noch kurz vorher getroffen. Waren wieder mal oben im Wald spazieren, haben ein Tütchen geraucht und rumphilosophiert. Ging in unseren Gesprächen viel um Schuld und Vergebung, den ganzen big stuff. Um Hater und Love, Selbsthass und Selbstliebe und so. Mega interessante Themen, aber schon harter Tobak, wenn man grade selbst am Wanken ist. Und wenn man nicht weiß, zu wem man gehört.«

Liva verstand jetzt gar nichts mehr von dem, was der Junkie da faselte. Der Typ schien ihr wirklich komplett durch den Wind und brachte offenbar einiges durcheinander. Der sprach doch nur von sich selbst – Alex hätte nie im Leben gekifft. Und gehörte ganz sicher nicht zu der Sorte Menschen, die nicht wussten, wer sie waren und wo sie hingehörten. Ganz im Gegenteil!

»Nur, wenn wir uns unserer Wurzeln bewusst werden, haben wir eine Chance, mit uns selbst in Frieden zu leben. Hat er gesagt. Immer wieder. Hat wohl geahnt, dass da was nicht stimmt. Alter, was für eine Geschichte. Crazy stuff!«

Liva sah, wie der Bus nun in die Bahnhofsstraße einbog und auf die Haltestelle zusteuerte. Sie hatte eh genug gehört. Nichts wie weg hier.

Als sie endlich auf einem der Fensterplätze im Bus Platz genommen hatte, schaute sie noch mal rüber zu Gunnar, der immer noch an seinem angestammten Platz auf dem Asphalt saß. »It's a crazy world!«, krächzte er und hatte die Augen dabei fest geschlossen.

Eine Passantin schüttelte verächtlich den Kopf. Jemand wie Gunnar wurde hier geduldet, klar. Es gab genug Verrückte und Grenzgänger in der kleinen Stadt. Ernstgenommen wurden sie nicht. Liva ging der Typ dennoch nicht aus dem Kopf. Was hatte er damit gemeint, dass Alex immer schon geahnt hatte, dass etwas nicht stimmte?

12. September 1861, Oberstadt, Lorenz Reinhardt

Er war so schnell gerannt, wie ihn seine Füße mit den klobigen Schuhen tragen konnten. Den ganzen Berg durch den Wald hinunter, an Lederers Garten vorbei, durchs Kalbstor, die Kugelgasse lang rüber zum Markt. Es waren nur wenige Menschen so früh schon unterwegs, manche schliefen vielleicht noch selig, andere fütterten das Vieh.

Lorenz Reinhardt betrat mit eiligen Schritten das Eckhaus an der Reitgasse und bog ganz gegen seine Gewohnheit nicht zur Wirtschaft im Erdgeschoss ab, sondern nahm die steilen Treppen ins Obergeschoss, wo sich seit Jahr und Tag die Kurfürstliche Polizei-Direktion befand. »Esch häße Reinhard«, keuchte er mit hochrotem Kopf. »Forstläufer. Mir hun e Leich obbe am Dammelsberch! Kumme se schnell!«

In der Amtsstube hatte der Regierungs-Polizeidirektor offenbar gerade seinen Dienst angetreten. Er schien sich über die überschwängliche Energie des jungen Mannes am frühen Morgen zu wundern, sicher hatte er wieder die halbe Nacht unten in der Gaststätte verbracht. Man munkelte schon länger, dass er ein Verhältnis mit dem Staatsprokurator habe und deswegen regelmäßig nach den Dienstbesprechungen noch auf ein paar Schnäpse beim Georg unten einkehrte, um später mit seinem Geliebten in einem Hinterzimmer zu verschwin-

den. Das passierte natürlich nicht täglich, aber schon hin und wieder. Manchmal, so unkten die Leute, lohne sich für ihn nicht mal mehr der Heimweg in sein windschiefes Häuschen zu seiner kugelrunden Frau unten an der Augustinertreppe.

»Jetzt mal langsam!« Betulich nahm der hohe Staatsbeamte erst einmal Platz und knöpfte in Ruhe seine Jacke auf. Dann suchte er gemächlich einen Stift und ein Blatt Papier auf dem zugemüllten Schreibtisch, auf dem sich Geständnisse und Zeugenaussagen stapelten.

Keiner Wunder, dachte Reinhardt, dass die Schuldigen der Massen-Schlägerei der betrunkenen Verbindungsstudenten am 1. Mai oder des Branntwein-Skandals vom Frühjahr noch nicht überführt waren. Was für eine abgründige Arbeitsmoral hier herrschte! Mitten auf allen Blättern und Kladden lag ein dickes, angebissenes Brot mit ahler Wurst. Unter anderen Umständen hätte er ihm das geneidet, heute war Reinhardt der Hunger wirklich vergangen.

»Eine Leiche also. Männlich, weiblich, tot oder lebendig?« Er lachte über seinen eigenen Witz.

Lorenz Reinhardt kratzte sich am Kopf. Er hätte es gleich wissen müssen. Der Alte war der falsche Ansprechpartner für einen solchen Notfall. Die Frau dort oben im Wald war übel zugerichtet worden. Alles blutverschmiert, und es saßen Tausende Fliegen auf ihren halbgeschlossenen Augen. Ihr Bauch hatte eine deutliche Wölbung, so als hätte sie ein Kind getragen. Reinhardt hatte sich ein ganzes Stück weiter unten im Wald gehörig übergeben müssen und stand unter Schock. Totes Wild hatte er ja schon oft geborgen. Ein totes Weib bislang noch nie.

»Es ess e Frah. Dos Gesicht is unkenndlich«, stammelte er jetzt. Er konnte die Schnapsfahne seines Gegenübers bis zur

Tür riechen. »Isch kenne se nit. Esch mähn, s' könnt ä Tagelöhnerin sain!«

»Sehr gut, Reinhardt. Das ist ein neuer Fall für die Kurfürstliche Polizeidirektion Marburg. Endlich mal was los in der Bude. Ich schreibe das jetzt alles genauestens auf, und Sie setzen Ihren Egon drunter. Dann sind wir schon einen großen Schritt weiter!«

»Egon?« Was wollte der von ihm? Der Mann dachte sicher, er sei was Feineres als er, nur, weil er kein Platt sprach.

»Na, Ihre Unterschrift, mein Lieber«, fügte der Beamte selbstgefällig hinzu. Und während er den Gerichtsdiener aus dem Vorzimmer herrief, um beim Kriminalgericht Meldung zu machen, schrieb er gleichzeitig dem Physikus Stadler eine Botschaft. »Jetzt fehlen nur noch die Männer aus der Anatomie in der Ketzerbach. Dann geht es los!«

»Häst dos, mir müsse noch wordde?«

»Eins nach dem anderen, nicht wahr? Entspannen Sie sich! Wenn schon die Fliegen da sind, liegt die Leiche eh schon ein paar Tage. Da kommt es auf ein paar Stunden jetzt auch nicht mehr an. Und wehe, wir finden dort oben nix. Sagen Sie es lieber gleich, wenn Sie heute Morgen schon einen über den Durst getrunken und sich das Ganze nur eingebildet haben.« Der Polizeidirektor brach in schallendes Gelächter aus. Dann nahm er sich das Brot vom Teller und biss herzhaft hinein. »Köstlich, Reinhardt. Es geht doch nichts über die ahle Wurst vom Liebig!«

2. Kapitel

Der weiße Verband verdeckte die langen, grauen Haare, die Theresa Lohrey sonst am Hinterkopf zum Knoten trug. Kaum sichtbar hob und senkte sich ihr Brustkorb. Sie lebte. Das war die Hautsache.

Liva starrte die Frau, ihre Mutter, einfach nur an. So fremd kam sie ihr vor, wie sie da lag, um Jahre gealtert. Jetzt nahm sie behutsam die kleine Hand der Patientin. Ob sie überhaupt etwas mitbekam? Konnten Komapatienten hören, riechen, fühlen, etwas empfinden?

»Mama.« Wie lange hatte sie dieses Wort nicht mehr gesagt. Liva kam sich seltsam vor. So klein und schutzlos, wie ein Kind, verkleidet mit einem Mundschutz und einer albernen Kopfbedeckung. Jetzt brachen sich doch die Tränen Bahn, und Liva vergrub das Gesicht in die weiße Bettdecke, die Hand auf die ihrer Mutter gelegt. »Ich habe dich so sehr vermisst.«

Eine Weile verharrte sie so. Dann richtete sie sich auf.

Ihr Blick fiel auf die silberne Kette mit dem Elisabeth-Taler, die ihre Mutter stets um den Hals trug. Jemand hatte sie ihr wohl vor der Operation abgenommen und in ein offenes Schälchen auf den Nachttisch gelegt. Nachdenklich nahm sie sie in die Hand und betrachtete das Bild, das die Marburger Heilige zeigte und die Elisabethkirche, die man über dem Grab der Landgräfin errichtet hatte.

Als kleines Mädchen hatte sie einmal unachtsam an der Kette gerissen. Da hatte es ein großes Donnerwetter gegeben, weil das gute Stück danach repariert werden musste. Das Prägejahr der Münze war auf 1509 datiert – so etwas war selten und unglaublich wertvoll. Ihre Mutter hatte nie darüber gesprochen, woher der Taler stammte. Nur einmal hatte sie angedeutet, dass sie ihn trage, um nicht zu vergessen. Was sie damit meinte, war immer im Dunkeln geblieben.

Liva legte sich die Kette um. An ihrem Hals war sie sicherer als in ihrem Geldbeutel oder in der Hosentasche. »Ich passe auf deinen Anhänger auf, so gut ich kann.« Es war weniger der weiße Verband um den Kopf, der sie beunruhigte, als dieser bittere Zug um die schmale Lippen der Frau, der ihr fremd war. Dieser Mund hatte ihr früher so oft Trost gespendet und sie zum Lachen gebracht. Verdammt, sie musste sich zusammennehmen. Auf keinen Fall wollte sie ihrer eigenen Wut und Trauer Raum geben und noch mal hier losheulen. Nicht hier, nicht jetzt. Nicht vor dem Arzt, der angekündigt hatte, mit ihr »über Wichtiges« sprechen zu wollen. Nicht vor den Schwestern, die hier nur leise miteinander redeten, sicher auch aus Respekt vor den Angehörigen auf dieser Station, in der Sterben und Hoffnung Hand in Hand gingen. Und schon gar nicht vor ihrer Mutter, die jetzt all ihre Kraft und Zuversicht brauchte.

»Gut, dass Sie da sind.« Lautlos hatte sich ein Mann im weißen Kittel hereingeschlichen und stand jetzt direkt hinter ihr. »Konrad Naumann, ich bin der behandelnde Arzt.« Er beließ seine Hände im Arztkittel. Immer wieder ein seltsamer Moment, fand Liva, dass sich die Begrüßungsrituale in Zeiten von Pandemien und weltweiten viralen Katastrophen so massiv veränderten. Aus reiner Angst vor Ansteckung verzichteten viele inzwischen darauf, sich die Hand zu geben, und selbst gute Freunde umarmten sich nicht mehr zur Begrüßung. Was verband denn Menschen noch, wenn sie sich permanent voreinander fürchteten?

Dennoch: Er hatte ja bereits am Telefon einen sympathischen Eindruck gemacht, der sich nun bestätigte.

»Was … genau ist denn überhaupt passiert?« Liva hörte sich mehr stammeln als reden. »Wer hat ihr … das angetan?«

Dr. Naumann zeigte auf die Kranke und deutete dann mit dem Kinn zur Tür. »Gehen wir lieber in mein Besprechungszimmer!«

Liva folgte dem Arzt. Während sie den langen, weißen Krankenhausflur durchquerten, erzählte ihr der Mediziner, was sich des Nachts in ihrem Elternhaus zugetragen haben musste. Es habe also einen Einbruch gegeben, das Türschloss sei unversehrt geblieben, was der Polizei wohl Rätsel aufgebe. Ihre Mutter müsse die Täter reingelassen haben oder sie hätten einen Schlüssel gehabt. Jemand müsse ihr mit einem harten Gegenstand den Hinterkopf zertrümmert haben, daraufhin sei sie die steile Treppe hinuntergestürzt und habe sich mehrere Rippenbrüche zugezogen. Eine Nachbarin habe sie am Morgen im Flur gefunden und sofort den Notarzt gerufen. Die habe auch erst mal den Hund zu sich genommen.

»Welche Nachbarin?«, fragte Liva tonlos.

»Müller heißt sie, glaube ich. Sie hat schon mehrfach heute hier angerufen, um zu fragen, was jetzt mit dem Hund passieren soll. Sie hat ihn erst einmal zu sich genommen, will ihn aber nicht behalten«, er blätterte in seinen Unterlagen. »Madeleine Müller, ja richtig.« Liva nickte. Die kannte sie natürlich. Eine unfreundliche Person, die Kinder und Haustiere gleichermaßen auf dem Kieker hatte – das war schon immer so gewesen. Der arme, kleine Wodka war also jetzt bei dieser Schreckschraube untergekommen. Sie würde ihn aus deren Klauen retten müssen.

Gemeinsam mit Alex hatte sie es damals geschafft, das Herz der Mutter für den kleinen Rehpinscher aus dem W-Wurf eines Hobbyzüchters aus dem Siegerland zu erwärmen. Ihn Wodka zu nennen, weil er auf seinen kleinen Beinchen immer so torkelte, hatten sie besonders lustig gefunden. Das war jetzt zehn Jahre her, Wodka war inzwischen ergraut und ein alter Herr geworden. Was würde mit ihm passieren, wenn die Mutter nicht mehr gesund wurde? Mit nach Köln würde sie ihn jedenfalls nicht nehmen können, Haustiere waren in ihrer Studentenbude untersagt. Sie nickte. »Ich kümmere mich!«

Mit einladender Geste bat der Arzt sie Platz zu nehmen. Medizinische Fachbücher türmten sich auf seinem Schreibtisch, das Foto eines kleinen Mädchens stand in einem goldenen Rahmen daneben. Der Typ war also Vater einer süßen Tochter und somit sicher liiert. Einen Ehering trug er jedoch nicht, das war ihr gleich aufgefallen. Im selben Moment schämte Liva sich, dass sie selbst, wenn es um Leben und Tod ging, bei attraktiven Typen auf den Familienstand achtete. Das war ja schon fast pathologisch.

»Espresso?«

Sie nickte.

Das heiße, duftende Getränk baute sie auf. Ihre Laune besserte sich schlagartig. »Und ich dachte, Ärzte hätten kaum Zeit für Gespräche mit Angehörigen. Dachte, die wären immer furchtbar gestresst und in Eile!«

»Ertappt. Sie sind einem Mythos auf den Leim gegangen«, sein Lächeln war wirklich entwaffnend. »Angeheizt durch etliche Arztserien, die man täglich im Fernsehen sehen kann.«

Veralberte er sie gerade? Und woher wusste er, dass sie mal eine ganz intensive Arztserien-Phase gehabt hatte? Noch gar nicht lange her.

Er hängte seinen weißen Kittel an die Garderobe. »Tatsächlich habe ich schon Feierabend. Aber wir müssen noch darüber reden, was passiert, wenn es Ihrer Mutter schlechter gehen sollte«. Der flunkernde Ton war jetzt weg, das fröhliche Leuchten aus seinen Augen verschwunden. Er schob ihr eine Erklärung zu, die aus mehreren Seiten Papier bestand. »Sie müssten das hier unterschreiben, damit die Kollegen handlungsfähig sind, wenn heute Nacht eine Verschlechterung eintreten sollte. Das Leben Ihrer Mutter hängt am seidenen Faden ...«

Wieso sprach er es nicht einfach aus? Es ging darum, ob man sie künstlich am Leben erhalten sollte, wenn sie eigentlich tot war. Und das – da war sie sich sicher – wollte ihre Mutter nicht. Oder ging es um das Einverständnis wegen der Entnahme der Organe? Auch eine siebzig Jahre alte Niere konnte noch ein paar Jahre ihren Dienst tun und jemandem ein besseres Leben ermöglichen. Würde ihre Mutter Organe spenden wollen? Leber, Niere, Netzhaut? Was würde Alex in dieser Situation tun? Warum musste sie solche schwerwiegenden Fragen ganz alleine klären? Was hätte ihre Mutter sich jetzt gewünscht? Sie hatten nie darüber gesprochen.

»Ich bin unsicher. Ich …«, Liva zögerte. In den meisten Ländern wurde einem diese schwere Entscheidung automatisch abgenommen, nur in Deutschland galt die Widerspruchsregelung nicht. »Keine lebenserhaltenden Maßnahmen«, sagte sie.

Der Arzt reichte ihr einen Kugelschreiber und tippte mit dem Finger auf eine Zeile, die für die Unterschrift vorgesehen war. Sie bestimmte hier gerade über Leben und Tod eines anderen Menschen. Mit welchem Recht eigentlich?

12. September 1861,
Medizinalrat Dr. Stadler

Jemand hatte die Frau regelrecht abgeschlachtet. Selbst für einen erfahrenen Gerichtsarzt wie Medizinalrat Dr. Stadler stellte die Leiche, die ihm da frisch auf den Tisch gelegt worden war, einen schauderhaften Anblick dar. Und ausgerechnet bei so einem besonderen Fall hatte man ihm diesen Grünspan Julius Nau zur Seite gestellt. Der machte einen so unterbelichteten Eindruck, dass man daran zweifeln musste, ob der überhaupt lesen und schreiben konnte.

»Parat, Nau?«

Er konnte den jungen Mann einfach nicht ernst nehmen. Gerade schien er zu überlegen, wie er Protokoll schreiben und das Taschentuch mit Veilchenduft weiterhin unter seine Nase pressen konnte – beides ging ja nun nicht gleichzeitig! Der Geruch der Leiche war in der Tat unerträglich. Die Fliegen hatten ganze Arbeit geleistet, und die Augen der Frau fast vollständig vertilgt. Ihr Körper war von Flecken übersät, der Leichnam bereits in Verwesung begriffen. Kein Wunder. Die Frau hatte drei Tage lang bei Höchsttemperaturen im Wald gelegen, bis man sie gefunden hatte. Die Identität des Opfers, so hatte man Stadler mitgeteilt, sei nicht bekannt.

»Schreiben Sie?«

Nau nickte.

»Also, der Tod ist am dritten Tage, höchstens vierten Tage vor Auffinden eingetreten. Der Tod wurde durch Verbluten in Folge des Durchschneidens der Gefäßstämme mit einem kräftigen Schnitt bewirkt«, er machte eine Pause, weil er sah, dass sein Gehilfe so schnell nicht mitschreiben konnte. »Mit absoluter Gewissheit handelt es sich nicht um eine Selbsttötung.« Stadler räusperte sich und nahm das Lineal zur Hand. Äußerlich tat er so, als wäre nichts. Innerlich schäumte er wegen Naus deutlichen Würgegeräuschen. Die konnte man nicht ignorieren. Der Mann war hier fehl am Platz, so viel stand fest. »Contenance, mein Lieber«, rutschte ihm ein aufmunternder Spruch heraus. Er konnte nur hoffen, dass diese Mimose sich nicht auch noch auf der Leiche erbrach und wichtige Spuren verwischte. Akribisch legte er das Lineal an die lange, klaffende Halswunde der Toten, die so tief war, dass sie die Wirbelsäule freigab.

»Weiter also: Der Körper ist kräftig und fünfeinhalb Fuß lang. Auf der Vorderseite des Halses, dicht unter dem Unterkiefer, befindet sich eine weitklaffende, fünf Zoll lange, eineinhalb Zoll tiefe, an der Grundfläche drei und ein drittel Zoll messende, scharfrandige Wunde. Die Halsadern und der Kehlkopf sind bis zu den Halswirbeln durchdrungen. Unterhalb der Wunde befinden sich noch alle drei Hautdecken durchdringende Schnittwunden. Haben Sie das, Nau?«

»Hm«, murmelte der schlaksige Jüngling, der inzwischen am Schreibtisch Platz genommen hatte, möglichst weit von der Leiche entfernt.

Stadler sehnte sich in solchen Momenten nach dem Treuerchen. Die junge, aufstrebende Medizinerin hatte ihm einige Monate assistiert, bevor sie – als Mann verkleidet – einen Studienplatz an der Universität bekommen hatte. Eine

Schande, dass man Frauen mit einer solchen Begabung nicht ganz offiziell zum Studium zuließ. Sie war nicht nur wenig zimperlich und unglaublich schlau, sondern dazu noch unfassbar schön. Selbst seine Frau hatte ihn in diesen Wochen mehrfach gelobt, weil er so gut gelaunt von der Arbeit nach Hause kam. Mit einem Liedchen auf den Lippen. So ganz ohne den Leichengeruch, der ihm sonst an manchen Tagen anhaftete. Mit einem sauberen Hemd am Leib. Die Körperpflege war ihm zeitweise wichtiger als sonst gewesen. Ob das Treuerchen – eigentlich hieß sie Anna Treuer – irgendwann mal wieder zu ihm zurückkommen würde?

»Weiter, Nau, allez«, Stadler bemühte nun die Lupe. »An beiden Oberschenkeln finden sich rötliche, zum Teil der Haut beraubte Quetschungen und Eindrücke von Fingernägeln«, jetzt verharrte er kurz und dachte nach. Der Täter musste sich zunächst auf die Frau gelegt haben, um sie wehrlos zu machen. Die tödlichen Stiche hatten eindeutig im Liegen stattgefunden, bevor es zu einem Kampf gekommen war. Daran gab es keinen Zweifel. Die Frau hatte in ihrem Todeskampf keinerlei Chance gehabt, sich gegen den Täter zu wehren.

»Wichtig: Die Gebärmutter der Getöteten enthielt eine regelmäßig gebildete Frucht von sechzehn bis zwanzig Wochen.« Wer wohl der Kindsvater gewesen war? Der machte sich von vornherein verdächtig, denn die Tote trug weder einen Ehering noch die Tracht, die man von verheirateten Frauen kannte. Es war ja nicht an ihm, Schlüsse aus seinem Bericht zu ziehen. Aber die ermittelnden Kollegen würden das auch vermuten, da war er sich sicher.

In dem Moment erbrach Nau sein offenbar reichhaltiges Frühstück in das eigentlich für Leichenteile- und Gedärme-Reinigungen vorbereitete Waschbecken. Das, so dach-

te Stadler verächtlich, ohne sich herumzudrehen, würde er schön selbst saubermachen müssen. »Augen auf bei der Berufswahl«, murrte er nur. Die ganze Sache hier würde sich unnötig durch diesen Trottel herauszögern.

»Ein Letztes noch, dann sind Sie erlöst, Nau. Schreiben Sie, schreiben Sie: Die rechte, mit halbgeronnenem Blut ausgefüllte Hand zeigt auf der Innenseite des Mittel- und Ringfingers eine querlaufende Schnittwunde, die linke blutige Hand, in welcher das Tuch lag, auf der Innenseite des Zeigefingers zwei Hautabschürfungen, auf dem Mittelfinger nach innen eine Schnitt-, nach außen eine Schramm- oder Schnittwunde.« Stadler schaute nun rüber zu Nau, der sich wieder gefangen hatte. »Sag ich's doch, Sie Idiot. Die hat sich bis zuletzt gewehrt. Und ihr Sterben muss sehr schmerzhaft und langwierig gewesen sein.«

In dem Moment betrat Gerichtsdiener Philipp Lyding den Raum, um sich nach den Ergebnissen des pathologischen Befunds zu erkundigen. Entsetzt starrte er auf die Leiche, die er am Morgen schon am Fundort gesehen hatte. Jetzt aber hatte man ihr das blutige Gesicht gewaschen. »Das ... das ...«, stotterte er.

»Was ist los, Lyding. Kommen Sie zum Punkt!« Stadler fehlte für solche Animositäten die Geduld.

»Erkennen Sie die Tote?«, fragte Nau. Und seine Stimme klang plötzlich ganz klar, und sein Gesichtsausdruck drückte deutliche Neugier aus. So hatte Stadler ihn noch nicht gesehen.

Lyding nickte nur und wandte die weit aufgerissenen Augen nicht von dem schlimm zugerichteten, aufgequollenen Gesicht der Leiche ab. »Das ist doch ... das ist doch ... die Dorothea Wiegand aus Ockershausen. Wird auch das Hinkel genannt, weil sie so dumm wie Brot ist. War. Und einen Hinkefuß hatte, mit Verlaub.«

Und nun falteten die drei Männer fast gleichzeitig die Hände andächtig zum Gebet und schwiegen für eine Minute. Die Tote hatte nun eine Identität – und dieser Tatsache zollten sie tiefen Respekt.

3. Kapitel

Das kleine, schräge Wohnhaus der Lohreys lag oben am Hang. Mit dem Rollkoffer und dem schweren Rucksack kein Spaziergang, stellte Liva fest. Schon zu Schulzeiten hatten sich ihre Freundinnen über diesen Anstieg beschwert. Manchmal hatte Liva den Eindruck gehabt, dass keiner aus der Klasse sie besuchen komme, weil man die Steigung so scheute. Das war natürlich Quatsch. Selbst ihre Mutter bewältigte ja noch in ihrem hohen Alter diesen Weg. Die Hohe Leuchte. Heute kamen Liva die paar Meter von der Ockershäuser Allee zum Haus ewig lang vor. Sie merkte, wie ihre Kräfte schwanden und sich der Schlafmangel der letzten Nacht bemerkbar machte. Hatte sie heute überhaupt mal was gegessen? Außer einem kleinen Keks zum Espresso in der Klinik nämlich nichts. Aber wie sie ihre Mutter kannte, war der Kühlschrank gut gefüllt.

Dass die schräge Alte von nebenan hinter den Gardinen saß und die Straße beobachtete, war dann auch keine Überraschung mehr. Manche Dinge änderten sich eben nie. Den Gefallen, sie von dem alten Hund zu erlösen, würde sie ihr trotzdem noch nicht tun. Sie musste erst mal ankommen, tatsächlich, aber auch mental. Das verlorene Schaf kehrte nun in die Herde zurück. Doch die Herde gab es nicht mehr. Das verlorene Schaf war die Herde. Da brauchte es genaugenommen gar keinen Hütehund mehr.

Liva steckte den Schlüssel in das Schloss, es war unbeschädigt. Wie waren die Einbrecher dann hineingekommen? Durch den Garten? Sie betreten hier einen Tatort, meldete sich eine Stimme in ihrem Kopf. Den ganzen Tag hatte sie mit Bauchschmerzen daran gedacht, wie es sich wohl anfühlen würde, in dem verlassenen Haus ganz alleine zu sein. Sie hatte auf Wodka gebaut, der zwar schüchtern und klein war, aber eben ein Hund. Die Einbrecher hatte er ja aber auch nicht in die Flucht schlagen können. Warum überhaupt hatte er nicht angeschlagen, um sein Frauchen zu warnen? Hatte er die Täter vielleicht sogar gekannt und war ihnen schwanzwedelnd um die Beine gelaufen?

»Okay, stay cool, Liva«, redete sie sich gut zu und betrat den dunklen Flur.

In der Diele hing dieser bestimmte Geruch, den sie noch aus ihrer Kindheit kannte. Eine Mischung aus Putzmittel und Essen, aus feuchtem Keller und dem Holz, aus dem das Fachwerkhaus vor einigen hundert Jahren maßgeblich errichtet worden war – zwischen den Balken der Lehm der Geschichte. Was diese Wände erzählen konnten, wenn sie reden könnten. Vielleicht würden sie dann auch Auskunft geben über Alex' letzte Tage und Wochen. Warum er sich immer häufiger in das kleine Dachzimmer im Haus seiner Mutter zurückgezogen hatte? Geredet hatten die Geschwister in dieser Zeit kaum miteinander. Ob es da etwas gegeben hatte, das ihn belastet hatte?

Nur, wenn wir uns unserer Wurzeln bewusst werden, können wir mit uns selbst Frieden schließen. Was hatte Gunnar da vorhin gefaselt? Wirre Fantasien eines Junkies? Oder wusste er mehr über den jungen Mann als die Menschen, die täglich um ihn gewesen waren? War sie nicht genug für ihn da gewesen? Tagsüber hatte sie für ihr Abitur gelernt, und abends war sie mit Jessi durch die Clubs gezogen.

»Hey Süße!«

Vor Schreck fiel Liva die Jacke zu Boden, die sie gerade an den Garderobenhaken hatte hängen wollen. Da stand ein Kerl mit dunklen Locken im Türrahmen und grinste sie spitzbübisch an. »Konstantin!«

»Hab dich eigentlich schon früher erwartet.«

»Was um alles in der Welt machst du in Marburg?« Wie war der hier reingekommen? Hatte er aus früheren Zeiten noch einen Schlüssel für das Haus? Oder hatte die Tür offen gestanden? Liva starrte ihn ungläubig an. »Musstest du heute nicht arbeiten?«

»Doch. Hab mich nach Feierabend direkt ins Auto gesetzt. Ich lasse dich eben sehr ungerne alleine in die Vergangenheit reisen.« Er grinste. »Muss allerdings morgen wieder zurück nach Köln.« Ein kurzer Blick über seine Schulter reichte, um festzustellen, dass er bereits eine Flasche Rotwein geköpft hatte und offenbar gerade dabei gewesen war, sich alte Fotos anzuschauen.

»Ist das Alex' Fotokiste?« Obwohl sie sich sehr vertraut waren, empfand sie sein Verhalten gerade als übergriffig und unangebracht. Mit welchem Recht wühlte er hier in ihrer Familiengeschichte herum? Gut, er war Alex' bester Freund gewesen, aber auch er hatte seiner Heimatstadt den Rücken gekehrt und war nur mal an Weihnachten oder an Geburtstagen auf Stippvisite zurückgekommen. Sein Verhältnis zu seiner Mutter, die ebenfalls alleinerziehend gewesen war, war zerrüttet. Zu dem Vater hatte er nie Kontakt gehabt. Das verband sie irgendwie, auch, wenn es nie groß Thema gewesen war.

»Woher wusstest du überhaupt, dass ich hier bin?«

Liva folgte ihm zum Esstisch, wo eine üppige Brotzeit auf dem Tisch bereitstand. Er schob mehrere Stapel Fotos beiseite. Ihr fiel auf, dass er die Abzüge fein säuberlich sortiert hatte. Warum?

Konstantin machte eine einladende Geste und setzte sich selbst auf den Platz, den früher ihre Mutter eingenommen hatte. Dann griff er in die Brotschale und bediente sich am Käse – es hatte etwas ganz Selbstverständliches. So, als würden sie jeden Abend zusammen essen. Liva merkte erst jetzt, wo all die Köstlichkeiten vor ihr standen, dass sie einen Bärenhunger hatte.

»Als heute Morgen keine Nachricht von dir kam, habe ich mir Sorgen gemacht. Ich wusste ja nicht mal, ob du gut nach Hause gekommen bist. Und da ich eh in Ehrenfeld unterwegs war, habe ich so um die Mittagszeit mal bei dir zu Hause angehalten. Und da stand dieser junge, attraktive Mann mit dem Drei-Tage-Bart vor deiner Tür, halb verfroren in Jeans und einem bunten T-Shirt, und klingelte bei dir Sturm.« Er knabberte an einer Gewürzgurke. »Marcel heißt der. Und er wollte dich dringend sprechen.«

Die Beschreibung passte auf ihr nächtliches Date, den Bräutigam. Liva merkte, wie ihr eine leichte Röte übers Gesicht flog. Marcel hieß er also. Stimmt, jetzt fiel es ihr auch wieder ein. »Und?«

»Naja, er hat wohl seine Lederjacke bei dir vergessen«, Konstantin räusperte sich.

»Oh, das ist natürlich doof! Dann muss er warten, bis ich zurück bin, und solange eine andere Jacke anziehen«, sagte sie bewusst unbekümmert. Im Grunde interessierte sie dieser Marcel gerade nicht die Bohne, obwohl er ja wirklich ganz süß und aufmerksam gewesen war. Sie hatte gerade andere Sorgen. Kurz checkte sie ihr Handy, ob sie vielleicht einen Anruf aus der Klinik verpasst hatte. Keine Nachrichten waren in dieser Situation gute Nachrichten, so viel stand fest.

»Er war vor allem deswegen aufgelöst, weil sich in der Jacke die Ringe befinden, die er am Samstag benötigt! Er heiratet dann nämlich.« Vorwurfsvoller konnte man nicht gucken. Konstantin verzog pikiert den Mund. Okay, er hatte im Grunde ja Recht. Einen Bräutigam abzuschleppen, gehörte sich nun wirklich nicht. Dennoch konnte sie gerade keine moralische Keule brauchen.

»Er jedenfalls wusste zu berichten, dass du am Morgen einen Anruf aus einer Marburger Klinik erhalten hast und dass es deiner Mutter sehr schlecht geht. Dann habe ich eins und eins zusammengezählt und bin hergekommen.«

Während dieser Marcel im Bad gewesen war, hatte er also das ganze Telefonat mitgehört. Dass er dann in der Eile seine Jacke vergessen hatte, tat ihr natürlich leid. Und was nun?

»Netter Kerl«, Konstantin konnte sich die Bemerkung nicht verkneifen. »Vielleicht ein bisschen zu sehr … verlobt.«

»Kann es sein, dass du dich gerade in etwas einmischst, das dich gar nichts angeht?« Liva schüttete ein Glas von dem Bordeaux hinunter, als handelte es sich um Wasser. Sie hatte einerseits Durst und andererseits Lust, sich gnadenlos zu betrinken. Doch irgendetwas bremste sie. Sie spürte, dass sie vernünftig bleiben musste. Sie brauchte einen klaren Kopf, weil sie Entscheidungen über Leben und Tod treffen musste.

»Ja, das stimmt. Ich habe ihm nämlich versprochen, ihm deine Nummer zu geben. Irgendwie muss er ja wieder an seine Jacke kommen, nicht wahr?«

»Oh, danke dafür!«, sagte Liva spöttisch. Sie konnte es nicht fassen. Konstantin würde doch nicht einfach die Regel Nummer eins brechen: Gib nie eine Nummer raus ohne Absprache.

»Oder du händigst mir deinen Haustürschlüssel aus und ich gebe ihm seine Sachen, wenn ich morgen zurück bin. Deal?« Konstantin streckte ihr die geöffnete Hand hin.

Er meinte es offenbar ernst. Seine permanente Hilfsbereitschaft nervte sie kolossal. Was ging ihn dieser Typ an? Warum um alles in der Welt solidarisierte er sich jetzt auch noch mit diesem Fremden?

Liva suchte in den Weiten ihres Rucksacks den Schlüssel und knallte ihn auf den Tisch. »Da!« Dann sprang sie auf. »Ich muss mich jetzt um Wodka kümmern. Der arme Hund harrt seit heute Morgen bei der Müllerin drüben aus. Sicher ist er schon schwer traumatisiert.«

»Liva?«

»Was?« Sie drehte sich um.

»Kann ich heute Nacht hierbleiben? Würde es mir einfach hier im Wohnzimmer gemütlich machen. Ist das okay für dich?«

Das olle Sofa. Dort hatte er früher auch oft gepennt, wenn er mit Alex auf Piste gewesen war und den Weg in sein Elternhaus in der Nacht nicht mehr hatte bewältigen können. Sie nickte. Auch, wenn sie es nicht zugeben wollte, war sie heilfroh, dass er gerade da war. Er war der einzige Freund, den sie hatte. Vielleicht eine Art Brudererersatz. Er war derjenige, der sie zur Not auch mal zur Vernunft pfiff. Und er konnte ihr ein charmanter Begleiter sein, wenn sich sonst niemand fand, der Lust auf Kultur oder Kneipe hatte. Und jetzt rettete er auch noch die Hochzeit eines wildfremden Paares, deren Ehe von vornherein unter einem schlechten Stern stand. Für all das war sie ihm dankbar. Aber dass er sich heute auf den Weg gemacht hatte, um ihr beizustehen, das würde sie ihm nie vergessen.

»Selbstverständlich«, sagte sie und verschwand durch die Tür.

14. September 1861, Witwe Hilberg

Was ist das doch für ein verdammter, dreckijer Lügner! Hat der lumpige Geselle vom Koburger wirklich behauptet, dass mein Ludwig was mit dem Mord zu tun hat? Herr Polizeioberhauptmann, das sagt er doch nur, um von sich selbst abzulenken. Was? Daran haben Sie noch gar nicht gedacht? Muss Ihnen eine alte Frau erklären, wie Sie Ihre Arbeit zu machen haben? Das weiß doch jeder hier, dass der seine Finger nicht bei sich lassen kann. Weil er nämlich aus demselben Holz geschnitzt ist wie die Wiegand, dieses dumme Hinkel. Gleich und Gleich gesellt sich gern, heißt es doch. Was? Der war zur Tatzeit auf der Arbeit, das können alle bezeugen? Pfff. Stecken doch alle unter einer Decke. Aber wenn Sie das glauben wollen, bitteschön. Mit einem Schreiner aus Niederweimar soll sie auch rumgemacht haben, das dumme Tier. Haben Sie den schon verhört? Vermutlich hat der sie abgeschlachtet. Ziemlich sicher sogar. Denn dass da ein Braten in der Röhre war, haben die Spatzen schon lange von den Dächern gepfiffen. Hat sich nicht mal geschämt dafür. Hat den Bauch stolz vor sich hergeschoben.

Woher ich die Wiegand kenne? Na, die hat hier doch gearbeitet. Ab und zu. Das war im Frühjahr. Aber das habe ich schon Ihren Kollegen von der Polizeidirektion gesagt. Heute könnt' ich heulen, dass wir so ein Getier überhaupt ins Haus gelassen haben. Dumm und faul ist sie gewesen. Sollte dem Ludwig zur Hand gehen. Stattdessen hat sie nur rumgesessen, uns die Vorräte weggegessen und ist vorlaut und frech gewesen. Und sobald ich das Haus frühmorgens verlassen hab, hat sie aufreizend gelacht wie ein Pferd und sich an meinen Ludwig rangeschmissen. So, dass die Nachbarin mich schon darauf angesprochen hat. Da muss man sich doch schämen. Der arme Bub wusste nicht ein noch aus mit dem Weibsstück, da hab ich sie weggejagt. Wissen Sie, wie froh ich war, dass die dann nach Argenstein in den Dienst kam? Seitdem hab ich sie nur noch selten gesehen. Die hat sich ja schon als Kind hier mutterseelenallein in Ockershausen herumgetrieben und hat gebettelt und gestohlen. Die Mutter tot, der Vater weg. Um die ist es nicht schade, das sag ich Ihnen unter vier Augen. Da trauert keiner. Die hat ihren Tod durch ihr liederliches Verhalten doch selbst verursacht, wenn man so will. Und ihr Kind hat sie noch mit ins Verderben gerissen. Was ihr meinem guten Jungen da anhängen wollt, ist in Wahrheit Hinkels Mord. Dafür müsstet ihr euch schämen. Ihr haltet ihn schon tagelang ohne irgendwelche Beweise bei Wasser und Brot fest. Da geht es doch nicht mit rechten Dingen zu. Mein Bub ist ein Sündenbock, so sieht es nämlich aus. Weil es immer die kleinen Leute trifft, die sich nicht wehren können. Dabei hat er es schon schwer genug gehabt im Leben. Ohne Vater hat er aufwachsen müssen, weil alle aus der Familie so schwach auf der Brust sind und immer früh starben. Und als er tot war, mein Mann, hab ich mit seinen zwei Bälgern hier gesessen. Wir sind fast verhungert. Die Gürtelrose hat den Ludwig fast dahingerafft, da ist er erst elf Jahre alt gewesen. Ich hätt ja noch mal heiraten wollen, aber wer nimmt schon eine alte, krumme Witwe mit zwei Fressern? Aus dem Hettche-Haus hab ich mich aber nicht vertreiben lassen, obwohl die Haddamshäuser alles versucht haben, mich hier rauszuekeln. Krumm und buckelig geschuftet haben wir uns all die Jahre, die Buben und ich, um das Haus zu halten. Dabei pfeift es hier aus jedem Loch. Das Dach ist undicht und das Mauerwerk müsst mal nachgebessert werden. Hilfe bräucht ich. Und keine Scherereien.

Und jetzt kommen Sie daher und fragen mich, wo der Ludwig am Mordtag gewesen ist? Ja, hab ich das nicht schon Ihren Kollegen erzählt? Hier im Haus ist er gewesen. Gearbeitet hat er, den ganzen Tag, rechtschaffen wie er ist. Dann hat er, und das kann der feine Herr Steuereinnehmer Burk ja bezeugen, unsere Steuern entrichtet. Wie es sich gehört. Sehen Sie.

Was? Ich kann das gar nicht wissen, ob er zur nämlichen Uhrzeit daheim war, weil ich selbst nicht da war? Ich war beim Hassenpflug, in Gottes Namen. Wäsche waschen. Ja, darf man nicht mal seine Wäsche mehr waschen? Ich sag Ihnen mal was: Sie haben den Falschen in Gewahr. Ich gehe die Tage zum Koburger, sind ja nur ein paar Schritte rüber nach Marburg in die Barfüßerstraße 23, und werde ihn warnen, wen er sich da als Gesellen ins Haus geholt hat. Einen Lügner nämlich, der unbescholtene Familien beschuldigt.

Und was? Der Bürgermeister von Ockershausen hat Sie hier hergeschickt? ›Annere‹ sollen wir sein? Nur, weil der Ludwig nicht hier geboren ist? Über den feinen Herrn Bürgermeister könnte ich Ihnen auch allerhand erzählen, was nicht ganz koscher ist. Machen Sie schnell, dass Sie hier rauskommen, sonst vergesse ich mich noch. Verschwinden Sie sofort aus unserem ehrbaren Haus. Und bestellen Sie dem Herrn Staatsprokurator Brauns einen schönen Gruß. Seine Schuhe kann er in Zukunft woanders beschlagen lassen …«

4. Kapitel

Liva hatte geschlafen wie ein Stein. Und als sie wach wurde, verstand sie erst einmal gar nicht, dass sie sich in ihrem alten Kinderzimmer befand. Wodka, der kleine Rehpinscher, stand schwanzwedelnd vor ihrem schmalen Bett. Die Zunge hing fast bis zum Boden. War es wirklich schon zehn Uhr durch? Der Hund hob bittend die rechte Pfote.

»Du musst mal raus, hm?« Liebevoll streichelte Liva ihm über das weiche Fell, das an manchen Stellen schon ergraut war. Obwohl ziemlich kurzsichtig, hatte er sie nach all der Zeit stürmisch und voller Freude begrüßt, so wie früher, wenn sie gegen Mittag aus der Schule gekommen war.

Sie hatte den Hund gerade noch rechtzeitig aus den Klauen der Nachbarin gerettet, die gerade dabei gewesen war, das Tierheim zu verständigen. So eine gehässige Alte, der zur Begrüßung nichts Besseres eingefallen war als ein dummer Spruch. »Ja, ja, sich jahrelang nicht melden und sobald es ans Erbe geht, so schnell es geht auf der Matte stehen. Das hat man gerne.«

Liva hatte sich gerade noch zurücknehmen können, ihr etwas ebenso Böses zu entgegnen. Aber das war ja vermutlich genau das, was die Müller mit ihrem Verhalten provozierte, um sich später wieder das Maul über die »Bankerte« zu zerreißen. Die Tatsache, dass sie ohne Vater aufgewachsen waren, war ihr schon immer ein Dorn im Auge gewesen.

Liva schlurfte die Treppe hinunter und öffnete die Gartentür, um Wodka rauszulassen. Wie selbstverständlich es sich anfühlte, wieder in diesem Haus zu sein – als wäre sie nie weg gewesen. Sie würde also die Blumen gießen, die Post reinholen, die Rollläden auf- und zumachen, die Mülleimer rausstellen. Sie kam sich dabei vor, als führte sie ein Doppelleben: Nachtschwärmerin und Herzensbrecherin in Köln, fürsorgliche Tochter und Hausmeisterin in Marburg.

Erst nachdem sie sich in der Küche einen Kaffee gezogen hatte, betrat sie das Wohnzimmer. Das Sofa war leer und die Decke fein säuberlich zusammengefaltet. Die Fotokiste stand wieder an ihrem alten Platz im Regal. Konstantin war verschwunden.

Sie hatten die halbe Nacht noch gequatscht. Darüber, wie schlecht es ihrer Mutter zurzeit ging, dass ihr Leben am seidenen Faden hing. Und dass sich Alex sicher noch verabschieden wollen würde, wenn er noch am Leben war. Liva brauchte nach so einem Abend ausgesprochene Ruhe. Konstantin dagegen war nie ein Langschläfer gewesen. Er hatte auf dem Tisch einen Zettel hinterlassen: *Schaue heute mal kurz bei meiner Mutter vorbei, melde mich, wenn ich noch Zeit für einen Kaffee habe.*

Hieß das, dass er doch heute noch in Marburg blieb? Dass sie sich weiterhin auf den Freund verlassen konnte? Liva faltete den Zettel ganz klein und steckte ihn ein.

Überhaupt wunderte sie sich, dass er sich offenbar mit seiner Mutter wieder gut verstand – eine Frau, die zeitlebens von schweren Depressionen geplagt wurde und mehrere Klinikaufenthalte hinter sich hatte. Konstantin war als kleiner Junge oft sich selbst überlassen gewesen. Später hatte er den Kontakt auf ein Minimum reduziert, damit gehe es ihm besser, sagte er immer.

Mit dem Plan, sich eine Dusche zu gönnen, um richtig wach zu werden, fiel ihr auch auf, dass sie die Zahnbürste und ihr Shampoo vergessen hatte. Liva öffnete den Badezimmerschrank und schaute alle Kisten, Tuben und Behälter durch. Ihre Mutter verwendete immer noch die gleichen Marken wie früher. Eine original abgepackte Zahnbürste lag obenauf. In der hinteren Reihe stieß sie auf ein Duschgel für Männer, das halbleer war. Reflexartig schnappte sie sich die Tube und roch daran. Dieser Geruch rief so unglaublich viele Erinnerungen hervor, dass sie es nicht verhindern konnte: Ihre Augen füllten sich mit Tränen. Dass die Mutter Alex' Duschgel aufbewahrt hatte, zeigte doch, dass sie doch irgendwo ganz tief drinnen damit rechnete, dass ihr Sohn irgendwann wiederkam. Das tat weh. Und gut gleichzeitig. Ob sie noch mehr Erinnerungsstücke im Haus finden würde? Vielleicht waren ja auch welche darunter, die über seinen Verbleib Auskunft geben konnten? Vielleicht musste man mit einem zeitlichen Abstand einfach noch mal neu suchen, denken und forschen.

Ob das Schicksal sie nach all den Jahren wieder nach Marburg geführt hatte, um das herauszufinden? Denn seit gestern ließ sie das Gefühl nicht los, dass die Erklärung für Alex' Verschwinden in diesem alten, verwinkelten Haus zu finden war, in dem sie ihre gemeinsamen Kindheitsjahre verbracht hatten.

Die Dachkammer. Den Raum hatte Alex als Studierstube und Rückzugsraum genutzt, der Familie war Betreten quasi untersagt gewesen. Und dennoch hatte die Polizei vor drei Jahren dort oben alles auf den Kopf gestellt und nichts Auffälliges gefunden.

Trotz des warmen Schauers, der kurze Zeit später in der Dusche auf sie niederrieselte, verkrampfte sich ihr Magen. Das Gefühl, dass ihr etwas den Hals zuschnürte, wurde immer stärker. Wer war sie schon ohne den großen Bruder, der sie so oft zum Lachen gebracht hatte und der ihr ein Vorbild gewesen war? Wer war sie ohne die Mutter, die zwar nie über den Vater ihrer Kinder gesprochen hatte, aber immer für sie da gewesen war? Den unbekannten Vater hatten Alex und Liva nie vermisst. Die Mutter fehlte schon jetzt.

Sie ließ das warme Wasser noch einige Minuten über das Gesicht laufen, als wollte sie all diese Gedanken abwischen. Nichts war man ohne die Menschen, die man liebte. Das kapierte man aber offenbar immer erst, wenn es zu spät war. Und plötzlich hatte sie so verdammt große Angst davor, was sie heute in der Klinik erwarten würde. Und die würde sie ganz alleine tragen müssen.

* * *

Auf Station herrschte emsiges Treiben, sodass man Liva zunächst gar nicht beachtete. Nahezu unbemerkt gelangte sie durch die erste Schleuse, wo man die Hände desinfizieren und sich den Mundschutz umlegen musste, zum Zimmer ihrer Mutter, nachdem ihr eine nette Dame die sonst verschlossene Tür zur Intensivstation aufgehalten hatte. Die Schwestern, die Dienst hatten, waren wieder andere als am Tag zuvor. Und von Dr. Naumann war keine Spur zu sehen, was sie ausnehmend schade fand. Stattdessen huschte ein kleines, nervöses Männlein im weißen Kittel über die Flure und schaute sie hektisch über den Brillenrand an, als sie ihn ansprach. Er stellte sich als Dr. Schoner vor. Und er hatte es furchtbar eilig, das merkte man.

»Wir rufen Sie an, sollte sich der Zustand Ihrer Mutter ändern. Das habe ich Ihrem Bruder heute Morgen auch schon gesagt. Aber, machen Sie sich keine Sorgen. Momentan ist sie stabil«, war seine knappe Antwort. Prompt wendete er sich ab und blätterte schon in den Unterlagen eines anderen Patienten. Da hielt Liva ihn – vielleichte eine Spur zu grob – am Arm fest. Erstaunt schaute er sie an.

»Wollen Sie damit sagen, dass mein Bruder hier war? Alexander Lohrey?« Das konnte doch nicht sein, das war unmöglich.

»Jedenfalls hat er sich als der Sohn der Patientin Lohrey ausgegeben. Ich muss gestehen, dass wir momentan richtig Stress auf Station haben und ich seinen Ausweis nicht kontrolliert habe. In den Unterlagen stand auch was von einem Sohn …« Er blinzelte nervös durch die kleine Brille hindurch. »Haben Sie denn keinen Bruder?«

»Schon. Aber …«, Liva bremste sich, die ganze Geschichte wollte sie dem Arzt jetzt ersparen. »Wie sah der Mann denn aus?«

»Er hatte schwarze Haare, daran erinnere ich mich wohl. Und er war sehr groß und schlank. Ansonsten hatte er einen weißen Kittel an, eine blaue Haube über den Haaren und trug einen Mundschutz um. Es tut mir leid, hier sehen irgendwie alle Menschen gleich aus. Vorsichtsmaßnahmen eben.« Offenbar war ihm die Sache mehr als unangenehm. Die Station war nur den Angehörigen vorenthalten. Das wussten sie beide.

Liva saß eine lange Zeit am Bett ihrer Mutter und streichelte ihr die Hand. Sie beobachtete, wie die Kranke gelegentlich nach Luft rang. Einmal kam eine Schwester herein und erinnerte sie daran, dass die Besuchszeit bei Patienten auf der Intensivstation gleich vorbei sei. Es ging ihr nah, hier zu sitzen und nichts tun zu können. Es zerriss sie innerlich. Wenn das wirklich stimmte, dass Alex am Morgen hier gewesen war, musste ihn jemand über den Zustand seiner Mutter in Kenntnis gesetzt haben. Es war nahezu unmöglich, dass ein Mensch nach drei Jahren ganz plötzlich einfach so auftauchte, nur, um dann wieder zu verschwinden. Liva hatte einen ganz anderen Verdacht. Sie vermutete stark, dass es Konstantin gewesen war, der auf dem Weg nach Köln hier vorbeigeschaut hatte. Er hatte sich immer gut mit Theresa Lohrey verstanden, war ihr jahrelang wie ein Sohn gewesen. Und die Beschreibung passte auch auf ihn. Dennoch: Solche Momente machten etwas mit ihr. Sie feuerten eine Hoffnung an, die in ihrem Herzen einen großen Schmerz verursachte.

Als ihr Magen grummelte, fiel ihr ein, dass sie außer dem schnellen Kaffee heute Morgen nichts zu sich genommen hatte. Bevor sie den Bus runter in die Stadt nehmen würde, musste sie sich im Krankenhaus-Café nach etwas Essbarem umschauen. Und dann musste sie sich beeilen, weil Wodka auf einen ausführlichen Gassi-Gang wartete. Darauf freute sie sich schon: Sie würde mal hoch zum Heiligen Grund laufen, nahm sie sich vor. Dort, wo sie einen Garten hatten, von dem aus man einen wunderschönen Blick über die alten Apfelplantagen hatte. Alte Wege gehen. Sich auf Spurensuche begeben. Dabei Alex vermissen.

* * *

Der Cafébetrieb brummte. Es roch nach Krankenhaus, dennoch bemühte man sich hier um ein gewisses Maß an Normalität. Wer sich in dem Bistro tummelte, war entweder auf dem Weg der Besserung oder hatte Besuch. Die Fenster waren mit bunten Girlanden geschmückt, auf den Tischen standen kleine Vasen mit frischen Blumen darin. Es gab kaum freie Plätze, nur im hinteren Bereich saß eine einzelne junge Frau an einem Vierer-Tisch und hantierte mit ihrem Smartphone herum.

Liva erkannte Melli sofort. Sie trug die Haare kürzer als früher, vielleicht war ihr Gesicht etwas fülliger geworden, was ihr gut stand. Unverwechselbar waren ihre Gesten – ganz eindeutig immer noch eine sanfte Frau, die jedoch genau wusste, was sie wollte. Liva hatte sich der Freundin ihres Bruders gegenüber immer wie ein junges, unreifes Mädchen gefühlt. Die kleine Schwester eben, manchmal auch wie der Klotz am Bein.

»Ist hier noch frei?« Liva zeigte auf den Stuhl am selben Tisch.

Melli zuckte zusammen und starrte sie an wie einen Geist. Fast drei Jahre waren vergangen, seit sie sich zum letzten Mal gesehen hatten. Nur einige Wochen nach Alex' Verschwinden hatte Theresa Lohrey ein paar Leute zum Abendessen eingeladen. Vermutlich hatte sie damals nur Zusammenhalt demonstrieren wollen, dennoch hatte man sich wie auf einer Beerdigung gefühlt. Mellis Gesicht war vor Trauer ganz grau gewesen, ihr Blick entrückt, und Liva war sich nicht sicher gewesen, ob sie überhaupt irgendetwas von den Gesprächen am Tisch verstanden hatte. Konstantin hatte sich direkt nach dem Essen höflich verabschiedet und war generell sehr schweigsam gewesen. Tante Hedwig war eigens aus Frankfurt gekommen, um ihr Beileid auszusprechen und der Schwester beizustehen. Da die Schwestern sich nie viel zu sagen gehabt hatten, war Hedwig am späten Abend wieder abgereist. Alles drehte sich um den verlorenen Sohn – dass ihre Tochter bald nach Köln ziehen würde, um ein Journalistik-Studium zu beginnen, war nur mal kurz Thema gewesen. Der Abend war Alex gewidmet gewesen, dessen Platz leer geblieben war. Keiner hatte damals weitergewusst. Keiner hatte eine Ahnung, wie man mit diesem Schmerz würde weiterleben können.

Melli streckte nun spontan den Arm aus und ergriff Livas Hand. Eine seltsam vertraute Geste für zwei sich fremd Gewordene. Doch ihr Blick war mitfühlend und aufrichtig. Sie meinte es offenbar ernst mit ihrer Anteilnahme. »Wie geht es deiner Mutter?«

Jetzt war Liva baff. Offenbar war sie bestens informiert. War sie etwa deswegen hier? Um sie zu besuchen?

»Ich wollte nach ihr sehen, man hat mich aber nicht reingelassen, weil ich keine direkte Angehörige bin.«

Liva betrachtete ihr Gegenüber. Hier hatte die Einlasskontrolle auf der Intensiv also doch funktioniert. Seltsam, ihre Mutter hatte nie erwähnt, dass sie mit Melli noch in Kontakt stand.

»Da hilft nur beten«, sagte die nun und senkte den Kopf.

»Beten?! Schadet zumindest nicht«, Liva staunte nicht schlecht. Seit wann glaubte Melli an Gott? Und überhaupt kam sie ihr total verändert vor, viel weicher und zugänglicher als früher. Bei genauem Hinsehen hatte sie sich in der Zwischenzeit auch äußerlich verändert, war fraulicher und reifer geworden. Vielleicht kam ihr das aber auch nur so wegen der schicken Bluse vor, die den bedruckten, ausgewaschenen Kapuzenpullis gewichen war.

»Woher weißt du eigentlich, dass meine Mutter auf der Intensiv liegt?«, wagte sich Liva vor. Dass ihre gehässige Nachbarin den Vorfall schadenfroh in Ockershausen herumtratschte, war klar. Doch Melli wohnte im Südviertel. Und verkehrte ganz sicher nicht in den Müller'schen Kreisen.

»Na, Konsti hat es mir erzählt«, Melli trank den Rest ihres Kaffees in einem Zug aus. »Er ist gestern kurz bei mir gewesen. Hat er es nicht erwähnt?« Melli stand auf und klopfte sich die Hose zurecht, die voller Sitzfalten war.

»Nö«, sagte Liva fast schnippisch. Die Lust auf die fett mit Butter beschmierten und spärlich mit Wurst belegten Brötchen und den dünnen Kaffee hier war ihr vergangen. Irgendetwas an Mellis Anwesenheit kam ihr seltsam vor. Und, dass Konstantin nichts von der Begegnung erwähnt hatte, hatte ebenfalls einen Beigeschmack. Andererseits war ein Krankenbesuch ja eine nette Geste. Denn ihre Mutter hatte »Mellimaus«, wie sie ihre Schwiegertochter in spe immer genannt hatte, von Anfang an ins Herz geschlossen gehabt.

»Ich werde wohl noch ein paar Tage in Marburg bleiben.« Liva musste an ihr Reportage-Seminar denken und daran, dass sie bis Donnerstag ihr Abschlussthema einzureichen hatte. Wenn sie mit den vielen unentschuldigten Fehlstunden überhaupt zugelassen wurde. Eigentlich konnte sie es sich gerade jetzt gar nicht erlauben, dem Unterricht fernzubleiben.

»Cool, dann lass uns doch morgen in Ruhe einen Kaffee zusammen trinken«, Melli umarmte sie kurz, schnappte sich ihre Handtasche und schaute auf die Uhr. »Sorry. Ich muss los. Meldest du dich? Meine Nummer ist noch die alte. Und sag mir bitte Bescheid, sobald ich Theresa besuchen kann.«

Theresa also. Nicht mehr Frau Lohrey. Dann duzten sich die beiden inzwischen. Da war dann wohl hinter ihrem Rücken eine innige Frauen-Freundschaft entstanden. Vielleicht ja auch eine Art Mutter-Tochter-Verhältnis, wo sich die eigene Tochter rargemacht hatte. Na, dann mal herzlichen Glückwunsch.

Liva beobachtete durch die Scheibe, wie Melli draußen auf dem Parkplatz in einen blauen Berlingo stieg, dessen hintere Fenster mit einem kunterbunten Biene-Maja-Sonnenschutz verdunkelt waren. Dann brauste sie in hohem Tempo vom Parkplatz, tangierte dabei beinahe einen Mann mit Krücken, der hinter einem Auto hervorgehumpelt kam. Die leidenschaftliche Fahrradfahrerin und Umweltaktivistin hatte sich in eine Tussi mit Familienkutsche verwandelt. Strange.

* * *

Für den Nachmittag hatte sich Liva die Inspektion der Dachkammer vorgenommen. Der Gedanke, dass sich dort etwas darüber herausfinden lasse, was mit Alex geschehen war, ließ sie nicht mehr los. Nach einem leichten Mittagsmahl stapfte sie nun die schiefen Treppen nach oben in den zweiten Stock und schaute sich erst einmal in dem Vorraum um, den sie gemeinsam mit Jessi vor vielen Jahren blütenweiß gestrichen hatte. Hier hatte sich nicht viel verändert: Das alte Bücherregal war ganz schön zugestaubt und auf dem kleinen, runden Tisch stand Mutters alte Schreibmaschine *Elvira*. Als Jugendliche hatte Liva mit Vorliebe darauf ihre Briefe getippt. Erfreut stellte sie fest, dass sogar noch ein funktionierendes Farbband vorhanden war. Vielleicht sollte sie ihre Abschlussarbeit darauf schreiben, das hatte wenigstens einen gewissen haptischen Reiz, wenn sie sich sonst schon nicht dazu motivieren konnte. Ansonsten kam ihr das Studium gerade sehr weit weg vor. Hallermann, der Idiot, hatte auf ihre Entschuldigungs-Mail gestern nicht mal reagiert. Kein Wort des Bedauerns, kein tröstendes Wort. Sie wusste nicht mal, ob er ihre Begründung – dass die Mutter einen schweren Unfall gehabt hatte und sie dringend in Marburg gebraucht wurde – überhaupt akzeptierte.

Wie früher war auch jetzt die Tür zu Alexanders heiligem Studierzimmer verschlossen. Der Schlüssel lag zwar nur notdürftig auf dem Türrahmen, das Versteck hatte aber damals schon eine enorme Symbolkraft gehabt: Hier – so die Botschaft – hatte nur einer Zutritt. Der einzige Mann im Haus.

Für einen Einbrecher, der sich nicht auskannte, war das sicher nur eine kleine Hürde. Aber immerhin. Und wie es aussah, waren die Eindringlinge aufgrund der gebotenen Eile tatsächlich nicht bis hierher vorgedrungen, so viel stand fest.

Liva schloss auf. Sie kam sich vor, als würde sie etwas Verbotes tun. Ihre Mutter hätte dieses Eindringen niemals geduldet. Sie betrat den Raum und schaute sich um. Stickig war es hier. Und staubig. Ansonsten sah alles noch genauso aus wie früher. Angeblich hatte die Polizei sich damals hier ausführlich umgeschaut. Soweit Liva wusste, hatte dieser Polizist – Frangenberg hatte er geheißen – damals sogar Alex' Laptop zur Untersuchung mitgenommen, ohne darauf Hinweise auf seinen Verbleib zu finden.

»Da ist nur wissenschaftlicher Kram drauf. Psychologische Studien und historische Abhandlungen – offenbar ein Freak.« Wie gut sie seine Stimme und diesen unverschämten Ton noch im Ohr hatte.

Liva setzte sich. Sie fuhr nachdenklich mit zwei Fingern über den Schreibtisch und hinterließ ein Muster in der dicken Staubschicht. Sie zeichnete – vollkommen unbewusst – ein großes, schiefes Herz. »Wo bist du, Alex? Warum hast du mich hier alleine gelassen? Mama braucht uns. Sie braucht doch uns beide!« Ihr stiegen Tränen in die Augen, die sie mit dem Handrücken wegwischte.

Vor ihr lag eine dünne Zeitschrift zur Geschichte des Stadtteils Ockershausen. Es ging darin um diesen Mordfall, der sich im Jahre 1861 auf dem Dammelsberg – keine 15 Minuten Fußweg von ihrem Haus entfernt – zugetragen hatte. Von diesem Fall hatte Alex ihr mal erzählt, kurz darauf hatte er ihr sogar oben im Wald den Tatort gezeigt. Diese grausame Tat hatte eine ungeheure Faszination auf ihn ausgeübt, sodass er damals viel Zeit im Hessischen Staatsarchiv verbracht hatte, um die Original-Prozessakten einzusehen. Um sie lesen zu können, hatte er sich sogar Sütterlin angeeignet, wie Liva sich erinnerte. Das hatte sie so an ihm bewundert. Dass er sich in etwas reingraben und vollkommen darin aufgehen konnte. Hatte er nicht sogar überlegt, ob er über das Thema Hinrichtungen, ein wirklich dunkles Kapitel deutscher Geschichte, sogar promovieren sollte?

Das stürmische Klingeln der Türglocke riss sie aus ihren Gedanken. Mist, gerade jetzt. Als sie die Zeitschrift an sich nahm, fiel ein gelber Post-it-Zettel heraus, auf den Alex eine Handynummer notiert hatte. Er hatte den Zettel vielleicht nur als Lesezeichen zwischen die Seiten gesteckt. Dennoch machte sie die ganz eindeutig mit weiblicher Handschrift geschriebene Handynummer neugierig. Was wohl passieren würde, wenn sie sie einfach mal wählte?

Jetzt klingelte es schon wieder. »Ich komme ja schon!«, rief sie. Eilig klemmte sie sich die Zeitschrift unter den Arm, legte sonst alles wieder fein säuberlich an seinen Platz und schloss das Zimmer wieder hinter sich ab. Sie tat das aus Respekt vor Alex und aus Rücksicht auf ihre Mutter, die es nie geduldet hätte, dass sie diesen Raum überhaupt betrat. Aus irgendeinem Grund hatte sich Theresa Lohrey mit Alex' Verschwinden irgendwann abgefunden und ihn für tot erklärt. Warum dann aber ließ sie dieses Zimmer unberührt, als würde der Sohn jederzeit wieder zurückkommen?

Als Liva die Haustür öffnete, war keiner mehr da. Stattdessen klemmte ein Zettel im Briefkasten, offenbar notdürftig mit einer Botschaft bekritzelt. Die Schrift kam Liva zwar nicht bekannt vor, der Name des Schreibers jedoch schon: *Wir müssen reden. Willibald Zauner.* Was um alles in der Welt wollte der alte Lehrer von ihr? Oder galt der Zettel ihrer Mutter?

Marburg, den 12.12.1861,
Katherine Bald

Elise, ich muss dir etwas Unfassbares erzählen. Und du musst mir als meine Freundin versprechen, dass du Stillschweigen darüber bewahrst. Du wirst es mir sicher nicht glauben, aber die ganze Geschichte ist wahr.

Wie du weißt, hat man mich zur Bestrafung wegen dieses kleinen Diebstahls letztens für eine ganze Weile in den Hexenturm oben am Schloss gesperrt. Das war hart, das muss ich wirklich sagen. Aber die Kleinen müssen immer bluten, das sage ich ja schon immer.

Oben in dem Turm hinter dem Schloss, in dem die Fledermäuse und Ratten leben, ist es zurzeit furchtbar kalt und dunkel. In der Nacht dachte ich, ich würde verrückt werden. Ich dachte, ich sei ganz alleine dort. Doch da höre ich plötzlich durch die dicken Mauern mitten in der Nacht zuerst lautes Geschrei und Geschimpfe. Dann weinte und jammerte da jemand – eindeutig ein Mann. Ich rief. Die Wächter sind nachts betrunken und werden davon nicht wach. »Hallo? Wer ist denn da?«, wiederholte ich. »Ich bin die Katharina Bald aus Marburg!«

»Katarina? So ein wunderschöner Name! Sicher passt er gut zu dir, deiner Stimme nach zu urteilen, musst du unglaublich schön sein!«, kam es durch die dicken Mauern zurück.

Er teilte mir seinen Namen mit und erklärte, dass man ihn unschuldig hier festhalte. Einen Mord wolle man ihm anhängen, um einen anderen freisprechen zu können. Er weinte wieder und fragte mich nach Trost.

Wir redeten lange. Es war mir, als läge er dabei neben mir. Irgendwann bin ich eingeschlafen. Und diese Gespräche wiederholten sich Nacht für Nacht. Er gestand, dass er von mir träume. Und ein anderes Mal schlug er vor, dass wir beide – wenn das alles hier vorbei sei – nach Amerika auswandern und neu anfangen würden. Elise – Amerika! Er kennt viele Menschen, die schon rübergemacht haben. Die Papiere habe er schon fast zusammen, sagte er. Und wenn wir vorher heiraten, kann ich mit ihm kommen. So sehr liebt er mich.

Woher ich das weiß? Ich konnte meinen Ludwig, und nur so will ich ihn fortan nennen, für einen kurzen Moment beim Umschluss leibhaftig vor mir sehen. Er schaute mir tief in die Augen und flüsterte: »Meine Katherine, mein Ein und Alles, meine Braut.« Und obwohl ihn der Wärter sofort ermahnte, konnte ich ihm ein Geschenk zustecken, das ich seit Tagen bei mir trug: Einen aus meinen Haaren mit viel Liebe geflochtenen Verlobungsring. Vor Rührung schossen ihm die Tränen in die Augen. Dann wurde er abgeführt.

Von dem Pfarrer Kolbe, der mich besuchte, um mich zu einem besseren Menschen zu machen, erfuhr ich dann, dass man ihn deswegen in den Hexenturm gebracht hatte, weil er letztens nach einem Verhör versucht hat, auf dem Weg vom Landgericht zum Kugelhaus zu fliehen. Wie groß muss seine Verzweiflung gewesen sein, wie groß seine Ohnmacht – von aller Welt verlassen zu sein, dass er einfach so fortlief. Es dauerte nicht lange und man hatte ihn wieder geschnappt. Was für ein mutiger Mann.

Seit unserer Begegnung trage er meinen Ring, sagt er. Er hat sich sogar in einem auf Wurstpapier gekritzelten Liebesbrief bei mir bedankt. Und mich bei meiner Entlassung um etwas gebeten: »Liebe Katharina,« schrieb er da. »Eine Bitte habe ich noch. Bringen Sie mir eine Laubsäge, ein Seil habe ich.« Dummerweise hat man mir das Papier entrissen und weggenommen. Wenn ihm dennoch die Flucht aus dem Turm gelingt oder man ihn freispricht, woran ich glaube, dann werden wir für immer zusammen sein können. Aber bis dahin, meine gute Freundin, bin ich vermutlich der einzige Mensch auf der ganzen Erde, der sich nach dem Hexenturm zurücksehnt. Was würde ich dafür geben, wieder in diesem kalten, dicken Gemäuer eingesperrt zu sein, nur um ihm nahe zu sein. Dem Ludwig.

5. Kapitel

Die Nachtluft hier oben auf dem Kirchhof tat unglaublich gut. Es konnte einem davon regelrecht schwindelig werden. Liva lehnte sich an die kühle Steinmauer und beobachtete Wodka, der sich eine geeignete Stelle suchte, um sein Geschäft zu machen. Schon als Jugendliche hatte sie auf dem Lutherischen Kirchplatz Ruhe gesucht. Unzählige Stunden hatte sie auf dieser bestimmten Bank gesessen, ihren Liebeskummer gepflegt, Tagebuch geschrieben oder Gespräche mit ihren Freundinnen geführt. Später hatte sie sich hier mit Jungs getroffen, die »einfach nur mal quatschen« wollten. Einmal war sie sogar mit Konstantin auf dieser Bank gelandet, wobei sie sich daran kaum noch erinnern konnte, weil sie nach dem Konzert am Schloss ziemlich betrunken gewesen war. Apropos Konstantin: Seit er am Morgen so plötzlich verschwunden war, hatte er sich nicht mehr bei ihr gemeldet und war auch nicht an sein Handy gegangen. Liva konnte sein Verhalten so gar nicht einordnen. Hatte er nicht behauptet, dass er sie ungern alleine in die Vergangenheit reisen ließ? Warum war er ihr überhaupt nach Marburg nachgekommen, wenn er dann so schnell wieder das Weite suchte?

Stattdessen hatte er Melli besucht, ohne ein Wort zu sagen. Und ihrer Mutter einen Besuch abgestattet, wohlgemerkt unter falschem Namen. Das alles passte gar nicht zu ihm.

Der Blick auf die ruhende Stadt von hier oben war immer wieder besonders, anrührend, einfach wunderschön. Auch das hatte sie in den letzten Jahren irgendwie vergessen. Es war wirklich kein Wunder, dass sich in dem 80.000-Einwohner-Städtchen manchmal gefühlt mehr Touristen als Einheimische tummelten, um die »original medieval town« zu besichtigen, die in jedem Deutschland-Reiseführer in einem Atemzug mit Tübingen und Heidelberg genannt wurde. Die stattliche Elisabethkirche, die schmalen Gässchen hoch zum Schloss und die schmucke Oberstadt. Viele zog es alleine schon hierher, weil sie auf den Spuren berühmter Menschen wandelten: Die Älteren interessierten sich für Martin Luther, die Brüder Grimm, Hannah Arendt, die Brentanos und die Jüngeren machten einen Kult um den Komiker Maddin Schneider oder Felix Lobrecht, der in seinem Podcast immer wieder von seiner Zeit in Marburg redete.

Stadtgeschichte gehörte hier zur Ausbildung – in der Schule hatten sie den ganzen alten Kram immer und immer wieder durchgekaut. Um eine neue Generation Stadtführer heranzuziehen? Sicher ohne großen Erfolg, denn die meisten, die hier aufgewachsen waren, verließen nach der Schulzeit erst einmal die Enge des Städtchens an der Lahn – so wie sie selbst. Anders dagegen Alex: Er hatte Marburg immer geliebt und wäre nie freiwillig woanders hingezogen.

»Wusstest du eigentlich, dass das Marburger Schloss in den Jahren 1817-1869 als Gefängnis genutzt wurde? Da wurden auch besonders schwere Fälle, die sogenannten Eisengefangenen, inhaftiert.« Sie hatte plötzlich den begeisterten Tonfall ihres Bruders in den Ohren, wie er sein Wissen an andere weitergab – egal, wo man stand und ging. Es hatte kaum ein Gebäude in der Oberstadt gegeben, zu dem er nichts hatte sagen können. Das verdankte er seinem Geschichtslehrer Willibald Zauner – an der Schule von allen Zausel genannt –, ohne den sein Leben sicher anders verlaufen wäre. Er hatte den alten Mann verehrt und sogar nach dem Abi Kontakt gehalten. Er musste inzwischen im wohlverdienten Ruhestand sein. Sie hatte ihm vorhin noch eine Nachricht hinterlassen. Was er wohl mit ihr besprechen wollte?

Leise hörte sie, wie die vier Glocken der Pfarrkirche die Mitternachtsstunde anschlugen. Es war nun wirklich Zeit, den Heimweg anzutreten. Sie warf einen letzten Blick rüber zum Klinikgebäude auf den Lahnbergen, das man von hier aus gut auf dem gegenüberliegenden Hügel ausmachen konnte. Dort drüben kämpfte ihre Mutter gerade um Leben und Tod – einsam und alleine.

* * *

»Bitte noch mal von vorne, Frau Lohrey«, sagte Johanna Brauns freundlich, aber bestimmt.

Die junge Kriminalbeamtin saß schon eine Weile am Esszimmertisch, während ein Kollege draußen ums Haus schlich, um weitere Spuren zu suchen. Die beiden waren voller Tatendrang. Da Liva noch nicht gefrühstückt hatte, fühlte sie sich überhaupt noch nicht bereit für diese Konversation. Der hohe Besuch hatte sie trotz fortgeschrittener Stunde – es war bereits nach zehn Uhr – mitten aus dem Tiefschlaf gerissen. So saß sie jetzt – notdürftig mit einer Shorts und einem T-Shirt bekleidet – der Polizistin in der Küche gegenüber und wartete darauf, dass der Espresso endlich durchgelaufen war. Nicht mal mehr kämmen hatte sie sich können, als es eben Sturm geklingelt hatte. Im Gegensatz saß die Frisur von Johanna Brauns wie eine Eins. Wann standen eigentlich manche Frauen auf, um sich zurechtzumachen? Wenn es draußen noch dunkel war?

Bildete sich Liva das nur ein oder wurde sie von der Kommissarin leicht spöttisch beäugt? »Sie haben gesagt, dass Ihre Mutter alleine hier lebt. Und dass außer Ihnen beiden niemand einen weiteren Schlüssel für das Haus hat.«

Kurz musste sie an die Situation denken, als Konstantin vorgestern Abend plötzlich im Flur vor ihr gestanden hatte. Sie hatte später ganz vergessen zu fragen, wie er überhaupt ins Haus gekommen war. Ob er einen eigenen Schlüssel hatte oder sogar noch im Besitz von Alex' Schlüssel war, den er sich häufig ausgeborgt hatte? Seit ihr Bruder weg war, war auch sein Schlüsselbund nicht mehr aufgetaucht. Liva beschloss, erst mit Konsti zu sprechen, bevor sie deshalb eine Welle machte.

»Frau Lohrey? Niemand außer Ihnen hat einen Schlüssel, richtig?«

»Soviel ich weiß, stimmt das.« Warum fühlte sie sich nur so unwohl, seit die Ermittler in ihr Haus eingedrungen waren? Vielleicht, weil es sich ein bisschen wie damals anfühlte: die Uniformierten an der Tür, die Dienstausweise, diese Gespräche, die sie als sehr schmerzhaft in Erinnerung hatte.

Ein blubberndes Geräusch ließ sie aufhorchen, ein gutes Zeichen – der Kaffee war gleich fertig. Liva sprang auf. »Wollen Sie auch einen?«

»Nein, danke«, Brauns lächelte. Auch ihre Zähne waren perfekt. Vermutlich von Geburt an, dachte sich Liva, die hatte doch sicher nie eine Zahnspange getragen. Nicht mal eine lose.

»Tatsächlich keinerlei Einbruchsspuren, auch nicht im Keller oder an der Gartentür. Entweder die hatten doch einen Schlüssel oder das Opfer muss die Männer gekannt und zumindest reingelassen haben,« kam da eine Stimme von draußen, die Liva sofort bekannt vorkam.

Frangenberg! Derjenige, der damals ihren Vermisstenfall bei der Marburger Polizei federführend übernommen hatte. Zunächst waren ihre Mutter und sie davon ausgegangen, dass er wirklich vorhatte, ihnen zu helfen. Dass er ein Interesse daran hatte, die letzten Stunden und Tage des Vermissten zu rekonstruieren, um herauszufinden, was passiert war. Doch dann waren sie eines Besseren belehrt worden. Ihm fehlte jegliches Feingefühl, mit der Trauer der Angehörigen umzugehen. Der Fall war wenig später ad acta gelegt worden, weil es ja keine Leiche gab und der Eindruck entstanden war, dass Alex einfach abgehauen sei, um sich ein neues Leben aufzubauen. Einmal hatte er sogar die Vermutung geäußert, dass der junge Mann eine neue Frau kennengelernt haben könnte, mit der er von hier getürmt war.

So was passiere häufig. Was für eine gequirlte Scheiße! Liva hatten diese Spekulationen damals tief getroffen. Dieser Polizist war für sie der Inbegriff eines Ermittlers, der auf ganzer Linie versagt hatte. Ermittlungstaktisch, psychologisch, menschlich. Und ausgerechnet der wagte es noch, hierher zurückzukehren?

Inzwischen war Brauns aufgestanden und zu ihrem Kollegen gegangen. Sie zeigte die Treppe hoch. »Die Frau ist ja von dort oben heruntergefallen. Im Nachthemd. Es muss sie also jemand von oben gestoßen haben. Oben waren auch sämtliche Schränke und Schubladen aufgerissen und zerwühlt. Seltsamerweise scheint nichts zu fehlen.«

Livas ungutes Gefühl nahm zu. Der prüfende Blick von dieser Frau Brauns ging ihr gerade durch Mark und Bein.

»Vielleicht fällt Ihnen ja noch irgendetwas ein, Frau Lohrey. Es würde mich freuen, wenn wir uns noch mal am Montag auf dem Präsidium sehen könnten. Wir sind auf Ihre Hilfe angewiesen.« Sie lächelte. »Passen Sie bis dahin auf sich auf. Und für Ihre Mutter alles Gute!«

* * *

Eigentlich mochte Liva den Weg von der Ketzerbach hoch zum Marktplatz. Vorbei an den kleinen, meist inhabergeführten Geschäften und den alten, hohen Fachwerkhäusern, die ab und zu den Blick auf die engen Gassen zum Schloss zuließen. Wenn man es jedoch eilig hatte, konnte der Weg durch die Menschenmassen und Kleiderständer, Eiscafébesucher und vorbei an den spielenden Kindern zum Spießrutenlauf werden. Liva war spät dran, dabei konnte sie heute ausnahmsweise mal gar nichts dafür. Der Bus von den Lahnbergen runter in die Stadt hatte extrem getrödelt und dann noch ewig an einer Baustelle gewartet. Alle hatten an der Elisabethkirche außerplanmäßig aussteigen und den restlichen Weg zu Fuß antreten müssen.

Melli hatte das Café am Marktplatz für ein Treffen vorgeschlagen, weil sie eh ein paar Erledigungen in der Stadt machen musste. Sie wartete sicher schon. Seit sie sich am Morgen überraschend gemeldet hatte – Liva hatte gerade die Klinik verlassen und auf ihr Smartphone geschaut –, empfand sie eine seltsame Unruhe. Der Zustand ihrer Mutter war unverändert, dennoch, so hatte ihr das Naumann heute erklärt, würde man es in den nächsten Tagen versuchen, sie aus dem künstlichen Koma zurückzuholen. Die Ohnmacht, bis dahin an ihrem Bett zu sitzen und nichts tun zu können, war für Liva kaum auszuhalten. Und sie sehnte sich danach, einfach mal wieder mit einem Menschen zu sprechen. Sie hatte Konstantin mehrere Nachrichten auf allen Kanälen hinterlassen. Es war untypisch, dass er sich kein einziges Mal zurückmeldete. Ob sie ihn vielleicht mit etwas verärgert hatte? Ob er wegen der Sache mit diesem Marcel doch angefressener gewesen war als er hatte zeigen wollen? Früher schon hatte sie einen gewissen Unmut – oder war es Eifersucht – an ihm festgestellt, wenn es um ihre flüchtigen Affären ging. Dass er sich aber so gar nicht mehr meldete, passte nun wirklich nicht zu ihm.

Das Café am Markt war überfüllt. Liva schaute sich um, lief bis ganz hinten, lugte um die Ecke und ging wieder nach draußen. Auch an den Tischen, die in engen Reihen die Barfüßerstraße säumten, saß niemand, der Melli auch nur ansatzweise ähnlich sah. Seltsam.

Erst, als sie ihr Smartphone aus der Tasche kramte, entdeckte sie eine neue Nachricht: *Sorry, musste doch schneller nach Hause als gedacht. Komm doch einfach bei mir vorbei. Okay? Adresse ist noch dieselbe.* Liva starrte auf den Messenger.

Das durfte doch nicht wahr sein. Jetzt blieb ihr nichts anderes übrig, als den steilen Berg auf der anderen Seite wieder hinunterzulaufen.

* * *

»Hallo.« Ein kleiner Junge mit pechschwarzem Haar öffnete die Tür und starrte sie mit großen, blauen Augen an. Das Kind war mit einem grünen T-Shirt und einer orangefarbenen Hose bekleidet, alles, auch die Hände waren über und über mit bunter Farbe besprenkelt. Er fixierte den Besuch mit durchdringendem Blick, dann steckte er den Zeigefinger in die Nase und popelte. Seine Hüften bewegten sich dabei leicht hin und her. Jetzt war er offenbar bereit, seine Begrüßungsformel zu sprechen: »Werbisdnndu?«

»Ich heiße Liva, und ich bin mit Melli verabredet. Ist die da?« Sie merkte sofort, wie abweisend ihr Ton klang. Dabei hatte der kleine Kerl ihr ja gar nichts getan. Aber irgendetwas an dieser Situation verwirrte sie gerade, vielleicht, weil sie hier überhaupt nicht mit einem

Kind gerechnet hatte. Auch, wenn die Tür ein ganzes Stück offenstand, war von Melli immer noch weit und breit nichts zu sehen. Vielleicht jobbte sie als Tagesmutter oder hütete das Kind einer Freundin? Schon während sie das dachte, wusste Liva, dass das Quatsch war.

Der Junge rührte sich weiterhin nicht von der Stelle. »Hastu ein Teschenk dabei?«

Aha, deshalb ließ er sie nicht ins Haus. Üblicherweise übergaben ihm die Menschen hier an der Schwelle Gummibärchen, Playmobil-Autos oder Bilderbücher, um eingelassen zu werden. Ganz schön verwöhnt, der kleine Kerl. Und sehr selbstbewusst.

Liva schüttelte bedauernd den Kopf und versuchte, über seine Schulter hinweg einen Blick in den Flur zu werfen. Doch der Junge schloss die Tür. Der war ja schlimmer als ein Wachhund.

»Tlitzetleines Teschenk?« Da war er wieder. Liva merkte, wie sie einen richtigen Groll diesem Kind gegenüber entwickelte.

»Lass sie bitte rein, Leon«, Mellis Stimme kam aus einem der oberen Stockwerke. Endlich – ein Machtwort von oben. Der Junge – Leon also – drehte sich jetzt kommentarlos um und rannte einfach weg. Das sah ganz lustig aus, denn obwohl er sich wie ein Großer gebärdete, trug er offenbar immer noch Windeln.

»Ich bin's!« Liva ging den Flur entlang in Richtung Küche. Sie war schon oft in dem Haus gewesen, das Melli nach dem Wegzug ihrer Eltern übernommen hatte. Hier hatten sie ihren letzten Silvesterabend mit Alex gefeiert – ein feuchtfröhliches Fest. Sie war erst im Morgengrauen mit dem Rad nach Hause gefahren, wo ihre

Mutter noch in der Küche gesessen und auf sie gewartet hatte. Sie hatte den Abend offenbar ganz alleine verbracht.

»Geh schon mal in die Küche, ich komme gleich«, Mellis Stimme klang leicht gestresst.

Die Küche. Hier hatten sie gesessen, drüben auf der Anrichte das Buffet, auf der Terrasse mehrere Kisten Bier. Livas Blick blieb an den vielen, bunten Fotos am Kühlschrank hängen. Von Alex war keins dabei. Dafür erkannte sie auf einem Bild ihre Mutter, wie sie in ihrem Schrebergarten am Heiligen Grund oben auf einem Klappstuhl saß und ein Buch las. Sie sah dabei so friedlich aus. Wer mochte dieses Foto gemacht haben? Und warum hing es hier?

Auch die anderen Schnappschüsse zeigten unbeschwerte Menschen voller Lebensfreude: Mellis Eltern – beide damals Lehrer an der Grundschule und schon im Ruhestand –, Melli selbst mit ihren Freundinnen beim Aperol vor der *Kostbar*, Melli im Fußballtrikot und in der *Casa del Tennis* vor einer Pizza. Die meisten Fotos jedoch zeigten den kleinen Leon – bei ersten Schwimmversuchen am Niederweimarer See, mit einem riesigen Eis an der Dammühle, voller Matsch auf dem Spielplatz unten an der Lahn.

»Sorry noch mal mit eben, aber mich hat die Babysitterin im Stich gelassen. Kann ich dir einen Milchkaffee anbieten?« Plötzlich stand sie hinter ihr und tat so, als wäre ihr Zusammentreffen alltäglich.

»Kein Thema.« Liva setzte sich auf die Eckbank. Bildete sie es sich nur ein oder wich Melli ihrem Blick gerade beharrlich aus? Sie klopfte lieber das Sieb mit kaltem Kaffee aus, füllte umständlich den Wassertank der Maschine auf, stellte zwei zierliche Tassen darunter und drückte dann einen roten Knopf. Dass aus dem Nachbarraum immer wieder das gleiche nerventötende Kinderlied zu hören war, schien sie nicht zu stören. Immerhin beschäftigte sich das Kind mit sich selbst, das war ja schon viel wert.

»Wie läuft dein Studium?«, Melli hantierte immer noch mit der Espresso-Maschine herum, sie hatte noch kein einziges Mal Blickkontakt gesucht. »Müsstest bald fertig sein, oder?«

»Hm«, Liva verdrehte insgeheim die Augen. »Gerade zäh. Bin mir gar nicht mehr sicher, ob ich wirklich Journalistin werden möchte.«

»Ach?!« Melli nahm ihr gegenüber Platz, und jetzt saßen sich die beiden Frauen gegenüber. »Ich fand immer, dass das gut zu dir passt. Wie geht es dir denn sonst so? Köln ist sicher eine spannende Stadt? Hast du einen Freund?«

Bevor Liva antworten konnte, schüttelte Melli energisch den Kopf. »Tut mir leid, deine Mutter liegt auf der Intensivstation, und ich komme mit banalen Fragen um die Ecke. Mich selbst belastet die Situation auch sehr. Theresa bedeutet uns viel.«

»Uns?« Jetzt wurde Liva hellhörig. Sie hatte das Gefühl, dass es etwas gab, das sie nicht wusste. Und dass es jetzt an der Zeit war, alles offenzulegen.

»Leon und mir. Ich wollte dir gestern schon von ihm erzählen. Ich habe einen Sohn. Du hast ihn an der Tür kennengelernt, mein Ein und Alles«, jetzt suchte sie Livas Blick. Melli hatte immer noch diese schönen Augen, wenngleich sie gerade sehr müde aussahen. Erwartete sie jetzt eine Frage? So einfach machte sie es ihr sicher nicht.

»Leon ist zwei Jahre und sieben Monate alt.«

Liva schaute Melli unverwandt an. Sag es endlich. Sprich es einfach aus, das große Geheimnis, in das offenbar alle eingeweiht waren außer mir. Na?

»Er ist Alex' Sohn.«

Stille. Manchmal ist es ganz still, wenn eine Bombe platzt.

»Wir hatten es erst einmal für uns behalten, wollten es erst allen sagen, wenn die kritischen ersten drei Monate der Schwangerschaft vorbei sind. Er hat sich so sehr gefreut auf das Kind.«

»Hat er?« Liva beschlich plötzlich das seltsame Gefühl, dass die Tatsache, dass Alex Vater werden sollte, mit seinem Verschwinden in Zusammenhang stehen könnte. Es war nur so ein Gefühl. Vielleicht tat sie ihm damit unrecht.

»Und warum ist er dann abgehauen?« Liva stürzte ihren Espresso mit einem einzigen Schluck hinunter.

»Alex hätte mich nie mit dem Kind alleine gelassen. Deshalb bin ich mir sicher, dass ihm etwas passiert sein muss.«

Keine der beiden Frauen hatte den Kuchen angerührt, der auf einem kleinen, mit Rosen bemalten Teller lag.

»Das hat die Polizei damals aber anders gesehen. Keine Anzeichen eines Verbrechens, hieß es. Keine Leiche. Niemand hatte ein Motiv, um meinen Bruder aus dem Weg zu räumen«, Liva merkte, wie ihr die Situation gerade entglitt. »Stattdessen hatte er am Abend vor seinem Verschwinden mir dir einen heftigen Streit. Das hast du selbst damals ausgesagt. Von einer Schwangerschaft dagegen war nie die Rede gewesen.« Sie wusste, dass das jetzt nicht fair war. Sicherlich machte sich Melli selbst heftige Vorwürfe. Sie saßen doch im selben Boot. Warum nur hatte sie gerade das Bedürfnis, ihr wehzutun. Wollte sie sie dafür bestrafen, dass sie sich drei Jahre nicht gesprochen hatten?

Melli starrte vor sich hin. »Wir haben nicht wegen des Kindes gestritten. Es ging mal wieder darum, dass er sich plötzlich mehr und mehr zurückzog. Da war dieser alte Typ, mit dem er sich unentwegt traf, der plötzlich aus dem Nichts auftauchte und von dem ich noch nie vorher gehört habe. Dann die Streifzüge mit Zauner. Die Kifferei mit Gunnar. Seine Therapie. Er war so verändert, und ich fühlte mich plötzlich so alleingelassen mit – allem.«

»Mit welchem alten Typ hat er sich getroffen?«

»Ich habe keine Ahnung. Er sagte, er wolle mich damit nicht belasten. Er besprach lieber alles mit seiner Therapeutin. Wenn er hier war, war er in sich gekehrt und schweigsam. Es war eine sehr belastende Zeit.«

Liva war hellhörig geworden. Dass Alex eine Therapie begonnen hatte, hatte ihre Mutter ja auch mal erwähnt. »Wie heißt denn diese Therapeutin?«

Liva konnte nicht mehr länger sitzen bleiben. Sie musste hier raus, die Küche wurde ihr zu eng.

»Marise Klatt, hat ihre Praxis am Friedrichsplatz. Die Polizei hat mich damals natürlich auch schon nach ihr gefragt. Aber die Gute hält an der Schweigepflicht fest, die sogar über den Tod eines Klienten hinaus Bestand hätte. Davon abgesehen, dass Alex ja irgendwann auch wieder vor der Tür stehen könnte.« Ohne Vorankündigung schnappte sie sich Livas Hand und drückte sie fest. »Es tut mir so leid, dass ich dir nicht früher von Leon erzählt habe, aber deine Mutter …«

Liva zog ihre Hand zurück.

Melli sah aus, als nähme sie jeden Mut zusammen und sagte nun, fast mehr zu sich selbst: »Deine Mutter war dagegen, sie wollte es irgendwann selbst tun. Mit dir sprechen.«

Jetzt ging Melli eindeutig zu weit. Sie zog jetzt also auch noch ihre Mutter da rein, deren Leben gerade auf Messers Schneide stand und die sich dazu ja gar nicht äußern konnte. Liva empfand eine gehörige Wut. Nur weg hier. Das war wie in einem schlechten Film. Gleichzeitig fragte sie sich, woher dieser Impuls kam, dass sie ihre Mutter immer in Schutz nehmen wollte. Denn diese Heimlichtuerei passte sogar zu ihrer Mutter. Sie hatte ja auch nie über den Vater ihrer Kinder gesprochen, worunter die Kinder zeitweise sehr gelitten hatten. Was bildete sich diese alte Frau eigentlich ein, über solche entscheidenden Fragen so eigenmächtig zu entscheiden? Das würde sie sie vielleicht nie mehr fragen können.

* * *

Jetzt nur einfach mal hinsetzen und diesen Tag Revue passieren lassen. Die nächste Bank ist meine, dachte Liva und lief ohne irgendeinen Plan durch die Dunkelheit. Drüben an der Frankfurter Straße bog sie dann ab in Richtung Lahnwiesen. Sonst voller Leute, die hier spazieren gingen oder sportelten, waren die Spazierwege am Fluss entlang heute wie leergefegt. Das trübe Wetter lockte keinen hinter dem Ofen hervor, der nicht wirklich raus musste. Typisch: Marburg lag ja im Tal, weshalb die Stadt oft in weißem Nebel hing und es häufiger regnete als anderswo, hieß es. Liva war das Wetter so was von egal.

Endlich sitzen. Sitzen und nachdenken. Wenn schon die Ereignisse der letzten Tage ihr schwer zugesetzt hatten, war sie jetzt an einem Punkt angekommen, an dem sie eine Entscheidung treffen musste. Ein spontanes Gefühl sagte ihr, dass sie diese Stadt sofort verlassen müsse. Es gab unzählige Gründe, die dafür sprachen: Sie musste in wenigen Tagen das Thema ihrer Abschlussarbeit anmelden und sich dann an diese verflixte Reportage setzen. Tat sie das nicht, konnte sie ihr Studium vergessen. Außerdem jobbte sie an zwei Tagen in der Woche in einer Bäckerei, um weiterhin ihre Miete zahlen zu können. Das Leben in der Großstadt war teuer und ihre Bude in Ehrenfeld sehr begehrt. Ruckzuck würde man sie auf die Straße setzen, wenn die Mietzahlungen ausblieben. Überhaupt – und das war der Hauptgrund – fand ihr richtiges Leben in Köln statt. Dort lebte sie gerne, traf sich mit Freundinnen, machte Sport, nutzte die lebendige Clubszene und die vielen Kinos aus. Selbst an Karneval hatte sie sich inzwischen gewöhnt. Wenn sie es jetzt spontan entscheiden könnte, würde sie am liebsten sofort ihre Sachen packen und abhauen. Das ging natürlich nicht. Wenigstens für Wodka musste sie einen Hundesitter finden. Und sich von ihrer Mutter verabschieden. Sicher würde sie Melli als Quasi-Schwiegertochter und Leon als dem Enkel ein Besuchsrecht auf der Intensivstation erwirken können. Und dann würde sie die Flucht antreten. So, wie sie schon einmal geflohen war, weil ihr alles über den Kopf gewachsen war. Na und? Nie hatte sie behauptet, dass sie ein starker Mensch sei.

Sie kramte die kleine Blechdose aus ihrer Jackentasche und fand neben ein paar trockenen Kräutern noch ein Päckchen Tabak, das ein nahezu jungfräuliches Dasein führte, seit sie hier war. Diesen Joint hatte sie sich nun wirklich verdient. Für heute hatte der Familienservice mal Feierabend.

Wenige Minuten später sog sie genussvoll den Rauch ein, der sie sofort benommen machte. Zuerst wirkte das Nikotin, kurz darauf die Cannabinoide. Sie legte den Kopf zurück und machte die Augen zu.

Konstantin, dieser Arsch! Auch er hatte von Leon gewusst und hatte kein Wort darüber verlauten lassen. Nicht mal eine Andeutung hatte er gemacht. Das war unverzeihlich. Einen größeren Vertrauensbruch konnte sie sich unter Freunden gar nicht vorstellen. Gerade er, der immer so moralisch tat, war alles andere als aufrichtig zu ihr gewesen. Kein Wunder, dass er sich jetzt nicht mehr meldete und wegduckte, seit er wusste, dass sie Melli getroffen und der Sache auf die Schliche gekommen war. Daran würde sie noch ganz schön zu knabbern haben. Was sie aber noch viel mehr beschäftigte, war der Umstand, dass sie nun Alex' Verschwinden noch mal ganz neu durchdenken musste. Sie nahm einen weiteren langen Zug und zog den Rauch tief in die Lunge ein. Über der Lahn hing dichter Nebel, einige wilde Kaninchen tummelten sich im Dunkeln am Ufer und suchten nach Nahrung. Vermutlich ernährten sie sich des Nachts von den Essensresten, die die Menschen am Tag achtlos liegen gelassen hatten.

Alex. Leon. Melli. Wäre eigentlich eine schöne kleine Familie gewesen, überlegte Liva. Doch die Tatsache, dass er bald Vater werden würde, *musste* ihn verändert haben. So was machte doch etwas mit einem. Jemand wie Alex hatte sich sicher eine Menge Fragen gestellt, zum Beispiel die, wie man mit einem halben Geschichtsstudium finanziell über die Runden kam. Oder, ob er jetzt mit Melli sofort zusammenziehen musste, um ihr und dem Kind nahe zu sein. Stattdessen erinnerte sich Liva daran, dass er sich im Juli immer häufiger in die Dachkammer zurückgezogen hatte und kaum noch aus dem Haus gegangen war. Nur mit Zauner hatte er also in dieser Zeit regelmäßig Kontakt gehalten. Und mit einem ominösen Fremden, den Melli vorhin ihr gegenüber erwähnt hatte. Ob diese Frau Dr. Klatt mehr darüber wusste? Um das herauszufinden, würde sie persönlich mit der Ärztin sprechen müssen.

Leichtigkeit. Schwindel. Freude. Trauer. Gerade lag alles sehr nah beieinander. Das Bedürfnis, sich irgendwo einzukuscheln, wurde immer stärker. Nur mal anlehnen. Jemandem nah sein. Langsam ließ auch der Druck auf ihren Kopf nach. So wählte sie jetzt intuitiv eine andere Nummer. Nach mehrmaligem Klingeln ging Marcels Mailbox dran. Das war nicht verwunderlich, der tanzte ja vermutlich gerade auf seiner eigenen Hochzeitsfeier. Würde er zwischendurch mal einen Blick auf sein Smartphone werfen, würde er ihre Nachricht finden. Ob er sich darüber freute? Fraglich. *Hi, hier ist Liva. Ich wollte dir zu deiner Hochzeit gratulieren. Die war doch heute, oder? Ah, und übrigens. Bevor du dich auf den Weg in die Flitterwochen machst, wäre es super, wenn du mir meinen Wohnungsschlüssel zukommen lässt. Meld dich mal wegen Übergabe.*

Erst jetzt sah sie, dass der unbekannte Anrufer es wieder probiert hatte. Wie bereits in den vergangenen Monaten hatte jemand auch heute um 18 Uhr mit unterdrückter Nummer angerufen. Alex?

* * *

Sonntag. Um diese frühe Uhrzeit lag die Stadt ruhig und friedlich da, Liva hatte den Spaziergang hoch zum Schlossberg richtig genossen. Den Hund hatte sie dennoch zu Hause gelassen. Man wusste ja nie, bei wem so ein Tier willkommen war und bei wem nicht. Wodka hatte ihr traurig hinterhergeschaut.

Erst, als sie zum dritten Mal die Klingel betätigt hatte, hörte sie die schlurfenden Schritte des pensionierten Lehrers in der Diele. Sie war zwar für 10 Uhr angekündigt, war aber ein paar Minuten zu früh an Ort und Stelle. Am Vorabend hatte sie den Lehrer angefunkt und umgehend eine Einladung zum Sonntagsfrühstück erhalten. Und jetzt stand er leibhaftig vor ihr, dieser schmächtige Mann mit dem spitzen Kinnbart und der immer leicht beschlagenen, kleinen Nickelbrille. In diesem unscheinbaren Mann hatte Alex also seinen charismatischen Lehrmeister gefunden. Für sie nach wie vor ein großes Rätsel. Liva staunte nicht schlecht, in was für einem großen, herrschaftlichen Haus der pensionierte Lehrer lebte.

»Schön, dass du gekommen bist! Ich darf dich doch noch duzen, oder?«

Liva nickte und musste lächeln. In gewisser Weise gehörte der Alte ja fast schon zum erweiterten Familienkreis.

»Komm rein in die gute Stube.«

Ob er verheiratet oder alleinstehend war? Ihr fiel auf, dass sie sich noch nie für seinen Familienstand interessiert hatte. Aber alleine bewohnte man nicht einen solchen Palast. Staunend passierte sie die hohen Räume und blieb vor einem Bücherregal stehen, das sich über mindestens drei Meter bis unter die Decke zog. »Dass es so was noch gibt«, sagte sie und drehte sich begeistert zu ihm um. »Eine Bücherwand! Sieht man immer seltener, seit alle nur noch Ebooks lesen. *Wenn* überhaupt noch gelesen wird.«

Zausel, wie sie ihn insgeheim aus alter Gewohnheit nannte, kicherte. Ein gewisser Stolz auf seinen Besitz und seinen luxuriösen Lebensstil war ihm durchaus anzumerken. »Eben alte Schule. Ich liebe Bücher.« Er zeigte auf einen großen, schweren Holztisch im Salon, wo allerlei Leckereien angerichtet waren. Schon von Weitem konnte Liva frische Brötchen, eine Käseplatte, eine Kanne mit dampfendem Kaffee ausmachen. »Lust auf Kaffee? Noch ist er warm.«

»Sehr gerne.« Livas Blick fiel auf ein großes, historisches Gemälde, das den Landgrafen Philipp in voller Pracht zeigte. Die einen hängten Frank Zappa aufs Klo oder Billie Eilish an die Wand – der Historiker bevorzugte offenbar den Gründer der Marburger Universität. Daneben prangten feine Bleistiftzeichnungen, die sie an die Werke von Carl Bantzer erinnerten. Nicht nur in Marburg war der Maler, der um 1870 in Ockershausen gelebt und das Alltagsleben auf den Höfen mit seinem Zeichenstift festgehalten hatte, eine Berühmtheit. Seine Werke hingen im hiesigen Kunstmuseum, aber auch in Dresden und Kassel. Die kleinen, gerahmten Bilder, die Alltagsszenen der damaligen Zeit zeigten, konnten aber unmöglich original Bantzer-Bilder sein, oder etwa doch?

»Kennst du diese Zeichnungen? Sie stammen von einem deiner Vorfahren, Johannes Lohrey, einem Schüler Bantzers. Er war unglaublich begabt«, Zausel schaute sie an. »Doch, wirklich!«

Sie erinnerte sich dunkel daran, dass es in der Familie ihrer Mutter Ende des 19. Jahrhundert tatsächlich mal einen Maler gegeben hatte, der aber nie zu großem Ruhm gekommen war. Johannes, ja, konnte stimmen. »Cool. Und wie kommen Sie zu den Zeichnungen?« Im Grunde interessierte sie sich nicht sonderlich für Kunst.

Zausel aber schien sehr stolz auf seine Schätze zu sein und genoss sichtlich die Aufmerksamkeit seiner Besucherin. »Alex hat mir die Zeichnungen überlassen. Er hat sie wohl mal bei einer Aufräumaktion auf dem Dachboden gefunden. Sie bedeuten mir viel. Ich hoffe, du findest das nicht übergriffig, dass mir dein Bruder die Bilder gegeben hat? Immerhin sind sie eigentlich Familieneigentum.«

Ihr war das herzlich egal. Im Gegenteil: Sie freute sich, dass das Zeug nicht nutzlos auf dem Dachboden verstaubte. Von dieser Aufräumaktion hatte sie gar nichts mitbekommen, vielleicht waren da ja noch mehr schöne, alte Dinge zutage gekommen, von denen sie nichts wusste.

»Sie wollten mit mir sprechen?!« Liva bemühte sich um einen lockeren Tonfall. Eine gewisse Anspannung konnte sie aber nicht verbergen. Schluss mit dem Geplänkel, Butter bei die Fische, Tabula rasa – darum ging es jetzt.

Willibald Zauner schob sich die Brille auf der Nase zurecht. Ob er sie direkt anschaute, konnte man durch die trübe Brille nicht so gut erkennen. Sein Körper war leicht nach vorne gebeugt, als wollte er gleich über den Tisch hechten. Wie eine Katze vor dem Absprung. Rede! Zauner! Sprich mit mir!

»Ich möchte mit dir über Alex sprechen. Es häufen sich die Anzeichen, dass er noch am Leben ist, Liva.«

* * *

Ihr Herz schlug jetzt bis zum Hals. Der Körper war in jeder Faser angespannt, und ihr Hals schmerzte plötzlich. Liva spielte mit dem Elisabethtaler, der sich an ihren Kehlkopf schmiegte. Sie drehte und wendete ihn, um die Nervosität in den Griff zu kriegen. Zausel schien sich seiner Sache sicher. Ob er Beweise hatte?

Er schloss die Augen. »Erinnern wir uns an das Frühjahr vor drei Jahren. Es muss damals etwas vorgefallen sein, das Alex so verstört hat, dass er das Weite gesucht hat.« Der alte Mann machte eine lange Gedankenpause, bevor er weitersprach.

Liva wollte eigentlich geduldig abwarten, bis er seine Gedanken sortiert hatte. Doch es platzte aus ihr heraus: »Er hat da erfahren, dass er Vater wird. Das muss ihn sehr beschäftigt haben.«

»Du weißt es also. Alex hat es mir damals sofort anvertraut. Es hat ihn ziemlich aus der Bahn geworfen, war ja gar nicht geplant. Leon. Ein süßes Kind. Ich habe den Kleinen mal mit seiner Mutter auf dem Spielplatz gesehen. Er ist Alex wie aus dem Gesicht geschnitten. Aber ein Kind ist sicher kein Grund, gleich das Handtuch zu schmeißen.«

»Nein, das nicht. Und doch habe ich das Gefühl, dass sein Verschwinden damit zu tun haben könnte.«

Der pensionierte Lehrer nickte fast unmerklich. »Das ist auch meine Theorie. Wird man selbst Vater, bricht etwas in einem auf. Alte Wunden, ein Interesse an der eigenen Herkunft, eine Sehnsucht nach familiärem Zusammenhalt, plötzlich hat man Zukunftsängste.« Seine Augen zwinkerten hinter der kleinen Brille, der Blick ging aus dem Fenster in weite Ferne. »Ich bin selbst Vater eines inzwischen erwachsenen Sohnes. Er lebt heute mit seiner Mutter in den USA, wir haben kaum noch Kontakt. Aber als er klein war, hat er mir viele Fragen gestellt, die ich zunächst nicht beantworten konnte. Fragen nach meinem Vater, seinem Großvater, der im Zweiten Weltkrieg gekämpft hat und an den Spätfolgen seiner Verletzungen gestorben ist. Auch Alex beschäftigte sich plötzlich damit, wer er war und wo er herkam. Stellte deiner Mutter Fragen zu seinem Vater, die unbeantwortet blieben. Deine Mutter, so sehe ich das, hat sich schwer an ihm verschuldet, Liva. Durch ihr

Schweigen und ihren unverbesserlichen Dickkopf. Sie war unglaublich genervt von seiner Bohrerei. Ich glaube, sie war tatsächlich auch ein bisschen froh, dass er irgendwann Ruhe gegeben hat. Auch, wenn sie ihn später sehr vermisst hat.«

Liva konnte es nicht fassen, dass sie von all dem nichts mitbekommen hatte. Ihr gegenüber hatte sich Alex zu dieser Zeit nicht geöffnet. Ob er mit Konstantin darüber gesprochen hatte?

Zauner wiegte den Kopf hin und her. »Diese Fragen kommen ganz plötzlich, manchmal unverhofft. Auch meine Mutter hat wenig über unseren Vater gesprochen, der im Zweiten Weltkrieg gefallen ist. Nach ihrem Tod habe ich ein ganzes Bündel Feldpost-Briefe gefunden, die er von der Front nach Hause geschrieben hat. Sie sind einerseits voller Poesie und Sehnsucht und zeigen einen liebevollen Ehemann und Vater. Andererseits berichten sie von unglaublichen Kriegsverbrechen. Eins wurde mir bei dieser Lektüre klar: Dass mein eigener Vater schon als junger Mann andere Menschen ermordet hat. Und im Übrigen ein glühender Anhänger von Adolf Hitler gewesen ist. Das ist nicht einfach zu schlucken. Vielleicht habe ich mich deshalb der Geschichtswissenschaft verschrieben. Um zu verstehen. Und zu verhindern, dass sich manche Fehler wiederholen.«

Wie bitter das aus seinem Mund klang, fand Liva. Und wie sehr er sich offenbar für die Verbrechen schämte, die sein Vater damals begangen hatte. Auch heute noch, nach so langer Zeit, kam er darüber nicht hinweg. Sicher hätte er sich lieber sein naives Vaterbild behalten, das er als kleiner Junge gehabt hatte und das ihm die Mutter durch ihr Schweigen zu bewahren versucht hatte. Auch, wenn sie vielleicht aus hehren Motiven geschwiegen hatten, stellte sich die Frage, ob sie sich nicht auch an ihren Kindern schuldig gemacht hatte.

»Ich verstand plötzlich, warum meine Mutter darüber nie hatte reden können. Gleichzeitig wurde sie dadurch so streng mit sich selbst und anderen. Sie war unfähig, uns die Liebe zu geben, die Kinder von ihren Eltern so nötig brauchen. Übrigens nicht selten bei traumatisierten Menschen, die beispielsweise Krieg und Vertreibung erlebt haben.«

»Das ist eine sehr traurige Geschichte«, fand Liva.

»Ja und nein. Denn heute weiß man, dass diese Erinnerungsarbeit für die eigene positive Identität kolossal wichtig ist. Durch das hartnäckige Schweigen unserer Vorfahren wird eine Kontinuität unterbrochen. Erst mein kleiner Sohn hat es damals geschafft, es mit seinen vielen hartnäckigen Fragen zu unterbrechen. Die Antworten gab es sozusagen erst für die übernächste Generation.«

Sie verstand sofort, was er meinte. Auch in ihrer Familie wurde vieles totgeschwiegen. Sicher keine dramatischen Erlebnisse, die mit Krieg und Vertreibung zu tun hatten. Aber alleine, dass ihre Mutter nie über den Vater ihrer Kinder gesprochen hatte, hatte sie als Tochter oft als unüberwindbare Mauer empfunden, fast schon als Vertrauensbruch. Sich auf die Suche nach ihrem Erzeuger zu begeben, so weit wäre sie nie gegangen. Aber gefragt hatte sie sich schon häufiger, was sie von ihm hatte. Im Positiven wie im Negativen.

»Dein Bruder, Liva, wollte sich auf die Suche nach seinen Wurzeln machen. Das hat er mir gesagt. Sein ungeborenes Kind war der Auslöser. Er hat sich nicht nur auf dem Dachboden nach alten Dokumenten und Erinnerungsstücken umgeschaut, sondern deine Mutter und deren Schwester Hedwig hartnäckig gelöchert – ohne Erfolg. Du weißt, wie sehr er sich in eine Sache reinsteigern konnte. Auch in dieser Sache musste er irgendwann erfolgreich gewesen sein. Er hat, so hat er es mir angedeutet, den Namen eures Vaters herausgefunden. Dieser Spur wollte er folgen. Das hat er mir in unserem letzten Gespräch mitgeteilt.«

Liva musste unwillkürlich an den Zettel mit der Handynummer denken. Ob das etwa die Nummer ihres Vaters war? Sie hatte ja dort angerufen, aber es hatte sich niemand gemeldet.

Zauner stand jetzt auf und schaute aus dem Fenster. Unten spielten dem Lärm zufolge Kinder auf der Straße. Sie wussten noch nichts von Gut und Böse, von den Irrungen und Wirrungen des Lebens. Sie genossen einfach das freie Spiel. Dagegen war die Luft im Raum drinnen zum Schneiden.

Zauner holte Luft. Dann wagte er sich weiter vor: »Alex wurde oben am Dammelsberg gesehen. Ich habe die Polizei noch nicht informiert, weil ich mir nicht sicher bin, ob er überhaupt gefunden werden will. Aber wir beide sollten versuchen ihn zu finden. Er muss wissen, wie es um eure Mutter bestellt ist.«

»Das kann doch nicht sein«, Liva stotterte fast. Wollte Zauner sich wichtig machen? Oder war er verrückt geworden? »Ich kann mir nicht vorstellen, dass Alex sich hier ganz in der Nähe aufhält, ohne sich mal zu melden. Das passt doch gar nicht zu ihm.«

Der alte Lehrer räusperte sich. »Es bleibt uns nichts anderes übrig, als herauszufinden, ob er es wirklich gewesen ist, den man dort an der Mordeiche gesehen hat. Wir haben keine andere Wahl. Und wir sollten uns eine Strategie überlegen, wie wir weiter vorgehen.«

* * *

Zauners Geschichte klang glaubwürdig, aber auch irgendwie absurd: Liva konnte es nicht fassen, dass es ausgerechnet ihre alte Freundin Jessi Ruland gewesen sein sollte, die den alten Lehrer vor zwei Wochen auf dem Oberstadtmarkt getroffen und ihm von ihrer Begegnung mit Alex oben am Dammelsberg erzählt hatte. Sie sei sich fast sicher gewesen, dass es sich bei dem heruntergekommenen Typen tatsächlich um den verschwundenen Bruder ihrer Freundin gehandelt habe. Als sie ihn angesprochen hatte, habe er schnell das Weite gesucht.

»Tatsächlich häufen sich in den letzten Wochen Berichte von Spaziergängern, die einen verwahrlosten Mann in der Nähe der Mordeiche gesehen haben wollen. Doch keiner – außer Jessi – hat die Verbindung zu dem vermissten Alexander Lohrey hergestellt. Wie auch …« Er habe sie gebeten, diese Beobachtung erst einmal für sich zu behalten, auch vor der Polizei.

Dass Menschen jahrelang in Waldhöhlen lebten, weil sie ein Leben in der Abgeschiedenheit der Zivilisation vorzogen, das wusste Liva. Nur passte dieses Verhalten so gar nicht zu Alex, egal, in welchem wirren Zustand er sich vielleicht befand. Und doch konnte es kein Zufall sein, dass ihr Bruder ausgerechnet an diesen Ort zurückgekehrt war. Immerhin hatte er sich jahrelang mit diesem historischen Mordfall beschäftigt und eine ganz besondere Verbundenheit zu dem Ort entwickelt. Den Baum, unter dem die Leiche gelegen hatte, hatte man kurz nach der Tat mit einem Kreuz markiert. Der Baum war so zum Mahnmal geworden.

Zauner schien jetzt irgendwie abwesend, seine Augen fixierten einen Punkt ganz weit weg, außerhalb des Raumes. Liva kam es fast so vor, als hätte er ihre Anwesenheit gänzlich vergessen. Dennoch sprach er in gedämpftem Ton weiter. »In schwachen Momenten denke ich, dass sich Dorothea Wiegand rächen will. Rächen an denen, die ihr das angetan haben. Die den Mord an ihr und ihrem ungeborenen Kind vielleicht nicht selbst verübt, aber zugelassen haben.«

»Bitte?« Liva schaute ihn ungläubig an.

Doch er sprach einfach weiter. »Was wäre denn, wenn sie – Dorothea Wiegand, genannt das Hinkel – sich an einem jungen Mann rächte, der ihrem Mörder in Alter und Aussehen zum Verwechseln ähnelt. Und der, wie Hilberg damals, ein Kind gezeugt hat, um es zu verleugnen.«

»Hinkels Mord? Ist das Ihr Ernst? Eine anmaßende Theorie. Das Opfer würde so zur Täterin.« Was für eine verrückte Theorie. Liva musste sich verhört haben. Und doch überzog eine Gänsehaut ihre dünnen Arme, es wurde ihr kalt und warm zugleich, und sie merkte, wie das gerade eingenommene Frühstück in ihrem Magen rebellierte. Sie konnte es einfach nicht fassen: Da saß ihr ein renommierter Historiker gegenüber. Einer, der unzählige seriöse Veröffentlichungen vorzuweisen hatte.

Ein Mann, den ihr Bruder vor allem für seine fachliche Kompetenz und seine Sachlichkeit verehrt hatte – und dieser Mann erzählte ihr gerade etwas von der posthumen Rache einer vor 150 Jahren verstorbenen Frau? Eine Spukgeschichte?

»Ich weiß, dass das sehr weit hergeholt ist, aber …« Zauner holte eine Mappe aus der Schublade, die er offenbar schon für sie bereitgelegt hatte. Ehrfürchtig klappte er sie auf und schob ihr eine Schwarz-Weiß-Zeichnung hin, offenbar handelte es sich nur um eine Kopie.

»Eine Hinrichtungsszene?« Liva betrachtete den feinen Bleistiftstrich und die blasse Sütterlinschrift darüber.

»Ludwig Justi hat Hilbergs Hinrichtung am 14. Oktober 1864 auf dem Rabenstein gezeichnet. Die Originale liegen im Hessischen Staatsarchiv.« Er tippte mit dem Finger auf den schwarzhaarigen, jungen Mann auf dem Hinrichtungsstuhl. Man hatte ihm das weiße, wallende Hemd bis zur Brust heruntergezogen, um seinen Nacken zu entblößen. Er saß sehr aufrecht, seinen Kopf hatte man fixiert. Die Stelle, wo ihn das Schwert treffen würde, war bereits markiert. »Das hier ist Ludwig Hilberg.«

»Er sieht meinen Bruder tatsächlich ein bisschen ähnlich. Aber das ist eine Zeichnung«, wehrte sich Liva gegen Zauners Theorie.

Zauner klappte die Mappe schnell wieder zu. Dann legte er seine Hand auf ihren Arm, sicher auch, um sie zu trösten. »Wer auch immer dort oben herumstreunt. Wir müssen herausfinden, ob es sich um Alex handelt und wie es ihm geht. Das sind wir ihm schuldig, Liva.«

Sie nickte. Wie hatte sie sich all die Jahre einbilden können, dass sie irgendwann ganz normal weiterleben würde. Ihr Herzensmensch war verschwunden. Man konnte vielleicht eine Zeitlang so tun, als hätte das keine Bedeutung. Doch jetzt, wo es eine kleine Hoffnung gab, dass Alex doch lebte, zerfraß sie die Sehnsucht. Sie wollte alles daransetzen, ihn zu finden. Auch wenn sie ihr Studium an den Nagel würde hängen müssen, denn für diese bescheuerte Reportage würde sie erst einmal keine Zeit haben. So viel stand fest. Es sei denn …

»Ich bin dabei«, sagte sie und sprang so plötzlich auf, dass Zauner regelrecht erschrak. Sie war jetzt unglaublich aufgeregt. Sie hatte es plötzlich so klar vor Augen, was sie tun musste. Es gab einen Plan. Eine Idee. So konnte sie zwei Fliegen mit einer Klappe schlagen. Und, wenn es gut lief, den verlorenen Sohn nach Hause holen. »Ich muss los.«

Sie spürte seine Blicke im Rücken. Sie brannten wie Pfeile. Sie spürte, wie er ihr nachschaute, als sie sich auf den Weg zur Tür machte.

»Wohin gehst du?«, rief er ihr nach. Hörte sie da Angst in seiner Stimme? Als hätte er die Befürchtung, dass sie so plötzlich aus seinem Leben wieder verschwinden könnte, wie sie aufgetaucht war.

»Alex suchen«, antwortete sie fröhlich, ohne sich umzusehen. »Ich melde mich, sobald ich mehr weiß!«

* * *

Liva klappte ihr Laptop auf und rückte den Tisch näher an die Bank. Sie hatte es sich im Café *Roter Stern* gemütlich gemacht, in dem man nicht nur eine gute Auswahl an Tageszeitungen und leckeren Kaffee bekam, sondern auch WLAN nutzen konnte. Hier hatte sie schon früher mit ihren Freundinnen gesessen und den Blick auf die Lahn genossen. Vor allem mit Jessi, die sich die ganze Oberstufen-Zeit nie hatte entscheiden können, ob sie den etwas älteren, schlaksigen Konstantin oder den jüngeren, kleineren Alex besser fand. Die beiden sahen sich ansonsten sehr ähnlich, fast wie Brüder. Am Ende war sie auf einer Party mit dem Langweiler Luka zusammengekommen. Dadurch war ihre Mädchen-Freundschaft nach und nach eingeschlafen.

»Bitte schön.« Der Typ mit Glatze und Vollbart stellte ihr einen Espresso vor die Nase. Zuerst musste sie diese eine wichtige Mail an Hallermann abschicken. Sozusagen auf den letzten Drücker – übermorgen war offiziell Anmeldeschluss. Verrückt: Die ganze Zeit hatte sie das Thema für ihre Reportage vor der Nase gehabt, ohne es zu sehen: die amputierte Familie. Da musste erst der gute alte Zausel kommen und sie mit der Nase darauf stoßen. Seine Familiengeschichte hatte sie sehr berührt. Und auch der Exkurs zur sogenannten Väterliteratur, in der Autorinnen wie Eva M. Novak oder auch Autoren wie Peter Handke oder Peter Härtling mit ihren nicht vorhandenen Vätern abrechneten. Der abwesende Vater würde sicher auch eine Rolle in ihrer Studie einnehmen, denn nicht nur Alex, sondern auch sein Sohn würde ohne Vater aufwachsen. Auch solche Muster konnten sich vererben – tragisch, aber wahr.

Der Aufhänger meiner Reportage ist die Suche nach meinem eigenen Bruder Alex – einem jungen Mann, der vor drei Jahren plötzlich spurlos verschwand, beendete sie die Mail an den Professor. Dann ging sie auf *Senden*. So, die Mail war raus. Ob ihr Professor von ihrem Thema auch so begeistert sein würde wie sie? Auch wenn Hallermann sie nicht besonders leiden konnte, musste er doch die fristgerechte Anmeldung zur Abschlussarbeit bestätigen.

Dass sie sich jetzt in Marburg und nicht in Köln aufhielt, kam ihr geradezu schicksalhaft vor, als hätte sie diese Reise einfach antreten *müssen*. Und auch, wenn sie den furchtbaren Überfall auf ihre Mutter am liebsten ungeschehen machen wollte – manches, was gerade passierte, war auch gut. Und irgendwie wichtig. Liva kam es plötzlich so vor, als hätte sie die letzten drei Jahre nur wie ein Roboter funktioniert. Sie hatte alle Anforderungen des Lebens einfach nur absolviert, echte Gefühle jedoch hatte sie nicht zugelassen. Als wäre durch Alex' Verschwinden etwas in ihr gestorben, das nun plötzlich wieder zart zum Leben erweckt wurde. Und: Das fühlte sich verdammt gut an. Allein dafür war sie Menschen wie Jessi und Zauner dankbar. Dass sie – im Gegensatz zu ihrer Mutter und der gesamten Marburger Polizei – diesen wunderbaren Menschen Alexander Lohrey nie aufgegeben hatten. Das gab auch ihrem Leben einen neuen Sinn.

20. Januar 1862,
Gastwirtschaft Ruppersberg, Martha Mudersbach

Wer hät doas gedocht, des ausgerechelt de Hettches Ludwich noch emol so richtig berühmt wird?« Die dralle Martha Mudersbach zapfte seit einer Stunde ein Bier nach dem anderen und schaute dabei verträumt zur Tür, wo ab und zu noch ein verspäteter Gast hereinstolperte. »Die Leu stieh Schlange, ean wenn die Schou vo ihm bessohlt hu, seitdem er wirrer auf dem Gefängnis do es.«

Sie schob die schweren Humpen wie am Fließband rüber zum Fritz, der sie behäbig auf ein Tablett stellte. Sobald der Ober sich anschickte, die neue Fuhre Getränke rüber in die Schankstube zu schleppen und sie sich unbeobachtet fühlte, machte sie Pause und seufzte sehnsüchtig. Der Ludwig aus dem Hettche-Haus war ja mit ihr zur Schule gegangen, bis er als Elfjähriger an Gürtelrose erkrankt war. Er hatte ihr immer schon gut gefallen. Im Konfirmationsunterricht waren sie sich dann wieder begegnet. Da hatte er dem Pfarrer immer Widerworte gegeben, kein anderer hätte sich das getraut. Was für ein Kerl!

»Noch mal zehn Schoppen«, teilte Fritz seiner Kollegin lauthals eine weitere Bestellung mit. Jetzt trug er zwar ein leeres Tablett, hatte aber einen hochroten Kopf und roch schon von Weitem unangenehm nach Schweiß. Martha rückte auto-

matisch ein Stück von ihm ab, als er seinen Platz an der Theke wieder eingenommen hatte.

»Host du woas Naues vo ihm erfohrn?«

»Was meinst du?« Er trocknete sich die Stirn mit einem Taschentuch. »Von wem?«

»Na, iwern Ludwich!« Martha Mudersbach wollte alles über den Mordfall wissen, durfte aber ja ihren Platz an der Theke nicht verlassen. Dabei platzte sie vor Neugier. Auch sie hatte das Hinkel früher zu Schulzeiten verspottet, was ihr jetzt leid tat. Aber ein dummes Geschüssel war sie schon gewesen, und so hatte sie ihr erst einmal nicht geglaubt, als ihr die Dorothea von dem Verhältnis mit dem Schuster erzählt hatte. Im April war das gewesen. Oder im Mai. Aber machte ihn alleine das schon verdächtig? So ein harmloses Techtelmechtel? Der Ludwig hätte das Hinkel sicher geheiratet, wenn er von der Schwangerschaft gewusst hätte. Und wären die Leute hier ehrlich, müssten sie zugeben, dass viele hier eine Muss-ich hatten feiern müssen. Und eben keine Huss-ich. Genau die nämlich, die jetzt am lautesten lästerten.

Der Fritz musste gemerkt haben, dass die Martha erst wieder ihre Arbeit aufnehmen würde, wenn er sie mit Informationen fütterte. »Naja, als ich reinkam, hat der Heisel grade bestätigt, dass er gesehen hat, wie der Hilberg am Tatmorgen zum Kuttner hoch ist«, er stemmte seine Arme in die Hüften. »Und da haben der Schroth und die Treuer genickt, weil sie ihn auch gesehen haben, wie er Richtung Dammelsberg gelaufen ist. Einen blauen Kittel an. Und die alte Militärmütz auf dem Kopf.«

Das war jetzt aber wirklich nichts Neues. Das hatte ja schon vor Monaten in der Zeitung gestanden.

»Die Seip und der Reinhardt haben ihn auf dem Weg gesehen. Auch noch mal einen Tag später. Und wieder am

nächsten Tag. Ganz in der Nähe von der Stelle, wo das Hinkel gefunden wurde. Der muss immer wieder hin sein an den Tatort«, Fritz räusperte sich. Man sah ihm den Ekel an.

»Sicher ist er nur im Wald spazieren gewesen. Seine Mutter hat meiner Mutter jedenfalls erzählt, dass er mit einer schönen Frau aus Bauerbach verlobt ist, die in Marburg eine Dienststelle hat. Regine Dörr soll sie heißen. Was hätt er dann mit einem so hässlichen Tier wie dem Hinkel zu schaffen gehabt?« Martha erboste sich mal wieder regelrecht über die üblen Beschuldigungen, die seit Monaten nicht abreißen wollten. Hatte die Polizei erst mal einen Sündenbock gefunden, hatte der offenbar kaum eine Chance, aus der Nummer wieder rauszukommen. Der arme Ludwig!

Der feiste Fritz glotzte sie jetzt bass erstaunt an. »Sag mal, das klingt ja fast so, als würde der dir gefallen!« Er schüttelte entsetzt den Kopf. »Das ist ein skrupelloser Mörder, Martha! Der hat einer wehrlosen, schwangeren Frau den Hals durchgeschnitten und sich jeden Tag aufs Neue an ihrem Anblick ergötzt. Wie sie so langsam vor sich hin verwest ist. Das ist eine Bestie.«

»Musste erscht mol beweise, des ersch woar!« Sie bediente so schwungvoll die Zapfanlage, dass ihr das kühle Bier über die Finger floss. Nach so einem Abend Dienst im Ruppersberg roch sie immer, als wäre sie in ein Bierfass gefallen. Manchmal wusch sie sich heimlich mitten in der Nacht von oben bis unten am Trog mit wohlriechender Seife, obwohl die Mutter das nicht gerne sah, weil am nächsten Morgen das kostbare Wasser alle war und wieder einer zum Brunnen laufen musste.

Aber wenn sie ehrlich war, hatte sie den Schuster tatsächlich irgendwie ins Herz geschlossen. Es imponierte ihr, dass alle Welt von dem pfiffigen Ockershäuser sprach, der die Polizei zum Narren hielt. Auch wenn neuerdings behauptet wurde, er habe sich noch während der Haft mit der Verbrecherin Katherina Bald verlobt, sodass die ihm fast zur Flucht verholfen hätte. Sogar eine Frankfurter Zeitung hatte über die ganze Sache berichtet. Hilberg hatte es also geschafft, über die Dorf-Grenze hinaus berühmt zu werden. Das sollte ihm erst einmal jemand nachmachen. Dabei machte sich Hettches Bub, wie er von vielen genannt wurde, immer wieder lustig über die vielen Zeugen, die ihn in der Nähe des Tatorts gesehen haben wollten. Dies sei ein freies Land und jeder könne langlaufen, wo er wolle. »Pöbel« nannte er diese Ockershäuser, die ihn zu verleumden versuchten. Dass es ihm dann auch noch gelungen war, auf dem Weg vom Landgericht zum Kugelhaus zu fliehen, ließ ihn bei dem einen oder anderen zum gefeierten Helden werden. Die anderen sahen darin ein klares Schuldeingeständnis. Dass man ihn schnell wieder eingefangen hatte, tat den Unkereien keinen Abbruch: Der Hilberg hielt die Polizei ganz schön zum Narren. Und so hatte man ihn – auch um ein Exempel zu statuieren – hinter schwere Gitter in den Hexenturm verbannt.

Dass das polizeiliche Verhör im hiesigen Saal stattfand, war einfach darin begründet, dass er als der größte seiner Art im ganzen Marburger Umland galt. Dass überhaupt eine erneute Anhörung von 35 Zeugen vier Monate nach der Tat stattfand, zeigte ja nur, wie vage die Anschuldigungen der Polizei überhaupt waren. Endlich sollte Klarheit in den Fall gebracht werden, nachdem sechs von sechs Geschworenen im ersten Prozess auf unschuldig plädiert hatten, was einen Freispruch zur Folge gehabt hatte.

Jetzt betrat Physikus Stadler mit seinen Männern die Gaststätte und deutete einen kurzen Gruß an, indem er mit dem Zeigefinger gegen die Hutkrampe tippte. Wie elegant er aussah. Und wie weise.

»Oh, hoher Besuch!«, spottete Fritz, als die Männer im Saal verschwunden waren. »Jetzt wird es eng für die Maus, diese Katze hat scharfe Krallen!«

6. Kapitel

Livas Anruf erwischte Marcel in einem eher ungünstigen Moment, er stand – so schien es jedenfalls – gerade an irgendeiner Supermarktkasse. Tatsächlich hatte sie sich schon oft gefragt, welche Voll-Honks mitten in der Nacht noch ihre Einkäufe erledigen mussten, wo die Läden tagsüber schon ab sieben Uhr geöffnet hatten? Schon alleine aus Mitgefühl mit denjenigen, die bis Geschäftsschluss schuften mussten, würde sie so etwas nie tun.

»Moment, ich packe schnell alles in den Einkaufskorb! Bin im REWE am Eigelstein.« Seine Stimme klang leicht gedämpft, als hätte er das Handy unters Kinn geklemmt. »Nicht auflegen, Liva. Hörst du? Schick mir mal deinen Standpunkt. Dann kann ich sehen, wo du bist.«

»Ich warte gerne. Lass dir Zeit.« Im Hintergrund Stimmen, das Piepsen der Supermarktkasse, Hundegebell – jetzt bekam sie eine Live-Schaltung nach Köln geboten. Das gab ihr einen kleinen Stich ins Herz. Ihr Zuhause schien ihr gerade sehr weit weg. Die Besuche am Krankenbett ihrer Mutter belasteten sie immer mehr. Die Ohnmacht, nichts tun zu können, machte sie langsam wahnsinnig. Auch heute war sie unverrichteter Dinge wieder abgezogen, ohne, dass sie auf dem Gesicht der alten Frau eine Regung hatte erkennen können. Und von Konstantin immer noch kein Anruf. Ob Marcel von ihm etwas gehört hatte? Das war mit der Grund, warum sie ihn endlich mal zurückrief. Sie machte sich ernsthaft Sorgen um Konstantin.

Während Liva wartete, teilte sie ihm wie gewünscht per GPS mit, wo genau sie sich befand und lieferte auch noch ein Foto vom Barfüßertor nach. Wodka schnupperte aufgeregt an jeder Straßenecke. Er war heute wieder zu lange alleine gewesen, das wusste sie. Aber sie hätte ihn weder zu Zauner noch ins Café und schon gar nicht in die Klinik mitnehmen können.

»So! Da bin ich! Toll, dass du mich zurückrufst!« Marcel räusperte sich. Liva kam die Stimme fremd vor. Kein Wunder, sie hatten ja nur mal eine kurze Nacht miteinander verbracht und seitdem nie wieder miteinander gesprochen. »Ich hatte bereits versucht, dich zu erreichen!«

Sie musste lächeln. Mehr als zwanzig Anrufe und unzählige Botschaften hatte er seit vorgestern auf der Mailbox hinterlassen, die sie gar nicht abgehört hatte. Auch, wenn seine Stimme irgendwie verzweifelt geklungen hatte, hatte er letztlich mit der Sprache nicht rausgerückt, was er überhaupt von ihr wollte. Sollte er nicht sogar schon in den Flitterwochen sein? Also Flucht voran, dachte sie bei sich. »Wie war deine Hochzeit? Wie fühlt sich die Ehe an? Läuft's gut?« Sie wusste, dass ihr Ton zu flapsig war. Als würde sie ihre Frage nicht besonders ernst meinen.

Auf Höhe der Stelle, wo die Sybelstraße vom Barfüßer Tor abzweigte, fuhr ein Auto jetzt auffällig langsam an ihr vorbei. Liva, die sich von den Scheinwerfern geblendet fühlte, wechselte lieber die Straßenseite. Im letzten Moment sah sie noch einen Typen am Steuer, der sie anzustarren schien. Wieso, dachte sie noch, trug er mitten in der Nacht eine dunkle Brille? Ein paar Meter weiter blieb der Wagen stehen.

Marcels Räuspern holte Liva gedanklich wieder zu ihrem Gespräch zurück. Täuschte sie sich oder machte ihr frisch verheirateter Ex-Liebhaber einen eher nervösen Eindruck? »Gut, dass du fragst. Deshalb rufe ich ja an. Also, meine Hochzeit ist … sagen wir mal … geplatzt.«

»Wie bitte?« Hatte sie sich da gerade verhört? »Das ist nicht dein Ernst?!«

»Doch. Und glaub mir, Liva, es ist besser so. Auch wenn die Entscheidung nicht ganz freiwillig gefallen ist. Susa hat das mit uns rausgefunden, frag mich nicht wie. Ich nehme an, dass meine Kumpels geplaudert haben, mit denen ich abends unterwegs gewesen bin. Jedenfalls hat sie mich gestern hochkant rausgeworfen.«

Liva kam aus dem Staunen nicht mehr raus. Einen besonders niedergeschlagenen Eindruck machte er ja nicht gerade, obwohl ja *er* der Verlassene war. Allerdings nicht unschuldig, wie sie ja am besten wusste.

»Tut mir leid«, sagte sie und beobachtete aus den Augenwinkeln, wie einer der Typen nun aus dem parkenden Auto stieg und direkt auf sie zukam. Reflexartig zog sie an Wodkas Leine, um den Hund näher bei sich zu haben. Der aber reagierte kaum. Der Rehpinscher war einfach kein guter Wachhund. Er schnupperte genüsslich weiter an einem Busch. Panisch sah sich Liva um.

»Marcel, ich muss mal kurz unterbrechen …«

Abrupt ließ Liva das Handy sinken, denn jetzt stand dieser große, dunkel gekleidete Typ mit der schwarzen Sonnenbrille direkt vor ihr. Und sie nahm eine Bewegung wahr. Eine Hand, die einen Gegenstand hielt. Er hat kein Gesicht, dachte sie noch. Da traf sie ein Schlag unvermittelt und hart auf den Kopf. Dann wurde ihr schwarz vor Augen.

* * *

Konstantin legte ihr behutsam ein Kissen unter den schmerzenden Kopf. Träumte sie oder war das gerade real? Was machte der plötzlich hier? Offenbar war er es auch gewesen, der sie auf das grüne Sofa in Mellis geräumigem Wohnzimmer platziert hatte.

»Was ist passiert?«, fragte er, seine Stimme war laut und deutlich. Das konnte doch keine Einbildung sein. Und er hatte seinen typischen, sorgenvollen Sozialarbeiter-Gesichtsausdruck aufgesetzt, den sie schon von ihm kannte.

»Ich …«, beim Reden tat ihr gerade der ganze Körper weh. »Ich weiß es nicht genau.« Das Telefonat, der Überfall, ein heftiger Schlag auf den Hinterkopf.

Sie bemühte sich, alles Weitere zu rekonstruieren. Sie musste eine ganze Weile bewusstlos auf der Straße gelegen haben. Als sie aufgewacht war, hatte Konstantin plötzlich vor ihr gestanden. Der wusste zu berichten, dass er ihr von der Straße geholfen und sie auf den Beifahrersitz seines Autos platziert hatte. Der Hund war hinterhergesprungen und hatte es sich auf der Rückbank bequem gemacht. Ganz eindeutig: Liva war überfallen worden – genau wie ihre Mutter vor einigen Tagen. Zum Glück schien sie nicht ernsthaft verletzt zu sein.

»Ich bin vorher noch nie zusammengeschlagen worden. Interessante Erfahrung«, versuchte Liva einen Scherz, während sie sich aufrichtete. »Du etwa?«

Aber Konstantin schaute ernst drein. Ihm war offenbar nicht nach Spaß zumute. Irgendwie süß, wie er sich um sie sorgte. »Ich bin ganz schön erschrocken, als ich dich da liegen sah.«

Mellis Stimme schallte aus der Küche herüber, sie schimpfte gerade mit Leon, der von dem ganzen Spektakel mitten in der Nacht wach geworden war. Er hatte sich sofort rührend um den Hund gekümmert, ihn aber ein wenig zu hart rangenommen. Statt Wodka zu streicheln, hatte er ihm wohl gerade mit einem Plastikspielzeug auf den Kopf gehauen. Liva hörte, wie der Kleine jetzt lautstark protestierte: »Is war danz liep!«

Konstantin stand auf und schloss behutsam die Tür. Er wusste, dass sie jetzt vor allem Ruhe brauchte. Kurz fragte sie sich, warum er überhaupt hier war und nicht in seiner betreuten Wohngruppe Dienst schob. Wo war er überhaupt die ganze Zeit gewesen? Da stand doch noch eine Entschuldigung aus.

Als könnte er Gedanken lesen, lieferte er schon die Antwort: »Man hat mich zurück nach Köln beordert, weil es in meiner Wohngruppe einen Suizidversuch gegeben hat. Ausgerechnet einer meiner Schützlinge brauchte meine Hilfe. Jetzt haben sie ihn erst einmal ruhiggestellt und in eine geschlossene Einrichtung gebracht. Sorry, dass ich mich nicht verabschiedet habe. Aber«, er setzte nun dieses unverwechselbare Konsti-Grinsen auf, »da bin ich ja wieder.«

»Und warum bist du zurückgekommen?«

Konstantin machte es sich nun auch bequem. Er zog die Schuhe aus, legte die Füße auf den Beistellhocker und verschränkte die Hände im Schoß. Dabei fielen ihm die dunklen Locken in die Stirn, und er sah wieder ein bisschen aus wie der Junge, der früher immer lustige Sprüche geklopppt hatte und den man deshalb nie so ganz ernst nehmen konnte. Das Vorhaben, dem Freund lebenslang böse zu sein, löste sich spätestens jetzt in Wohlgefallen auf.

»Na, um bei dir zu sein. Wie man sieht, kann man dich ja nicht alleine lassen.«

Irgendwie gefiel ihr die Vorstellung, dass sie einen Aufpasser hatte oder besser einen leibhaftigen Schutzengel. Trotzdem brannte Liva noch eine Frage auf den Nägeln. »Wie kommt es, dass du ausgerechnet jetzt in Marburg auftauchst? Und dazu auch noch zum richtigen Zeitpunkt am richtigen Ort bist?«

Müde schien er zu sein, weshalb er die Augen geschlossen hielt. Verständlich, nach diesem langen Arbeitstag und der mehr als zweistündigen Fahrt von Köln nach Marburg.

Aber seine Mundwinkel zuckten, ein verschmitztes Lächeln erschien auf seinem Gesicht, das sich nach und nach zu einem ausgewachsenen Grinsen verwandelte. »Rate mal!«

Liva zuckte ratlos mit den Schultern. »Keine Ahnung! Sag schon.«

»Marcel?!«

Natürlich! Sie hatte ihn ja gerade an der Strippe gehabt, als sie der Mann durch seinen heftigen Schlag ausgeknockt hatte. Und er hatte ihre GPS-Daten auf seinem Handy.

»Er hat mich angerufen und ganz aufgeregt erzählt, dass euer Gespräch plötzlich durch einen Schrei unterbrochen worden ist ...« Konstantin grinste. »Der Gute wusste sich nicht anders zu helfen, als seinen Freund und Helfer zu verständigen. Nämlich mich!«

Liva merkte, wie sie leicht errötete. Die ganze Geschichte war ihr mehr als unangenehm. Normalerweise hörte sie nach ihren One-Night-Stands nie wieder etwas von den Typen. Dieser Marcel aber war wie eine Klette. Und sie beschlich eine böse Vorahnung: Da er jetzt auch noch seine eigene Hochzeit vermasselt hatte, würde sie ihn so schnell nicht mehr loswerden.

»Du weißt, dass seine Verlobte ihn zu Hause rausgeworfen hat?« Warum nur hatte Konstantin plötzlich so unerträglich gute Laune? Was genau war daran so amüsant? Er kicherte, als hätte er einen Joint geraucht. All die Sorgen von eben schienen wie ausgelöscht.

»Ja, hat er erzählt. Danach brach unser Gespräch allerdings ab. Er machte auf mich irgendwie so gar keinen betrübten Eindruck, klang fast ein bisschen erleichtert ...«

Es musste sich seltsam anfühlen, wenn sich die Vorstellungen eines Lebens von einer Minute zur anderen änderten. Da kam ja alles ins Wanken, was man sich vorher aufgebaut hatte. »Weißt du denn, wo Marcel so spontan untergekommen ist?«

»Klar!«

Das breite Grinsen konnte er sich nun wirklich sparen. Liva wurde jetzt langsam echt sauer. Er hatte offenbar Informationen, die ihr fehlten. Okay. Aber hatte sie kein Anrecht darauf, über diese Sache in Kenntnis gesetzt zu werden? Immerhin war Marcel in erster Linie *ihr* Bekannter. »Lass dir doch nicht alles aus der Nase ziehen!«

»Dachte, du kommst vielleicht selbst drauf!« Er nahm sich jetzt sichtlich zusammen, vermutlich, weil er merkte, dass er den Bogen gerade leicht überspannte. »Er wohnt zurzeit in deiner Wohnung. Weil du sie ja gerade nicht brauchst!«

Er. Wohnt. Zurzeit. In meiner Wohnung.

»Bitte? Hast du ihm das erlaubt?«

Konstantin hielt die Hände in die Luft, um zu zeigen, dass er sie sauber waren. »Ich habe damit gar nichts zu tun. Marcel ist ja dein Freund.«

Mein Freund. Es dauerte, bis die Worte in ihrem eh schon leicht angeschlagenen Gehirn ankamen und dort voll zur Entfaltung kamen. Das durfte doch gerade alles nicht wahr sein!

Eins war klar: Hier lief gerade ganz schön was aus dem Ruder. Und eben weil das so war, empfand Konstantin offenbar eine diebische Schadenfreude. Dieser Charakterzug war ihr bislang an dem Freund verborgen geblieben.

Liva schloss die Augen. Der nächste Tag konnte nur besser werden.

* * *

In diesem grauen Betonklotz befand sich die Polizeidirektion Marburg-Biedenkopf. Musste ja ein erhabenes

Gefühl sein, in diesem Bunker seine Zeit abzusitzen. Da war man doch um jedes Verbrechen froh, für das man mal raus an die frische Luft durfte. Zynismus-Knopf aus. Der Anlass, warum sie hier war, war doppelt ernst. Ursprünglich hatte sie vorstellig werden sollen, um die Aufnahmen aus der Verkehrskamera am Wilhelmsplatz zu sichten. Die Männer, die ihre Mutter krankenhausreif geschlagen hatten, waren vermutlich auf der Flucht fotografiert worden. Jetzt aber ging es auch um den gestrigen Vorfall, bei dem man sie selbst auf offener Straße erwischt hatte. Gab es einen Zusammenhang? Ob das vielleicht sogar dieselben Typen gewesen waren? Wenn ja, mussten sie ihre Familie abgrundtief hassen. Nur warum?

Wie verabredet klopfte Liva pünktlich um neun Uhr an die Tür von Zimmer 10, in dem sie Johanna Brauns vermutete. Die junge Kommissarin saß tatsächlich an ihrem Schreibtisch, begrüßte sie freundlich, aber distanziert und wies ihr einen Platz auf dem Stuhl gegenüber zu.

»Nehmen Sie doch bitte Platz, Frau Lohrey. Wie geht es Ihnen?«

»Den Umständen entsprechend.« Livas Kopfschmerzen hielten sich hartnäckig, und ihr Nacken tat nach der Nacht auf Mellis weichem Sofa umso mehr weh. Sie war ein Wrack. Wie viel lieber hätte sie heute ausgeschlafen als hier vorstellig zu werden. Die Raiffeisenstraße, wo dieser graue Büroklotz stand, lag dazu auch noch am anderen Ende der Stadt. Die Kommissarin konnte sich wirklich glücklich schätzen, dass sie sich in ihrem Zustand überhaupt auf den Weg ins Polizeipräsidium gemacht hatte.

Johanna Brauns' durchdringender Blick irritierte sie. Sie starrte auf die Schürfwunde an ihrer Schläfe. »Er hat Sie also einfach niedergeschlagen, sagen Sie? Und Sie haben sich gar nicht gewehrt?«

Wollte sie jetzt etwa andeuten, dass sie selbst schuld an dem Ausgang des Überfalls war? Beim Sprechen beugte sich die Kommissarin leicht nach vorne. Vielleicht wollte sie so Verbindlichkeit herstellen, was ihr gerade nicht gelang. Wenn meine Sensoren nicht komplett durch den Schlag auf den Hinterkopf zerstört worden sind, ist die Gute heute echt schräg drauf, dachte Liva. Oder bin ich es, die komisch ist?

»Ich war gerade mitten in einem Telefongespräch. In dem Moment hat mich der Typ mit der Sonnenbrille attackiert. Ich hatte keinerlei Chance, mich zu wehren.« Vor ihrem inneren Auge liefen die Bilder der letzten Nacht noch mal ab. Der Typ hatte mit einer Brutalität zugeschlagen, mit der sie einfach nicht gerechnet hatte. Wie durch ein Wunder hatte sie außer der Schürfwunde und einer leichten Gehirnerschütterung keine Verletzung davongetragen. Das Gros der Erinnerungen an den gestrigen Abend war noch da, aber eine Zeitlang muss sie bewusstlos gewesen sein. Schließlich war sie auf dem Asphalt aufgewacht – ihr Handy mit zersprungenem Display hatte einige Meter weiter in einer Pfütze gelegen. Dann war Konstantin gekommen, hatte sich neben sie gekniet und sie leicht an der Schulter berührt. Langsam kehrten solche kleinen Szenen in ihr angeschlagenes Gehirn zurück.

»Ist Ihnen noch etwas aufgefallen, was uns weiterhelfen könnte?« Brauns seufzte. Sie schien gar keine Antwort zu erwarten. Vielleicht hatte die schlechte Laune der Kommissarin ja gar nichts mit ihr persönlich zu tun, überlegte Liva. Vielleicht hatte sie gerade private Probleme. Oder sie wurde von einem Vorgesetzten unter Druck gesetzt. Musste Leistung bringen.

»Im Auto hat noch ein zweiter Mann gesessen, den konnte ich aber nicht richtig sehen.«

Brauns machte sich auf einem Block handschriftliche Notizen. Was sie da wohl notierte? Sie legte die Stirn in Falten. »Haben die denn etwas mitgehen lassen? Fehlt der Geldbeutel, der Schlüsselbund oder etwas anderes von Wert?«

Liva nickte und griff sich unwillkürlich an den Hals, wo sie erst am Morgen den deutlich roten Striemen entdeckt hatte. »Die Kette mit dem Elisabethtaler ist weg. Sie gehört meiner Mutter und ist ihr sehr wichtig. Der Typ muss sie mir vom Hals gerissen haben«, Liva wurde es plötzlich heiß und kalt gleichzeitig. Sie fing an zu zittern. Vermutlich kapierte ihr Körper jetzt erst, in welcher Gefahr sie die ganze Zeit geschwebt hatte. Nachträglich sozusagen. Sie war seit Tagen unbedacht ganz alleine unterwegs gewesen, auch nachts alleine in dem Haus, das vielleicht ja immer noch im Fokus der Männer stand. Wenn sie daran dachte, bekam sie eine Gänsehaut.

»Mit wem haben Sie denn telefoniert?«

»Mit einem Bekannten aus Köln. Er heißt Marcel …«, Liva fiel auf, dass sie nicht mal seinen Nachnamen wusste. »Warum fragen Sie?«

»Weil er unter Umständen ein wichtiger Zeuge des Vorfalls ist. Wenn die Telefonverbindung noch aktiv gewesen ist, hat er vielleicht sogar etwas gehört. Können Sie mir seine Nummer geben?«

Es klopfte und Frangenberg betrat den Raum.

»Guten Tag, Frau Lohrey«, sagte er. Er schien heute wieder besonders nett und aufmerksam ihr gegenüber. Erst, als sie ihm auch zugenickt hatte, setzte er sich an den Schreibtisch gegenüber und klappte einen dicken Ordner auf, den er zuvor unter seinem Arm getragen hatte.

»Sie kennen sich ja«, sagte Brauns knapp, konzentrierte sich dann aber wieder auf ihren Fragenkatalog. »Können Sie mir die Nummer von dem Mann geben, mit dem Sie telefoniert haben?«

Liva holte ihr kaputtes Handy aus der Jackentasche und knallte es ein bisschen zu hart auf den Schreibtisch. Jetzt zersplitterte das Display endgültig in unzählige kleine Teile. Dass das ausgerechnet gestern den Geist aufgeben musste, war mehr als ungünstig. Was, wenn die aus dem Klinikum schon versucht hatten, mit ihr Kontakt aufzunehmen? Oder wenn Jessi sich wegen eines Treffens zurückgemeldet hatte? »Leider nein. Das Ding ist nämlich kaputt.«

»Okay«, sagte Brauns und schaute rüber zu dem Kollegen, der sich immer noch mit seiner Lektüre beschäftigte. »Udo? Kümmerst du dich bitte darum?«

»Klar, mach ich.« Behäbig stand Frangenberg auf, nahm mit unbeeindruckter Miene das Handy an sich und verließ wortlos den Raum. Liva konnte es gar nicht fassen, wie willig und gehorsam der alte Haudegen war. Sie erkannte den Mann kaum wieder.

»Keine Sorge. Die Kollegen können die SIM-Karte sicher noch retten. Dann können wir alle Anrufe nachverfolgen, die Sie getätigt haben. Das ist doch in Ihrem Sinne, oder?«

Liva nickte.

»Wie geht es eigentlich Ihrer Mutter?« Brauns lächelte plötzlich mehr als freundlich. »Die Ärzte oben im Klinikum sind ja top ausgebildet, da müssen Sie sich keine Sorgen machen.«

»Man kann noch nicht abschätzen, welche Folgen ihre Kopfverletzung haben und ob sie das alles überleben wird.« Liva räusperte sich. Mehr wollte und konnte sie darüber jetzt nicht sagen.

»Ich will Ihnen nichts vormachen, Frau Lohrey. Wir tappen noch im Dunkeln, was den Überfall auf Ihre Mutter anbelangt. Wir wissen weder, wer das gewesen ist, noch, was die in dem Haus gesucht haben. Vielleicht, das ist sogar sehr wahrscheinlich, handelt es sich sogar um dieselben Männer, die Sie niedergeschlagen haben. Aber da sie sich nicht an Ihrem Geldbeutel, sondern an diesem Elisabethtaler vergriffen haben, liegt die Annahme nah, dass sie ein privates Motiv hatten. Was hat es mit der Kette auf sich?«

Liva wusste es wirklich nicht so genau. »Seit ich mich erinnern kann, hat sie diese Kette getragen.«

Vor dem Fenster war ein Fensterputzer zugange. Er hatte einen roten Anzug an und schäumte einen Teil der Scheibe erst einmal ein, bevor er sie mit einem großen Scheibenwischer von Schmutz befreite. Er hatte das wirklich drauf – danach hatte man wieder einen ungestörten Blick nach draußen. Liva schaute ihm fasziniert zu, während Brauns weiterredete.

»Einziger Anhaltspunkt auf die Täter ist ja das Foto, das ein Blitzer in der Tatnacht gegen ein Uhr von einem Auto gemacht hat, das viel zu schnell unterwegs war.

Es ist vermutlich das gleiche Auto, das die Zeugin Müller mehrere Tage hintereinander in der Nähe Ihres Elternhauses gesehen hat. Es könnte sein, dass die Männer das Haus erst einmal ausspioniert haben.«

Jetzt war Liva wieder ganz bei der Sache. Die Kommissarin hatte bereits am Telefon angedeutet, dass sie die Überwachungskamera am Wilhelmsplatz ausgewertet hätten.

Brauns legte nun ein Foto auf den Tisch. Es war stark vergrößert und dadurch voller schwarz-weißer Pixel. Das war bestenfalls ein Schnappschuss!

»Kommt Ihnen einer der Männer bekannt vor? Sind es vielleicht dieselben, die Sie gestern niedergeschlagen haben? Erkennen Sie das Auto?«

Die Gesichter auf dem Bild waren eine einzige graue Fläche. Der Fahrer trug eine schwarze Sonnenbrille wie der Typ gestern auch. Keine Chance, darauf Gesichter zu erkennen. Einer der Männer hatte etwas Hohes auf dem Kopf, der Typ sah aus wie ein Sikh oder, ja, das konnte auch ein Rastafari sein, der seine Rastas zu einem praktischen Turban hochgebunden hatte. Zudem hatte er ganz eindeutig ein wild gemustertes Hemd an. Die Körperhaltung des Mannes mit den hochgezogenen Schultern tat ihr Übriges, um Livas vagen Anfangsverdacht zu bestätigen: »Das könnte tatsächlich Gunnar sein. Gunnar Schäfer«, sagte sie jetzt zögerlich.

Wie krass war das denn? Erst vor ein paar Tagen hatte sie den Kerl noch am Bahnhof gesehen und mit ihm über ihren Bruder gesprochen. Da hatte er die langen Rastas zwar offen getragen, aber genauso ein gemustertes Oberteil angehabt.

»Ja?« Brauns beugte sich angespannt nach vorne.

»Er hat mal in der Nachbarschaft gewohnt und ist dann unten an der Lahn in so ein besetztes Haus gezogen. Ich weiß gar nicht, ob es das noch gibt. Er war ein Bekannter meines Bruders.«

»Der Bruder, der vor drei Jahren spurlos verschwunden ist?« Die Kommissarin wandte sich ihrem Computer zu und tippte etwas ein. »Gunnar Schäfer, sagen Sie?«

»Sicher bin ich mir nicht. Aber der Mann auf dem Foto sieht ihm wirklich sehr ähnlich. Obwohl ich ihm einen brutalen Überfall wirklich nicht zutraue. Gunnar ist so ein Typ, der keiner Fliege was zuleide tut, wissen Sie?« Sie musste wieder zurückrudern. Es fühlte sich irgendwie nicht gut an, so einen armen Teufel ans Messer zu liefern. Gunnar war sicher kein schlechter Kerl, er hatte ihr immer schon leidgetan. Er war labil und ein Mitläufer. Aber keinesfalls gefährlich.

»Es kann ja sein, dass er an dem Abend nur als Fahrer dabei war. Das finden wir sicher bald raus«, sagte Brauns. Sie starrte dabei weiterhin auf den Bildschirm. Jetzt leuchteten ihre Augen, ihr Jagdinstinkt war geweckt. »Hier haben wir ihn. Vorbestraft wegen Handel von Cannabis und einem vereitelten Überfall auf einen Kiosk am Rudolphsplatz. Ein typischer Kandidat, der wegen Beschaffungskriminalität immer wieder auffällig werden wird, solange er seine Sucht nicht im Griff hat. Er hat eine Haftstrafe abgesessen und war zuletzt in einer Wohngruppe auf einem Bauernhof bei Cölbe gemeldet, wo er seinen Entzug abgebrochen hat. Seit Wochen ist er dort nicht mehr aufgetaucht. Das ist ein Junkie, der

Kohle braucht. Gutes Motiv.« Triumphierend schaute sie hoch. »Bingo. Wir schreiben ihn zur Fahndung aus.«

Jetzt klopfte es an der Tür. Frangenberg betrat wieder den Raum und legte seiner Kollegin einen Stapel Papier vor die Nase, eng bedruckt. Das war offenbar eine Liste aller Anrufe, die Liva in letzter Zeit getätigt hatte. Ganz sicher würde sie nicht zu jeder Nummer ein Gesicht oder gar einen Namen präsentieren können. Vermutlich interessierten sich die Ermittler aber sowieso nur für Marcel. Der würde sich sicher wundern, wenn er plötzlich einen Anruf von der Marburger Polizei bekam.

»Hier ist Ihre SIM-Karte zurück, Frau Lohrey. Sie funktioniert noch einwandfrei.« Dieser Frangenberg war die Freundlichkeit in Person, er schien ganz vergessen zu haben, dass ihm Liva mal vor drei Jahren so richtig die Meinung gegeigt und angekündigt hatte, nie wieder ein Wort mit ihm zu reden. Dass er ein unsensibler Klotz und daran schuld sei, wenn Alex etwas zustieß, weil er seine Arbeit nicht gut genug machte. Er hatte damals gelassen reagiert und sie netterweise nicht wegen Beamtenbeleidigung angezeigt. Aber sein süffisantes Grinsen damals hatte Bände gesprochen. Er war ein überheblicher Kerl. Davon war aber jetzt nichts mehr zu spüren. Im Gegenteil.

Er lächelte sie an, setzte sich wieder an seinen Schreibtisch und wendete sich mit einer Frage an Sie: »Kennen Sie eigentlich einen Severin Dörr? Hat der Sie irgendwann mal kontaktiert?«

Erstaunt schüttelte Liva den Kopf. »Nein, noch nie gehört«, sagte sie. Und erst jetzt fiel ihr Blick auf den dicken Ordner, der vor dem Mann lag und auf dessen

Rücken *Vermisstenfall Alexander Lohrey* stand. Hatten sie etwa die Suche nach ihrem Bruder wieder aufgenommen? Irgendjemand musste die Unterlagen gut durchgearbeitet haben, denn überall waren Seiten mit kleinen, bunten Post-its markiert. Frangenberg klopfte mit seinem Kugelschreiber irgendeinen Rhythmus vor sich hin, er stand offenbar unter Anspannung und konnte offenbar kaum ruhig sitzen bleiben.

»Warum? Wer soll das sein?«

»Wir wissen es nicht«, antwortete stattdessen seine Kollegin Brauns. »Der Mann hat sich letzte Woche beim Liegenschaftsamt nach Ihrem Haus erkundigt. Er will es offenbar kaufen. Das kam uns erst einmal seltsam vor.«

14. Oktober 1864, Rabenstein, Regine Dörr

Frisch ist es in der Früh hier oben auf dem Berg. Es soll heute ja ein schöner, sonniger Herbsttag werden. Da vorne geht schon die blutrote Sonne über dem Schloss auf. Wie herrschaftlich es über der Stadt thront. Als halte es Wacht, dass nichts Böses geschieht. Dabei passieren ausgerechnet hier die allerschlimmsten Verbrechen. Betrug, Mord, Vergewaltigung, Ehebruch, Lügen – für all das muss Ludwig Hilberg heute sühnen. So sehr ich diesen Mann einmal geliebt habe, so sehr hasse ich ihn jetzt für all das, was er mir angetan hat. Und wäre er nicht zum Tode verurteilt worden, hätte ich ihn umgebracht. Ich, Regine Dörr aus Bauerbach, einzige rechtmäßige Verlobte des Schuhmachers Ludwig Hilberg, habe mir das geschworen. Hilberg ist ein Monster, das heute endlich seine gerechte Strafe bekommt. Und dafür danke ich Gott.

Mich hat es ja im Grunde noch viel schlimmer getroffen als das tote Hinkel, das man oben unter der Mordeiche gefunden hat. Sie hat es nämlich schon lange hinter sich, ich dagegen muss bis zu meinem Lebensende mit der Schmach leben, die er mir angetan hat. Gedemütigt hat er mich. Mir einen Bastard angedreht. Mich zum Gespött der Leute gemacht.

Oh, ich höre die Glocken aus der Stadt herüberklingen! Jetzt muss es wohl sieben Uhr sein, das Geläut kündigt den

Abgang des Delinquenten an. Der Zug macht sich nun vom Amtsgefängnis auf den Weg zur Richtstätte. Das Militär stellt sich hier im Kreis auf, um den Mörder in Empfang zu nehmen. Wie dumm, die Männer nehmen uns beinahe die Sicht. Das darf nicht passieren. Notfalls hebe ich den Kleinen hoch und setze ihn auf meine Schultern, dass er besser sehen kann.

In dieser Menschenmasse – ich glaube, Tausende sind gekommen – bin ich sicher diejenige, die ihn am meisten hasst. Das habe ich auch dem Kind gesagt. Heute wird dein böser Vater vor das himmlische Gericht geführt, das noch um so vieles grausamer sein soll als die Richter auf Erden. Heute, so habe ich ihm versichert, kommt dein Vater in die Hölle. Ich habe dem Bub ins Gewissen geredet, wenn er mitkommen wolle auf den Rabenstein, dürfe er nicht trödeln und müsse sich warm anziehen. Das hat er auch brav befolgt. Mitten in der Nacht sind wir dann aufgestanden und haben uns auf den Weg gemacht. Die Plätze in der ersten Reihe hier sind eben heiß begehrt. Und wir wollten ja einen guten Blick auf das Spektakel haben. Wir waren so früh da, dass wir noch das Schafott und den Richtstuhl in Augenschein nehmen konnten. Und auch den Wagen mit dem viereckigen Kasten darauf, in dem später der Leichnam abtransportiert wird. Der Junge ist aus dem Staunen nicht mehr rausgekommen. Er ist ja erst drei Jahre alt und hat so etwas Großes noch nie erlebt.

Um ihn bei Laune zu halten, habe ich ihm erzählt, was ich über die ganze Sache weiß. Er hat doch ein Recht darauf, alles über seinen Vater zu erfahren. Dass der Schuft mir die Ehe versprochen hat und wir dabei waren, unsere Hochzeit zu planen. Dass er gleichzeitig einer anderen Frau schöne Au-

gen gemacht und sie dann geschwängert hat. Als ihr Bauch nicht mehr zu übersehen war, hat er sie in einen Hinterhalt gelockt und unter der dicken Eiche oben am Dammelsberg aufgeschlitzt. Da hat sich der Kleine die Ohren zugehalten. Das war zu viel für sein kindliches Gemüt.

Mir gegenüber hat er die Tage darauf so weitergemacht, als wäre nichts gewesen. Mit den schönsten Liebesschwüren hat er mich verführt – darin war er gut. Ich habe ihm alles geglaubt und mich ihm mit Haut und Haaren hingegeben – in dem Glauben, dass wir bald Mann und Frau sein würden. Als hätte er geahnt, dass es unser letzter Abend sein würde, hat er mir beim Gehen die Kette mit dem Elisabethtaler geschenkt. Es ist das Einzige, was mich an ihn erinnert. Mal von dem armen Kind abgesehen. Am Tag darauf hat man ihn festgenommen und in den Hexenturm gesperrt. Ich habe Ludwig seitdem nie wiedergesehen. Ob er sich in den drei Jahren Haft sehr verändert hat? Ich werde ausspucken vor Ekel, wenn ich einen Blick auf sein Gesicht erhaschen kann.

Ich war dumm vor Liebe. Sonst hätte ich mir eins und eins zusammenzählen können, als ich die Wiegand letztens in der Nähe meiner Dienststelle gesehen habe. Es war der Sonntag gewesen, bevor sie das Zeitliche gesegnet hat. Das weiß ich noch wie heute. Ich stand da mit Ludwig, da hat sie ihm schöne Augen gemacht und ihn gefragt, ob er mit ihr kommen wolle. Als er das ablehnte, hat sie ihn schlimm beschimpft und ihn gefragt, ob sie nicht gut genug für ihn sei. Als sie endlich weg war, hat er mir zugeraunt, dass das so nicht mehr weitergehe. Er müsse handeln. Am nächsten Tag war das schwangere Hinkel tot. Ich hätte wissen müssen, dass er sie umgebracht hat. Ich hätte ihn anzeigen müssen. Dann wäre er noch viel früher den Weg des Gerechten gegangen.

Den Elisabethtaler hebe ich dem Jungen auf. Wenn er schon ohne Vater aufwachsen muss, hat er wenigstens eine kleine Aussteuer. Woher das Schmuckstück stammt, habe ich mich schon gefragt. Ob er es seiner Mutter gestohlen hat? Das würde ich ihm auch noch zutrauen, dem Mistkerl.

»Er kommt!« Diese Rufe, diese Panik plötzlich, diese Aufregung. Ein solches Raunen geht durch die Menge. Der Kleine umgreift jetzt mit seinen kleinen Fingerchen fest meine Hand. Er hat Glück. Ihm wird etwas geboten. Denn gerade heute, heißt es, haben sie einen besonders grausamen Henker von weither geholt. Ein Mann ohne Skrupel, sagen die Leute, und von einer unglaublichen Körperstatur. Ein Riese, der ein Schwert aus Solinger Stahl mit sich trägt. Mit dem wird er Ludwig den Kopf abschlagen – vor unseren Augen. Erst, wenn Hilberg tot ist, werden wir wieder ruhig schlafen können.

7. Kapitel

Das Café am Bahnhof war schon immer ein optimaler Treffpunkt für Blind Dates gewesen. Aber auch Station für Reisende, die aus Zeitgründen gar nicht erst den Weg in die Stadt auf sich nehmen wollten. Gemütlich war die Location nicht, aber sie lag praktisch in der Nähe der Stadtautobahn und fußläufig zu den Zügen, die stündlich nach Kassel oder Frankfurt fuhren. Sicher auch ein guter Umschlagplatz für Drogen, dachte Liva bezüglich ihres schrumpfenden Vorrats.

Konstantin hatte den Laden nur vorgeschlagen, weil er in der Nähe des Polizeipräsidiums lag und er noch etwas im Einkaufspark Wehrda hatte erledigen müssen, der lag quasi um die Ecke. Tatsächlich saß er auch schon an einem kleinen, runden Bistrotisch und war in eine Zeitung vertieft, als Liva eintrat. Und obwohl sich die beiden vor zwei Stunden erst noch gesehen hatten, umarmten sie sich herzlich zur Begrüßung. Intuitiv hielt sie ihn sogar ein bisschen länger als nötig fest. Sie war so unglaublich dankbar für seine Hilfe.

Außerdem roch er gut, was sie mit einem demonstrativen Schnuppern andeutete. »Hey! Wie kann ein Mann, der heute definitiv noch keine Zeit für eine Runde im

Bad gehabt und gerade auch noch einen Großeinkauf hinter sich gebracht hat, so unglaublich gut duften?«

»Danke, das bleibt mein Geheimnis.« Er tat betont unbeteiligt, freute sich aber sichtlich über das Kompliment. Überhaupt, so hatte er ihr gestern noch gesagt, mochte er »diese neue Liva« sehr. Seit sie hier in Marburg sei, so hatte er das empfunden, wirke sie um so vieles stärker und gleichzeitig verletzlicher. Liva machte sich darüber wirklich Gedanken. Denn tatsächlich gingen die Menschen offener und freundlicher auf sie zu.

»Ist das etwa meins?« Liva zeigte auf ein Handy, das originalverpackt auf dem Tisch lag. Er nickte. »Echt? Das Geld dafür gebe ich dir aber wieder. Danke. Du bist ein Schatz!« Darum hatte er sich neben den Einkäufen und seinen Fahrdiensten heute Morgen also auch noch gekümmert? Was für ein Kerl! Woher nahm der nur seine ganze Energie?

»Klar. Geht ja nicht, dass du nicht erreichbar bist«, sagte er dazu nur.

Wie selbstverständlich er half, wo er konnte. Solche Menschen waren selten, das war ihr erst spät klar geworden. Man musste auf sie aufpassen wie auf einen Schatz. Sie betrachtete sich das Gerät von allen Seiten. Es war im Grunde das gleiche Modell wie ihr altes. Nur neuer, schöner, moderner und schwarz, nicht silbern. Als sie die alte SIM-Karte einlegte, rasselten sofort unzählige Nachrichten, SMS und Mails rein.

»Ich glaube, ich brauche eine Sekretärin, die mir beim Beantworten dieser Korrespondenz hilft.« Auf die Schnelle versuchte sie sich einen Überblick zu verschaffen, was wichtig war und was weniger relevant. Aus der Klinik hatte sich jedenfalls niemand gemeldet – das war schon mal ein gutes Zeichen. Dafür war eine Mail von Hallermann angekommen. Liva war plötzlich sehr aufgeregt. Sie wollte sich die Spannung, ob er ihrem Reportagethema zugestimmt hatte, für später aufheben.

»Wie war es eigentlich bei der Polizei?«, fragte Konstantin jetzt.

Liva winkte ab. »Einerseits treten sie auf der Stelle. Andererseits scheinen sie die Suche nach Alex wieder aufgenommen zu haben. Sie vermuten da einen Zusammenhang zwischen seinem Verschwinden und den beiden Überfällen.«

Konstantin wurde hellhörig. Sein Gesichtsausdruck hatte sich schlagartig verändert. »Ach ja? Wieso? Gibt es eine neue Spur?«

»Nein, nicht so wirklich.« Sie hatte sich vorgenommen, ihm erst einmal nichts davon zu erzählen, dass Alex gesehen worden war. Bislang handelte es sich ja nur um einen vagen Verdacht, es gab keinerlei Beweise, dass es sich wirklich um ihren Bruder handelte. Genau genommen war es eher unwahrscheinlich, dass ein für seine Rationalität und Vernunft bekannter junger Mann von einem Tag auf den anderen sein altes Leben hinter sich ließ, um als Einsiedler im Wald sein Unwesen zu treiben. Und noch einen Grund gab es, dem Freund nichts von Jessis Beobachtung zu sagen: Konsti hatte auf sie in den letzten Wochen eh schon einen niedergeschlagenen Eindruck gemacht. Sie wollte ihn nicht über Gebühr aufregen und Hoffnung schüren, wo eigentlich keine war.

Eine rockige Melodie kündigte eine weitere Nachricht an. Neues Handy, neue Töne. Sehr gewöhnungsbedürftig. Liva starrte neugierig auf das Display. Ausgerechnet Jessi. Sie schrieb, sie habe sich über die Nachricht gefreut und wolle sie sehr gerne sehen. Sie müsse heute eh mit dem Hund raus – ob sie sie um 15 Uhr auf einen Spaziergang begleiten wolle. Liva wurde plötzlich sehr aufgeregt. 15 Uhr – das war in weniger als einer Stunde und außerdem gleichzeitig zur Besuchszeit der Intensivstation, die täglich um 14.30 Uhr begann. Da waren die sehr streng, da gab es keine Ausnahmen.

»Was ist? Du siehst plötzlich so blass aus?« Konstantin legte seine Hand auf ihren Arm. Sie war warm und weich. Warum irritierte sie diese vertraute Geste des alten Freundes gerade so? Sie schaute in seine dunkelblauen Augen und sah auch dort nur Wärme und Zuneigung. »Wenn es dir nicht gut geht, leg dich besser noch eine Weile hin. Stattdessen kann ich ja heute deine Mutter besuchen«, sagte er. Als er ihren verdatterten Blick bemerkte, setzte er noch hinzu: »Ich tue das wirklich gerne, Liva.«

Kein Wort davon, ob er bereits gestern bei ihr gewesen war. Und das, ohne ihr Bescheid zu sagen. Dass ihr dieser Schoner gesagt hatte, dass ein junger Mann – ihr Bruder – da gewesen sei, hatte sie bislang niemandem erzählt. Und aus irgendeinem Grund bekam sie es gerade nicht übers Herz, Konstantin mit ihrer Frage zu konfrontieren, ob er das gewesen sei. Er hatte Theresa Lohrey immer sehr gemocht. Und umgekehrt hatte ihre Mutter Alex' Freund von Anfang an ins Herz geschlossen und wie ihren eigenen Sohn behandelt. Die alte Frau freute sich sicher über den Besuch. Und wer wusste das schon, ob sie davon doch etwas mitbekam.

»Weißt du, wie man zur Intensivstation kommt, Konsti?«, fragte Liva und schaute den Freund prüfend an. Gleichzeitig nagte an ihr das schlechte Gewissen: Was, wenn es der Mutter schlagartig schlechter ging oder sie gar die Nacht nicht überleben sollte? Würde sie sich dann nicht immer Vorwürfe machen, dass sie nicht bei ihr gewesen war?

»Klar«, sagte er nur.

»Gut!« Sie tat so, als wäre das eine reine Routinefrage gewesen. Dann setzte sie ein Lächeln auf. »Du hast recht, sie würde sich sicher sehr freuen«. Dabei dachte sie an Alex. Und daran, dass es ihrer Mutter sehr viel bedeuten würde, wenn der verlorene Sohn wieder heimkehrte. Dafür musste sie jetzt sorgen. Das war ihre Mission. Und deshalb musste sie heute in eigener Sache handeln und den Termin mit Jessi wahrnehmen. Erst einmal, ohne mit anderen darüber zu sprechen.

»Gut. Ich sage Dr. Naumann Bescheid, dass du an meiner statt heute kommst. Das ist sehr lieb von dir. Danke.«

Konstantin legte einen Zehner auf den Tisch und zog sich umständlich die Jacke an. »Dann würde ich mich jetzt mal auf den Weg machen.«

»Es gibt Studien, dass Menschen im Koma durch Ansprache schneller gesund werden. Sprich mit ihr. Obwohl sie die Augen geschlossen hält. Erzähle ihr einfach etwas Schönes. Etwas, das ihr Herz erfreut.«

Konstantin feixte. »Ich könnte ihr ja erzählen, dass du jetzt einen Freund hast. Darauf wartet sie sicher schon lange. Immerhin ist Marcel ja schon bei dir eingezogen und Hochzeiten generell nicht abgeneigt.«

So ein Fiesling. Das war ja jetzt wohl die Höhe. Auch wenn er damit nur einen Spaß machen wollte, kam der gerade gar nicht gut an. Die Sache mit ihrem Stalker schlug ihr langsam richtig auf den Magen. Liva deutete eine Faust an und setzte einen gespielt bösen Gesichtsausdruck auf. »Wag dich nicht, mein Lieber, solche Lügenmärchen zu verbreiten. Ich warne dich.«

»Bin schon durch die Tür!«, grinste er und deutete eine Verbeugung an. »Und ich verspreche, ich werde über deinen Verehrer schweigen – jedenfalls fürs Erste …«

* * *

Was für eine Ruhe. Blendete man die Autogeräusche von der nahen Ockershäuser Allee aus, hörte man nur das Vogelzwitschern und das Rauschen der Baumkronen. Im Jahre 1865 als kleiner Friedhof angelegt, zog sich das Gelände heute bis hoch zum Rotenberg. Mit mehr als 10.000 Gräbern galt der Ockershäuser Friedhof als der größte Friedhof der Stadt auf einem unglaublich großen Gelände. Liva brauchte länger als gedacht bis zur Friedhofskapelle, die Jessi Ruland als Treffpunkt vorgeschlagen hatte. Schon von Weitem erkannte sie die Freundin an ihren leuchtend roten Haaren und der weißen Schäferhündin, die sie begleitete. Jessi war schon immer eine auffällige Erscheinung gewesen, die die tolle Figur und ihre eher seltene Haarfarbe gut in Szene zu setzen wusste. Selbst hier auf dem Friedhof schauten ihr die Leute hinterher. Ob sie immer noch ein Mal im Jahr auf die Ginger Days ging? Da kamen unzählige Rothaarige aus dem ganzen Land zusammen, um sich kennenzulernen – ein wenig crazy, fand Liva.

»Hi, meine Liebe! Wie schön, dich mal wieder zu sehen!« Jessi umarmte sie fest und hakte sich dann sofort ein. Es fühlte sich an, als hätten sie sich nie aus den Augen verloren. »Beginnen wir mit dem Anstieg«, feixte sie und zog die andere den leichten Hang hinauf. Offenbar kannte sie die Wege hier wie ihre Westentasche.

»Studierst du eigentlich noch in Köln?«

Die beiden Hunde Ronja und Wodka zogen eifrig an den Leinen. Schön zu sehen, dass sich die Tiere auch so herzlich begrüßt hatten wie alte Bekannte.

Liva kam schnell außer Atem. Sie war einfach keine Sportskanone und überhaupt nicht in Form. »Ja, schon.«

»Bestimmt 'ne coole Stadt. Ich war noch nie dort.« Jessi begeisterte sich immer schnell für alles und jeden. Das hatte sich nicht geändert. Wobei sie natürlich recht hatte: Obwohl Köln nicht gerade pittoresk war, hatte es eine Menge zu bieten.

»Ja, mal sehen, ob ich dort bleibe, wenn ich fertig bin. Ich bin gerade dabei, meine Abschlussarbeit an der Journalistenschule zu schreiben«, antwortete Liva.

Erst vor knapp einer Stunde hatte Hallermann bestätigt, dass er ihr Thema für die Reportage annehmen und dem Prüfungsamt melden werde. In dem Moment war ihr ein riesiger Stein vom Herzen gefallen. Und auch, wenn er kein einziges persönliches Wort beigefügt hatte, hatte sie sich unheimlich über die Mail gefreut. Und jetzt war es das erste Mal, dass sie das jemandem erzählte. Klang richtig gut!

»Ah, echt? Über welches Thema schreibst du?«

Liva fasste sich ein Herz. Sie platzte vor Neugier, wie Jessis Reaktion sein würde. Sie stand jetzt stellvertretend für ihre zukünftige Leserschaft. Biss Jessi an, würden sich auch andere für das Thema interessieren. »Es geht darum, wie sich der gewaltsame Verlust eines Menschen auf die Angehörigen oder sogar auf die nachfolgenden Generationen auswirken kann. Dazu plane ich Interviews mit Betroffenen und Psychologen und so.«

»Da bist du ja bei mir genau richtig!« Jessi befreite ihre Schäferhündin von einem großen Ast, der sich zwischen den Beinen verhakt hatte. Das weiße Fell des Tieres musste sicher gut gepflegt werden. Da war das räudige Grau des Rehpinschers pflegeleichter.

»Inwiefern?«

»Ich habe gerade mein Grundstudium der Psychologie beendet. Manchmal denke ich, ich habe mir dieses Fach ausgesucht, um mich selbst besser begreifen zu lernen. Habe bereits einige Familienaufstellungen hinter mir und weiß, wovon ich spreche.«

Sie näherten sich nun dem hohen Zaun, der sich rund um den Friedhof zog. Hier musste auch irgendwo der Ausgang zum Wald sein. Liva hätte sich schon längst heillos verlaufen. »Wo gehen wir eigentlich hin?«, fragte sie, obwohl sie es im Grunde schon wusste.

Jessi tat so, als hätte sie die Frage überhört. Sie plauderte eifrig weiter. »Du weißt sicher noch, dass sich meine Eltern getrennt haben, als ich fünf Jahre alt war? Mein Vater hat ja damals ganz schnell eine neue Familie gegründet und ist quasi für mich und meine Mutter nicht mehr da gewesen. Ich habe lange gebraucht, um damit meinen Frieden zu machen.«

Das stimmte ja! Auch in Jessis Leben hatte es einen schmerzhaften Bruch gegeben. Sie hatten sich zwar erst im Gymnasium angefreundet, da waren die Rulands schon lange getrennt gewesen, aber diese Geschichte hing der Freundin noch viele Jahre nach. Sie hatte ihren Vater immer schmerzlich vermisst, der in eine andere Stadt gezogen war und sich nur noch selten meldete. Als er dann zu ihrem 16. Geburtstag noch nicht mal angerufen hatte, war Jessi auf ihrer eigenen Geburtstagsparty in Tränen ausgebrochen. Sie wäre bestimmt eine gute Interviewpartnerin für die geplante Reportage. Liva versuchte sich das auf ihre imaginäre TO-DO-Liste zu schreiben.

»Weißt du, ich glaube fest daran, dass man sich nur selbst lieben kann, wenn man sich mit seinen Vorfahren ausgesöhnt hat. Das sah Alex ja ganz genauso. Wir haben mehr als einmal darüber gesprochen, was es uns bedeuten würde, unsere Herkunftsfamilien besser gekannt zu haben. Er war davon überzeugt, dass man Anteile von Vorfahren so lange mit sich herumschleppt, bis man sich mit ihnen beschäftigt hat und sich ganz bewusst von ihnen befreit hat.«

Liva blieb abrupt stehen. »Du hast mit meinem Bruder über unseren Vater gesprochen?« Liva konnte es kaum fassen. Unter den Geschwistern war das lange kein Thema mehr gewesen, wer ihr Erzeuger gewesen war. Sicher auch, weil ihre Mutter Fragen über ihn grundsätzlich abgelehnt hatte. Theresa Lohrey hatte all die Jahre darüber hartnäckig geschwiegen. Ihr Standardkommentar: »Glaubt mir, es ist besser so.« Alex hatte sich – so hatte sie bis vor Kurzem gedacht – damit genauso abgefunden gehabt wie sie, die ja noch viel kleiner und umso neugieriger gewesen war. Wieder einmal hatte sie das Gefühl, nicht über ihren Bruder, sondern über einen Fremden zu sprechen. Konnte man sich so in einem Menschen täuschen?

»Ich wusste gar nicht, dass ihr euch so nahestandet?«, wunderte sich Liva.

Sie hatten jetzt das Friedhofsgelände verlassen und ließen die Hunde von der Leine. Der alte Wodka war vollkommen außer Atem. Die junge Schäferhündin dagegen sprang immer mehrere Meter vor und wieder zurück.

»Wir haben uns ein paar Wochen lang häufiger gesehen, weil seine Therapeutin ihre Praxis im Erdgeschoss unseres Hauses hatte. Manchmal ist er noch auf einen Tee hochgekommen und wir haben ein bisschen gequatscht. Ich hatte den Eindruck, dass er mit seiner Freundin nicht gut über seine Probleme reden konnte. Die hatte wohl plötzlich nur noch ihre Schwangerschaft im Kopf.«

Melli hatte Alex' Therapie ebenfalls erwähnt. So deckten sich die Geschichten. Eins war jetzt klar: Während sich Melli über das Kind unglaublich gefreut haben musste, war Alex dadurch ganz schön ins Schleudern geraten. Was für eine Angst musste er gehabt haben, dem nicht gewachsen zu sein. Liva verstand langsam, in welcher Not er sich befunden haben musste. Nur warum? Es gab ihr einen Stich ins Herz, dass er sich damals nicht ihr – seiner Schwester – anvertraut hatte. Oder hatte er sie nur schützen wollen? Vor wem? Vor was?

Kurz schwiegen die beiden Frauen und gingen im Gleichschritt nebeneinander her. Jede hing eine Weile ihren eigenen Gedanken nach.

Dann rückte Liva mit ihrer Frage raus, die sie schon die ganze Zeit bewegte: »Zauner sagt, dass du ihn hier oben am Dammelsberg gesehen hast. Erzählst du mir davon?«

»Ja, werde ich tun. Wir sind gleich an der Stelle. Das war echt spuky. Weißt du, ich glaube, er hat dieses Schweigen und diese Zerrissenheit damals nicht mehr ausgehalten. Der ist aus Marburg abgehauen und jetzt wieder zurückgekehrt. Oder was ist deine Theorie? Du denkst doch auch nicht, dass er sich umgebracht hat, oder? Man hätte ihn ja sonst längst gefunden.«

Liva war mit dieser Frage total überfordert. »Ich weiß gar nichts mehr. Mir kommt es so vor, als würde ich Alex ganz neu kennenlernen. Für mich war er immer der große, starke Bruder, der alles im Griff hatte. Vielleicht habe ich ihn falsch eingeschätzt.«

»Deine Mutter ist die Einzige, die die Selbstmordtheorie immer vorangetrieben hat. Mit dieser seltsamen Trauerfeier, die sie für ihn organisiert hat. Mit der Todesanzeige in der *Oberhessischen Presse*. Dann diese schwarzen Kleider, die sie plötzlich trug. Ich fand das schon immer crazy. Die eigene Mutter schreibt ihren Sohn ab! Vollkommen seltsam.«

Auf Liva stürmten gerade so viele neue Informationen ein, dass ihr Gehirn kaum mehr mitkam. Immer deutlicher wurde ihr bewusst, dass es damals ein Fehler gewesen war, sich komplett aus der Familie zurückzuziehen und nach Köln zu gehen. Vielleicht hätte sie durch eine gewisse Hartnäckigkeit herausfinden können, warum die Mutter so dachte und handelte? Jetzt war es dafür vielleicht für immer zu spät.

»Es sieht so aus, als würde die Polizei den Fall wieder aufrollen«, sagte Liva.

Jetzt blieb Jessi wie angewurzelt stehen. »Echt jetzt? Krass. Wissen die denn, dass ich ihn gesehen habe? Wenn auch nur von Weitem, das gebe ich zu.«

»Nein, ich habe das erst mal für mich behalten. Hab auch Konsti nichts gesagt, er ist immer so sensibel.«

»Dachtest du etwa, dass ich lüge? Oder gar spinne? Oder nicht alle Tassen im Schrank habe?« Jessi setzte ein verrücktes Gesicht auf und begann zu schielen. Sie sah jetzt wirklich nicht ganz sauber aus. Die beiden Frauen brachen gleichzeitig in schallendes Gelächter aus. »Du warst schon immer zu misstrauisch, Schatz.«

Liva war froh, dass Jessi ihr nicht wirklich böse war und gab zu: »Ich sage mal so. Es ist ja wirklich im Bereich des Möglichen, dass du dich verguckt hast.«

Sie standen jetzt an einer Kreuzung, mehrere Wegweiser aus Holz wiesen den Spaziergängern die Ziele in unterschiedlichen Richtungen an.

»Okay, ich gebe zu. Ich habe ihn vor allem an seinem unverwechselbaren Gang und an den schwarzen Wuschelhaaren erkannt. So richtig ins Gesicht schauen konnte ich ja kaum, weil er sofort weggerannt ist.« Jessi zeigte den schmalen, von Büschen verwachsenen Pfad hinauf. »Wir müssen hier lang. Immer geradeaus. Dann kommen wir zur Mordeiche.«

15. Juni 1864,
Privatmann Schäfer

Ich weiß, ich hätte nicht schweigen dürfen. Bin ja an dem Tag nur zufällig hier oben langgelaufen und habe die tote Frau in ihrem Blut liegen sehen, das Tischmesser mit dem Holzstiel und abgerundeter Klinge daneben. Dort drüben war das, unter der großen Eiche. Ihr Gesicht war voller Blut und Maden. Auch aus den Augen kamen sie gekrochen, das sah schlimm aus, ich habe heute noch Albträume. Ich weiß, ich hätte das melden müssen, aber ich wollte mich nicht verdächtig machen. Man hört ja immer wieder solche Geschichten, dass einer unschuldig ist und dann trotzdem im Kerker endet, weil er die Unschuld nicht beweisen kann. Und als sie diesen Hilberg gefangen genommen und später wieder frei gelassen haben, da war ich ganz verunsichert. Wegen Mangel an Beweisen, hat es geheißen. Dabei wurde er doch in den Tagen nach der Tat noch gesehen, wie er den Kuttner hoch ist und sich in der Nähe vom Tatort aufgehalten hat. Er hat sich nach getaner Tat an der Leiche ergötzt. Vielleicht wollte er auch die Schuld von sich abwenden und alles Verdächtige verstecken. Diese Vermutung haben Sie geäußert, nicht wahr? Was? Er hat das abgestritten? Das ist seltsam.

Ich kann nur sagen, dass ich am 11. September 1861 die Leiche unter diesem Baum gesehen habe. Da lag das weiße

Taschentuch neben dem Hals der Leiche. Dass man es später gefaltet in ihrer Hand gefunden haben soll, ist mir ein Rätsel. Genauso wie das Messer, das ganz sicher nicht in der Blutlache lag. Es muss also jemand angehoben und woanders hingelegt haben. Was? Er streitet das ab? Er hätte die Frau nach der Tat nicht angerührt? Das kann doch nicht sein. Die Leiche selbst kann es ja nicht gewesen sein. Aber ich bin es ebenfalls nicht gewesen, ich habe hier nichts angefasst, ich schwöre es. Sonst hätte ich mich doch auch an dem Elisabethtaler bereichern können, den sie um den Hals trug. So etwas sieht man selten bei Menschen, die arm sind und von der Hand in den Mund leben. Den hätte ich gut brauchen können, der hat einen Wert, sage ich Ihnen.

Was? Von dem Elisabethtaler wissen Sie gar nichts? Das wundert mich aber nun sehr, denn sie hat ihn um den Hals getragen, auf Höhe der Schnittwunde. Moment mal, warum schauen Sie jetzt so? Wollen Sie damit sagen, ich hätte die Kette genommen? Nicht? Ah gut. Ich dachte schon, Sie verdächtigen mich. Wissen Sie, ich bin kein böser Mensch. Es tut mir nur leid, dass ich keine Meldung gemacht habe. Wirklich, ich hätte dazu beitragen können, den hundsgemeinen Mörder schneller dingfest zu machen.

Verzeihen Sie mir diesen Fehler.

8. Kapitel

Liva konnte sich noch gut daran erinnern, dass sie vor einigen Jahren mit Alex auch mal hier oben spazieren gegangen war. Den Weg hätte sie alleine nie wiedergefunden, weil jetzt alles viel verwachsener als damals war. Ihr Bruder hatte ihr detailliert den Mord an Dorothea Wiegand beschrieben, der sich vor rund 150 Jahren zugetragen hatte und mit dem er sich damals im Rahmen seines Studiums zu beschäftigen begann. Eine furchtbare Geschichte, die ihr immer noch eine Gänsehaut verursachte, wenn sie daran dachte. Die Tatsache, dass – fast schon wie bei einer Heldenverehrung – immer nur von der Gerissenheit des Täters die Rede gewesen war, während das Opfer quasi in Vergessenheit geraten war, hatte sie schon damals ungeheuerlich gefunden. Noch heute gab es offenbar Leute, die behaupteten, Nachfahren des berühmten Mörders Hilberg zu sein. Mit dem sogenannten Hinkel aber wollte keiner verwandt gewesen sein. Die meisten interessierten sich ja nicht mal für ihren Namen. In Livas Hirn dagegen hatte er sich für immer eingebrannt: Dorothea Wiegand hatte die Frau geheißen, die mit 24 Jahren auf so grausame Weise ihr Leben lassen musste und ihr Kind mit in den Tod nahm.

Warum sollte sich ihr Bruder ausgerechnet an diesem Ort freiwillig aufhalten? Sollte er sich wirklich von seiner Familie hatte lossagen wollen, wäre er doch in die Welt gezogen, an einen entfernten Ort, wo man ihn nicht aufstöbern konnte. Es sei denn, er verband mehr mit dieser alten Mords-Geschichte als er damals erzählt hatte. Gab es da einen Zusammenhang, den sie – Liva – bislang vielleicht übersehen hatte? Ein familiäres Band, das ihr bislang verborgen geblieben war? Sowohl den Namen Hilberg als auch Wiegand hatte sie nie zuvor gehört.

Jessi verlangsamte ihre Schritte. Ausgerechnet an dieser Stelle war der Wald besonders dunkel und bedrohlich. Durch die dichten Baumkronen drang kein Tageslicht. Während auf der linken Seite der Weg durch eine Anhöhe begrenzt wurde, ging es rechts steil bergab.

»Hier hat er auf dem Boden gesessen und vor sich hingestarrt. Als ich ihn gerufen habe, war er sofort weg. Er sah – das konnte man schon von Weitem erkennen – ziemlich fertig aus. Irgendwie abgemagert. Aber immerhin quietschlebendig.«

Liva ließ den Blick schweifen. Er blieb an der dicken Eiche hängen, deren mächtige Wurzeln sich fast über die Hälfte des Weges erstreckten. Ehrfürchtig schaute sie an dem dicken Stamm hinauf, bis ihr auf halber Höhe ein massives Kreuz auffiel, das vor langer Zeit hinein geschnitzt worden war, um an die schaurige Tat zu erinnern, die hier begangen worden war. Das Kreuz war einfach mitgewachsen und befand sich nun auf Augenhöhe. Liva schauderte. Warum lag da eine weiße Blume am Boden? Alex hatte Blumen immer geliebt und ein feines Händchen für deren Symbolik gehabt, schoss es ihr durch den Kopf. Er hatte mit diesem Wissen manchmal regelrecht vor der kleinen Schwester angegeben.

Jessi hob sie auf. »Die Lilie steht für Trauer und Tod, aber auch für Fruchtbarkeit und Weiblichkeit. Sieht so aus, als läge sie noch gar nicht so lange hier.«

»Moment!« Liva hatte spontan eine Idee. Sie nahm einen Zettel und einen Stift aus ihrer Tasche. Mit zittrigen Händen schrieb sie ihre Handynummer und eine kurze Botschaft darauf: *Wenn du das hier liest, melde dich. Es geht um Mama. Und um uns. Deine Liva.* Sie faltete den Zettel zusammen und klemmte ihn sichtbar unter einen Stein – die weiße Blume legte sie behutsam darauf.

»Wenn er sich wirklich hier oben aufhält, wird er das hier finden«, sagte sie. »Mehr kann ich erst einmal nicht tun.«

Als sie merkte, dass ihr die Tränen in die Augen stiegen, wehrte sie sich nicht. Sie hatte so lange darauf gewartet. Drei Jahre hatte sie nicht weinen können. »Danke, dass du mich hierher geführt hast!«, sagte sie mit leiser Stimme.

»Wir kommen einfach die Tage noch mal hierher. Vielleicht hat er dir dann geantwortet.« Jessi hakte sich bei ihr ein und versuchte, die ausgelassene Stimmung wiederherzustellen, die sie hierher geführt hatte. »Ich habe übrigens morgen Geburtstag und mache eine kleine Party. Wenn du magst, komm vorbei.«

Liva freute sich wirklich über diese Einladung und nahm die Freundin kurz fest in den Arm. Dann riefen sie die Hunde.

Liva ließ noch mal den Blick durch den Wald streifen. Was würde sie dafür geben, auch Alex wieder in die Arme schließen zu können. Ganz egal, in welcher körperlichen und geistigen Verfassung er sich befand. Sie war sich so sicher, dass er noch am Leben war.

* * *

Am Abend saß Liva im flackernden Licht einer Kerze an ihrem Küchentisch und ignorierte ganz bewusst die Warnung der Polizei. Brauns hatte ihr geraten, sich lieber nicht alleine in dem Haus aufzuhalten. Ob sie sich nicht für die nächste Zeit woanders einquartieren könne, hatte sie gefragt. Liva wusste, dass Melli sie sicher auch noch eine weitere Nacht aufgenommen hätte. Sie hatte ja auch zugestimmt, den Hund für die nächsten Tage zu sich zu nehmen. Leon war außer sich gewesen vor Freude, als er das gehört hatte. Die beiden waren vom ersten Moment an richtig dicke Freunde gewesen. Der alte Hund und das Kind.

Aber jetzt war sie einfach nur froh, mal ganz alleine zu sein und keine Rücksicht auf irgendjemand nehmen zu müssen. Nicht mal auf Wodka. Sie genoss es, mal über alles in Ruhe nachdenken zu können. Es war in den letzten Tagen so viel passiert, dass es sich ganz schön in ihrem Kopf drehte und ihr davon ganz schwindelig war.

Immerhin: Konstantins Besuch in der Klinik heute war gut verlaufen, wie er am Telefon erzählt hatte. Der Zustand ihrer Mutter war wohl unverändert, weshalb man versuchen würde, sie in den nächsten Tagen behutsam aus dem künstlichen Koma zu holen – auch, wenn es mit großen Risiken verbunden war. Schöne Grüße hatte er noch von dem behandelnden Arzt ausgerichtet, von Doktor Naumann, worüber sie sich wirklich gefreut hatte. Konstantin nahm viel auf für sie, das war ihr klar. Morgen musste er wieder zurück nach Köln, weil die Pflicht rief.

Liva stellte ihr Smartphone auf Flugmodus, ab jetzt würde sie nicht mehr erreichbar sein. Wie sollte sie jemals ungestört über den Aufbau ihrer Reportage nachdenken, wenn dauernd einer etwas von ihr wollte? Marcel hatte sich heute noch nicht gemeldet, aber ihre Nachricht hatte er bekommen. Sie hatte ihn höflich gebeten, ihr den Schlüssel zu ihrer Wohnung zurückzugeben – bis morgen. Wenn er das nicht tat, würde sie ihm die Polizei auf den Hals hetzen.

Die Reportage über »Die amputierte Familie« nahm in ihrem Kopf langsam Gestalt an. Dank Jessis Bibliotheksausweis, den sie sich ausgeborgt hatte, würde sie sich morgen gleich als Erstes in der Pädagogischen Fakultät mit der nötigen Literatur ausstatten. Ein grobes Konzept hatte sie schon. Das Laptop musste sie dafür gar nicht hochfahren. Aber Papier und Stifte benötigte sie für ihr erstes Konzept. Wo ihre Mutter wohl ihre Schreibutensilien lagerte?

Nach ein paar Minuten wurde Liva in dem Korb fündig, in dem seit jeher die Zeitungen und Rätselhefte aufbewahrt wurden und alles kreuz und quer übereinander lag – obenauf die Zeitschrift über Ockershausen mit besagtem Aufsatz. Stimmt, hatte sie ja selbst in der Eile da reingelegt. Sie betrachtete die Seite, auf der Alex sämtliche Namen mit einem Textmarker markiert hatte. Lorenz Reinhardt, Katherina Bald, Christian Schwarz, Regine

Dörr. Am Rand hatte er sich Notizen gemacht, die man kaum entziffern konnte. Welches Recht hatte sie, in den persönlichen Aufzeichnungen ihres Bruders zu stöbern? Ganz sicher waren sie nicht für sie bestimmt gewesen. Sie starrte auf den gelben Post-it-Zettel, der zwischen den Seiten klemmte. Bislang hatte sich niemand auf ihren Anruf zurückgemeldet. Ob sie noch einen weiteren Versuch wagen sollte? Warum nicht? Ihre Abenteuerlust und Neugier waren geweckt. Was sollte schon schiefgehen? Als wieder nur das Freigeräusch ertönte, war sie nicht mal enttäuscht. Immerhin hatte sie es probiert.

Da hörte Liva ein Geräusch im Flur. Verdammt. Es hörte sich an, als ob sich jemand an der Haustür zu schaffen machte. Als würde jemand einen Schlüssel im Schloss drehen. Was hatte die Brauns gesagt? »Wir können nicht garantieren, dass die Männer nicht wiederkommen. Das Haus ist nicht sicher. Und offenbar haben sie nicht gefunden, was sie gesucht haben.«

Jetzt saß sie in der Falle.

* * *

»Melli! Du hier?«

Mit ihrer Quasi-Schwägerin hatte Liva nun wirklich nicht gerechnet. Was machte die denn hier? Noch dazu in diesem sonderbaren Outfit? Die weinrote Wollmütze tief ins Gesicht gezogen, mit einem dunklen Jogginganzug bekleidet und die weißen Kopfhörer im Ohr sah die junge Mutter wie eine Kleinkriminelle auf der Flucht aus. Der erschrockene Gesichtsausdruck passte so gar nicht zu dem Outfit, außerdem zitterte sie am ganzen

Leib. »Du … bist … ja … da«, presste sie raus. »Puh, hab ich mich erschrocken.«

»Klar. Wo soll ich denn sein?« Liva schaute sie fragend an. Dieser Besuch kam ihr nun wirklich sehr rätselhaft vor. Anscheinend standen hier dauernd irgendwelche Leute ohne Vorankündigung im Haus, die nicht hierhergehörten.

»Es war von außen so dunkel, sah so aus, als wäre niemand zu Hause. Auf dem Handy habe ich dich auch nicht erreicht«, Melli tat es offenbar wirklich leid, dass sie hier einfach so eingedrungen war. »Ich war gerade noch eine Runde joggen, da wollte ich schnell noch für Wodka eine Tüte Hundefutter holen.«

Stimmt, das Futter! Das hatte sie ja ganz vergessen. Natürlich brauchte der Hund sein Spezialfutter. Wie peinlich. Fast hätte sie Melli verdächtigt, mit den Einbrechern unter einer Decke zu stecken. Sie verlor hier langsam schon den Verstand, wie es schien. Dabei hatte sie natürlich recht: Das Kerzenlicht war von außen nicht zu sehen, das Handy war aus und keiner konnte ahnen, wo sie sich gerade aufhielt.

»Und darf ich fragen, woher du den Schlüssel zu unserem Haus hast?«

»Den hat mir deine Mutter vor langer Zeit gegeben, weil sie sich dann sicherer fühlt. Kann ja immer mal vorkommen, dass man den eigenen verliert. Und der Müller drüben traut sie bekanntlich nicht über den Weg …«

Das klang plausibel.

Dennoch war Melli die ganze Sache sichtlich unangenehm. Sie fühlte sich vielleicht sogar ein bisschen angegriffen durch Livas barschen Ton, deswegen verteidigte sie sich weiter: »Ich hab den Schlüssel bislang nie benutzt. Hatte ihn vorgestern nur mal Konstantin ausgeliehen, weil der dich überraschen wollte. Sorry, wenn das übergriffig war!«

»Ist vollkommen okay.« So schnell ihr Adrenalinspiegel sank und der Schockzustand nachließ, so peinlich war ihr selbst dieses Pseudo-Verhör. Sie holte das Hundefutter unter der Spüle hervor und gab es Melli, die sich artig bedankte. Seltsam, aber zwischen ihnen herrschte gerade eine unsichtbare Spannung. Oder bildete sich Liva das nur ein?

»Danke. Dann geh ich mal wieder. Unsere Nachbarin passt grade netterweise auf Leon auf und wartet sicher schon.«

Liva hatte großen Respekt vor der alleinerziehenden Mutter. Bei jedem Gang, selbst bei einer noch so kleinen Joggingrunde, war sie auf die Hilfe fremder Personen angewiesen. Und dennoch hatte sie für andere immer ein Ohr und war so unglaublich hilfsbereit.

»Also dann …«

»Melli?« Livas Gehirn arbeitete auf Hochtouren. So viele Fragen warteten darauf, beantwortet zu werden. Dafür brauchte sie Hilfe von Menschen, die ihrem Bruder nahegestanden hatten. »Hat Alex mit dir jemals darüber gesprochen, worum es in seiner Therapie ging? Hat er dir verraten, welches Päckchen er mit sich herumträgt?«

Melli erschrak regelrecht. Mit dieser Frage hatte sie nun wirklich nicht gerechnet, das sah man ihr an. Ihr Atem ging plötzlich schwer, und auf ihrer hübschen Stirn zeichneten sich tiefe Sorgenfalten ab. Kurz schien sie zu überlegen, ob sie überhaupt antworten sollte. Dann schaute sie auf einen Punkt am Boden und sagte: »Wir haben darüber nie geredet. Aber alleine manche Andeutungen machten mir Angst. Einmal sagte er, dass er befürchtet, dass er seine negativen Energien auf unser Kind übertragen könne. Ich glaube, diese Psychotante hat ihm das eingeredet. Als er davon sprach, sich seinen Ängsten erst einmal stellen zu müssen, habe ich ihn gebeten, erst wiederzukommen, wenn er wieder bei Vernunft ist.«

»Du hast ihn einfach rausgeworfen?« Liva konnte es nicht fassen, was sie da hörte. Es war plötzlich totenstill. Keine der beiden Frauen sagte etwas. Man hörte die alten Dielen knarzen, die sich in der Nacht freizuatmen schienen. Dieses Geräusch hatte sie als Kind schon in den Schlaf begleitet. Doch was sie früher als beruhigend empfunden hatte, kam ihr gerade bedrohlich vor.

Hatte nicht auch Gunnar behauptet, noch am Tag vor Alex' Verschwinden mit ihm über Schuld und Vergebung, Selbsthass und Selbstliebe gesprochen zu haben?

»Du hast ihn rausgeworfen, obwohl es ihm nicht gut ging?« wiederholte Liva ihre Frage. Sie klang vorwurfsvoll, das war ihr bewusst. Vielleicht ein bisschen zu sehr, denn plötzlich herrschte eine eisige Kälte im Raum.

»Was geht dich das eigentlich an?« Melli stülpte die Mütze über und schickte sich an, zu gehen. Sie schnappte sich die Tüte Hundefutter und wandte sich der Tür zu. »Du warst doch damals nur mit Feiern beschäftigt und hast nie danach gefragt, wie es uns geht. Und als Alex dann weg war, hast du dich auch vom Acker gemacht. Bravo.«

Liva wusste, dass Melli recht hatte. Und dass sie das insgeheim alle von ihr dachten. Als Schwester hatte sie versagt, als Tochter sowieso. Aber sie hatte doch wirklich nicht ahnen können, wie schlecht es ihrem Bruder gegangen war.

»Er war verrückt, Liva. Und deswegen bin ich fest davon überzeugt, dass Alex seinem Leben ein Ende gesetzt hat. Und das sollten wir akzeptieren und nicht in diesen alten Geschichten herumwühlen. Es ist auch für Leon besser, dass es da einen Schlussstrich gibt.«

Langsam wurde Liva sauer. Wollte Melli ihr etwa vorschreiben, was sie zu denken hatte? Das klang ja fast wie ein Befehl: Dass sie ihren Bruder für immer aufgeben sollte, um den Jungen zu schützen. »Ich weiß, dass Alex lebt«, sagte Liva trotzig. »Und ich wusste immer, dass er eines Tages zurückkommen wird.«

Melli legte ihren Haustürschlüssel demonstrativ auf den Küchentisch. Den Schmerz, den ihr diese Worte verursachten, konnte man ihr ansehen. Sie hatte sicher lange Zeit gebraucht, um Frieden mit dem Mann zu schließen, mit dem sie eine Familie hatte gründen wollen. »Dann möchte ich dich bitten, dich von unserem Leben fernzuhalten. Wir wollen in Ruhe weiterleben, mein Sohn und ich. Der Hund kann gerne erst mal bei uns bleiben. Das bin ich Theresa schuldig.«

Ihr Gesicht schien unbeweglich wie eine Maske. Ohne weitere Worte verschwand sie nun in der Dunkelheit der Nacht.

* * *

Liva hatte – trotz der sommerlichen Temperaturen draußen – in dem alten Fachwerkhaus unter der leichten Decke gefroren. Ob es daran lag, dass sie in den letzten Tagen extrem an Gewicht verloren hatte, weil sie einfach keine Zeit zum Essen fand? Oder daran, dass sie sich plötzlich unglaublich einsam fühlte?

Geweckt worden war sie durch einen Sonnenstrahl, der durch das große Fenster fiel und ihre Nasenspitze ganz leicht kitzelte. Sie hatte auf dem Sofa geschlafen, weil sie sich plötzlich in der ersten Etage des Hauses unwohl fühlte. Und schutzlos. Auf dem Glastisch hatte sie einen Hammer, ein Tränengas-Spray und das Festnetztelefon platziert – sicher war sicher. Doch in der Nacht war alles ruhig geblieben. Zu ruhig. Wodka fehlte. Ihre Mutter fehlte. Auch Konstantin.

Liva stellte ihr Handy nun wieder auf Empfang. Außer Mellis entgangenem Anruf gestern Abend hatte Marcel sie zwei Mal versucht zu erreichen. Dann hatte er in einer SMS geschrieben, dass er ein Paket für sie angenommen habe. Das war ja ungeheuerlich. Jetzt nahm dieser Mietnomade auch schon ihre Post entgegen! Das ging natürlich gar nicht.

Liva wählte die Nummer der Intensivstation. Sie hatte ein seltsames Gefühl, dass mit ihrer Mutter etwas nicht stimmte. Oder war das nur das schlechte Gewissen, weil sie sie gestern vernachlässigt hatte?

Liva sagte artig ihren Namen und ließ sich mit Dr. Naumann verbinden. Sie musste gar nicht lange warten, bis er sich meldete.

»Gut, dass Sie anrufen. Wir haben heute Morgen begonnen, die Narkosemittel langsam zu reduzieren. Aber keine Sorge. Wir beobachten Blutdruck, Herzfrequenz und Körpertemperatur engmaschig. Sie ist bei uns in guten Händen.«

»Danke!« Liva hätte ihn jetzt am liebsten umarmt. Ihr Herz hüpfte vor Freude. Dabei war die Mutter ja lange noch nicht über den Berg. »Kann ich heute zu ihr?«

»Selbstverständlich. Sie braucht sie in dieser Phase mehr denn je. Allerdings erwarten Sie nicht zu viel, Liva. Sie wird einige Tage, vielleicht Wochen brauchen, bis sie wieder ganz bei Bewusstsein ist. Manche Patienten sind dann erst einmal extrem verwirrt, manche sogar aggressiv. Wir müssen abwarten, wie sich das entwickelt.«

»Wird sie wieder ganz gesund?«, fragte Liva voller Hoffnung. Plötzlich merkte sie, wie ihr Magen vor Hunger knurrte. Seit Tagen hatte sie kein richtiges Hungergefühl verspürt, jetzt kam es schlagartig zurück. Sie würde sich vor ihrem Bibliotheksbesuch ein üppiges Frühstück in einem Café gönnen müssen. Im Kühlschrank war jedenfalls Ebbe.

»Das können wir noch nicht sagen, wir können nicht abschätzen, wie schwer ihre Hirnverletzung ist. Sie darf sich auf keinen Fall aufregen, das könnte für sie den Tod bedeuten.«

»Gut. Haben Sie erst einmal vielen Dank!«

Dr. Naumann räusperte sich. »Der Kollege Schoner hat heute Dienst. Ich habe nach dieser aufreibenden Nachtschicht gleich meinen freien Tag.«

Seltsam, dass er das extra erwähnte, fand Liva. Doch dann war sie in Gedanken schon beim Frühstück, bei ihrem Gang in die Bibliothek und bei dem Plan, sich später bei Zauner zu melden, der sicher schon auf heißen Kohlen saß, weil er ja wusste, dass sie sich mit Jessi Ruland hatte treffen wollen. Alex hatten sie im Wald nicht gesehen. Dafür hatte sie wieder eine Menge über ihn erfahren. Diesen Unbekannten, mit dem sie aufgewachsen war.

»Vielleicht«, fast hatte sie vergessen, dass der Doc noch in der Leitung war. »Liva?«

Was wollte er denn noch? »Ja?«

»Vielleicht haben Sie heute Abend Lust auf ein gemeinsames Abendessen? Ich kenne da einen guten Italiener in der Gutenbergstraße, bei dem ich Stammgast bin.« Als die Antwort ausblieb, fügte er hinzu: »Sie haben ja meine Nummer. Ich würde mich freuen, wenn Sie sich melden.«

»Alles klar«, stotterte Liva. Damit hatte sie nun wirklich nicht gerechnet. »Ich habe eine Menge um die Ohren. Aber ich gebe Bescheid, sobald ich absehen kann, ob es klappt. Und gutes Essen ist in der Tat in letzter Zeit zu kurz gekommen.« Wenn sie ehrlich war, freute sie sich wirklich über diesen Vorschlag. Wenn sie auch gerade das Gefühl hatte, dass sie sich so eine Auszeit mit dem hübschen Doc erst einmal verdienen musste. Aber eins musste man ihm lassen: Naumann war wirklich für Überraschungen gut, Respekt.

* * *

Der Friedrichsplatz war zur Mittagszeit nur von einigen betagten Boulespielern frequentiert, die auf der Wiese eine ruhige Kugel schoben. Liva konnte sich noch gut an ihre Schulzeit erinnern, als hier Kinder und Erwachsene gleichermaßen Abkühlung suchten und man vor Menschen kaum mehr ein Stück der grünen Wiese erkennen konnte. Den Umweg über das

Südviertel hatte sie nicht ganz zufällig in Kauf genommen. Sie suchte nämlich etwas ganz Bestimmtes. Und zum Glück wurde sie schon an der Ecke zur Haspelstraße fündig: An der Hauswand prangte das Schild von *Dr. Marise Klatt – Familien- und Traumatherapie*. Hier war Alex also eine Zeitlang ein- und ausgegangen. Ob man so ganz ohne Voranmeldung in die Praxis reinspazieren konnte?

Eine junge Frau mit einem Hoodie und der Mütze über dem Kopf verließ das Haus, ohne auf sie zu achten. Darin sah Liva ihre Chance. Geistesgegenwärtig stellte sie den Fuß in die Tür und konnte so kurze Zeit später das Treppenhaus betreten. Erstaunlicherweise stand auch die Tür zur Praxis im ersten Stock offen – das war ja einfacher als gedacht. Liva trat ein. Außer dem imposanten Blumenstrauß in einer großen Vase gab es nichts, was dem Raum eine persönliche Note gab. Die Wände waren weiß, die Stühle rot, der Vorhang in dezentem Orange. Ein paar nichtssagende Drucke hingen an der Wand – keinesfalls ein Wohlfühlort.

»Ja, bitte?« Eine wirklich kleine, zierliche Frau mittleren Alters stand plötzlich vor ihr, Liva hatte sie gar nicht kommen hören. Frau Dr. Klatt machte auf sie einen eher distanzierten Eindruck, in jedem Fall wirkte sie sehr überrascht über diese unangemeldete Begegnung. »Kann ich Ihnen irgendwie helfen?«

Flucht voran, dachte Liva. Offenbar hatte sie einen günstigen Moment für ihren Besuch erwischt, denn es befand sich momentan kein anderer in der Praxis. Vielleicht, so mutmaßte sie, war die junge Frau, die das Haus verlassen hatte, eine Klientin gewesen.

»Mein Name ist Liva Lohrey, ich bin Alexanders Schwester.«

So taff diese Frau eben noch gewesen war, so verunsichert schien sie plötzlich. Leicht nervös blinzelte sie hinter der Brille hervor, die ihr auf die Nase gerutscht war. Sie schwieg.

»Alexander Lohrey, erinnern Sie sich an ihn?«

Keine Reaktion. Entweder sie hatte den jungen Mann schon vergessen, der vor über drei Jahren ihre Hilfe in Anspruch genommen hatte, oder sie fand ihren unangemeldeten Besuch so unterirdisch, dass sie nicht bereit war, mit ihr zu sprechen. Dieser kurze Moment der Irritation hielt nur kurz an. Frau Dr. Klatt rückte nun ihre bunte Bluse zurecht, räusperte sich und bemühte sich um ein Lächeln. Sie sah jetzt aus wie ein kleines Mädchen, nicht nur wegen der gedrungenen Körpergröße.

»Entschuldigen Sie, ich war kurz irritiert. Nehmen Sie doch bitte Platz! Es freut mich, Sie kennenzulernen.«

Na, das war ja immerhin ein Anfang.

Liva setzte sich auf einen der roten Stühle und schlug die Beine übereinander. Hier hatte Alex sicher auch gesessen und sein Innerstes nach außen gekehrt.

Jetzt bereute Liva es fast ein bisschen, dass sie keine Zeit darauf verwandt hatte, sich zu überlegen, wie sie vorgehen sollte. »Ich falle direkt mit der Tür ins Haus. Unsere Mutter liegt auf der Intensivstation, es kann sein, dass sie die nächsten Tage nicht überlebt. Ich muss deshalb dringend meinen Bruder finden. Können Sie mir dabei helfen?«

Frau Dr. Klatt schaute sie ungläubig an. »Alexander ist vor drei Jahren spurlos verschwunden. Wie kommen

Sie darauf, dass ich etwas über seinen Aufenthaltsort wüsste?«

Liva schaute sich in dem Zimmer um. Auf einem der Bilder an der Wand konnte man eine Darstellung zweier Menschen erkennen, die sich umarmten. Es war ein abstraktes Bild, nicht besonders schön, und doch drückte es Verbindlichkeit und Wärme aus.

»Alex hatte offenbar großes Vertrauen zu Ihnen. Was hat er Ihnen erzählt? Ich bin mir sicher, dass sich darin irgendein Hinweis auf seinen Aufenthaltsort findet. Oder zumindest eine Erklärung, warum er verschwunden ist. Erzählen Sie mir von ihm. Bitte.«

Die zierliche Frau schüttelte entschlossen den Kopf, stand auf und schaute aus dem Fenster. »Sie wissen sicher, dass ich als Ärztin unter Schweigepflicht stehe. Nur so viel: Ich glaube, dass er sich immer noch auf einer Art Suche befindet, die ihn irgendwann wieder nach Hause führen wird.«

»Einer Suche?« Liva merkte, wie sich innerlich alles anspannte. Ihre Stimme klang jetzt hoch und schrill. Sie hatte sich so sehr vorgenommen, einen souveränen und vertrauenswürdigen Eindruck zu machen. Aber sie war plötzlich so aufgeregt und fühlte sich Alex so nah wie schon lange nicht mehr. »Welche Suche? Könnte sein Verschwinden mit diesem Mann zu tun haben, den er häufiger getroffen hat? Melli hat so etwas erwähnt. Wer war das? Und was wollte er von ihm?«

Auf dem Gesicht der Therapeutin zeigte sich plötzlich eine Mischung aus Überraschung und Freude. »Sie wissen von dieser Begegnung?« Somit gab sie doch indirekt zu, dass es diesen Fremden wirklich gegeben hatte. Oder etwa nicht? Liva schöpfte Hoffnung. Offenbar war sie ihr wohlgesonnen, sonst hätte sie sie doch schon längst rausgeworfen.

Marise Klatt stand auf, um aus dem Regal einen Flyer zu holen, den sie ihr hinhielt. »Dann wissen Sie ja sicher auch, dass sich Alex sehr für Genogramme interessiert hat, nicht wahr?«

Liva verstand. Die Ärztin versuchte ihr zu helfen, ohne das Tabu der Schweigepflicht zu brechen. Sie gab ihr versteckte Hinweise. Liva musste einfach nur hellhörig bleiben.

Sie las den kurzen Text auf dem Flyer: *Jeder Mensch ist von Geburt an in ein Koordinatensystem eingebunden, die Familie. Deren Darstellung ist der Stammbaum. Doch weit über die Namen und Daten der Vorfahren hinaus, gibt es viele weitere Informationen, die berücksichtigt werden müssen: Ängste, Gewalterfahrungen, Krankheiten und Traumata, die sich über Generationen vererben können, wenn sie nicht aufgearbeitet werden. Das Genogramm ist die älteste Form der systemischen Arbeit. Bei Interesse kontaktieren Sie Dr. Marise Klatt.* Ob Alex diesen Flyer ursprünglich auch in der Hand gehalten und daraufhin einen Termin vereinbart hatte?

»Wie kann das sein, dass sich ein Trauma vererbt?« Liva las den Text ein zweites Mal. »Ist das wirklich möglich, dass sich bestimmte Ereignisse in die DNA eines Menschen einlagern können?« Einerseits klang das alles total absurd. Andererseits hatte sie tatsächlich mal davon gehört, dass sich auch Umwelteinflüsse wie Stress, Rauchen oder Ernährung auf die Kinder und Kindeskinder auswirken konnten. Warum dann nicht auch die gesammelten Erfahrungen eines Menschen?

Klatt lächelte. »Ja, das ist tatsächlich so. Die Epigenetik geht davon aus, dass sich durch ein Trauma die DNA eines Menschen dahingehend verändern kann, dass sich die erlebten und nicht aufgearbeiteten Ereignisse im Leben eines Menschen auf die nächsten Generationen vererben können. Es sei denn, man kann das früh erkennen und vorbeugende Maßnahmen treffen.«

»Okay, aber ich krieg das überhaupt nicht mit Alex' Interessen zusammen. Warum war er hier, Frau Dr. Klatt?«

»Er hat sich jedenfalls nicht für den Familienzweig mütterlicherseits interessiert. So viel kann ich sagen, Frau Lohrey …«

Just in diesem Moment klingelte es und die Ärztin nahm sofort eine ganz andere Haltung an. Mit dem Blick auf die Uhr war der freundliche Gesichtsausdruck verschwunden und wieder der Undurchdringlichkeit vom Anfang gewichen. Der nächste Klient war offenbar im Anmarsch.

Frau Dr. Klatt begleitete Liva zur Tür und gab ihr zum Abschied die Hand. »Ich hoffe sehr, dass Sie Ihren Bruder finden«, sagte sie. Sie meinte es aufrichtig, das merkte man. Sie hatte Alex wohl gemocht. Hätte sie Liva sonst geholfen?

* * *

Hatte nicht auch der alte Zauner behauptet, dass Alex seinem leiblichen Vater auf die Spur gekommen sei? Offenbar reichte sein Interesse weit darüber hinaus, den Mann ausfindig zu machen. Er schien ja wie besessen davon gewesen zu sein, seine Wurzeln väterlicherseits zu ergründen. Anders konnte Liva das alles nicht einordnen. Sie wusste jetzt, wenn sie ihren Vater finden würde, würde sie auch wissen, wo Alex war.

Kaum hatte Liva das Haus mit der Praxis verlassen, wählte sie Frangenbergs Nummer. Sie hatte einfach keine andere Wahl, sie musste mit dem Polizisten Hand in Hand arbeiten. Sie musste dafür die alten Befindlichkeiten über Bord werfen, so schwer es ihr fiel.

»Liva! Ich wollte Sie heute auch noch anrufen!« Er schien wirklich erfreut, ihre Stimme zu hören. Wie konnte sich ein Mensch in so kurzer Zeit nur so zum Positiven verändern? Vom stoffeligen Kripobeamten zum sympathischen Freund und Helfer. »Was gibt's Neues?«

»Ich glaube, er hat unseren Vater gefunden. Kurz danach ist er verschwunden. Ich bin mir sicher, dass es da einen Zusammenhang gibt«, sagte sie und vergaß im Eifer des Gefechts sogar die Begrüßung. Sie war nun am Ende der Friedrichstraße angekommen und blieb vor der Auslage der Konditorei stehen. Diese Schokopralinen hatte sie früher schon geliebt. Manchmal half Schokolade, um klar denken zu können.

»Wetten, dass er Ihre Mutter damit konfrontiert hat? Und dass sie darüber nicht sonderlich erfreut gewesen war? Er hat ihr Lebensgeheimnis gelüftet.«

Liva verspürte sofort wieder den Impuls, die Mutter in Schutz zu nehmen. Was aber, wenn sie tatsächlich nicht unschuldig an der ganzen Geschichte war?

Wie gerne hätte sie auch eine Geschichte parat gehabt, wie sich ihre Eltern kennengelernt hatten, wenn ihre Freundinnen danach fragten. Hätte gerne Jugendfotos ihrer Eltern und Bilder von der Hochzeit angeschaut.

Schon früh aber hatte sie sich damit abgefunden, dass sie nicht nach dem leiblichen Vater fragen durfte. Um des lieben Hausfriedens willen, hatten die Geschwister lieber keine Fragen gestellt.

»Er hat den familiären Treueschwur gebrochen, wie man das so schön nennt«, fuhr Frangenberg fort. Die Verbindung war nicht so prickelnd über das Smartphone, aber Liva verstand genau, was er sagte. »Bricht einer das Schweigen, ist die Kacke erst mal am dampfen.«

Obwohl sie Klugscheißer hasste, konnte sie ihm jetzt nur zustimmen. Allerdings: Wenn Alex etwas über seinen Vater herausgefunden hatte, warum hatte er dann nicht mit ihr darüber gesprochen? Hatte Alex vielleicht sogar deshalb verschwinden müssen, weil er zu viel wusste?

»Es ist schade, dass wir darüber zurzeit nicht mit Ihrer Mutter sprechen können, Liva.«

Theresa Lohreys Schweigen war immer schon heilig gewesen. Und wenn sie die nächsten Tage nicht überlebte, würde sie ihr Wissen um den Vater ihrer Kinder mit ins Grab nehmen. Man musste annehmen, dass es keine schöne Geschichte war, die ihnen da entgehen würde.

»Das Ganze erklärt noch nicht, warum in unser Haus eingebrochen wurde. Und warum mich jemand brutal zusammengeschlagen hat.«

»Die Kollegin Brauns ist da dran. Sie ist zwar noch jung, stammt aber aus einer alten Juristenfamilie. Sie ist unglaublich pfiffig und kann sich wie ein Terrier in eine Sache verbeißen, wenn sie eine heiße Spur hat.«

»Na, dann halten Sie mich gerne weiter auf dem Laufenden«, Liva musste sich zwingen, den Blick von der süßen Auslage des Geschäfts abzulenken. Neben Schokolade und Pralinen hatten es ihr auch die köstlichen éclairs angetan, die sie noch aus Frankreichurlauben kannte. Aber jetzt musste sie sich wirklich sputen, um ihr Tagespensum noch zu schaffen. Wie seltsam, dass sie plötzlich diesen großen Ehrgeiz entwickelte, den sie von sich gar nicht kannte.

»Wissen Sie, Frangenberg, ich liebe Krimis. Aber dieser hier ist mir zu komplex. Ich bin nämlich eher der ungeduldige Typ. Am liebsten lese ich sie in einem Rutsch durch.«

* * *

Die Kunst, eine gute Reportage zu schreiben, bestand aus der gelungenen Mischung von Erlebniserzählung und sachlichem Bericht. Man beleuchtete ein Thema von vielen Seiten, auch durch die persönliche Brille der Autorin. Die Theorie hatte Liva bereits im ersten Semester gelernt – die Umsetzung dagegen war nicht ganz so einfach. Mit einem Rucksack voller Fachliteratur saß sie nach dem Abstecher in die Bibliothek nun doch spontan im Bus, der hoch zum Klinikum fuhr. Ein ungutes Gefühl sagte ihr, dass sie dort jetzt gebraucht wurde. Was würde passieren, wenn die alte Frau aufwachte und niemand da war, den sie kannte?

Liva vertiefte sich in ihre Aufzeichnungen. Das persönlich Erlebte aufzuschreiben, fiel ihr am schwersten. Die Geschichte mit Alex war nicht vergangen, sie passierte gerade, in diesem Moment. Wie den Verlust und die Hoffnung beschreiben, den Bruder jemals wiederzusehen, ohne pathetisch zu werden? Liva nahm den linierten Block und ihren stumpfen Bleistift zur Hand und kritzelte drauflos. Es tat erstaunlich gut, sich mal alles von der Seele zu schreiben. Gerade die letzten Tage waren extrem emotional gewesen, dabei hatten ihr die Begegnungen mit Melli, Leon, Zausel, Konstantin und vor allem mit Jessi unglaublich gutgetan.

Mit ein bisschen Abstand fragte sie sich sogar, wer diese kaputte junge Frau gewesen war, die sich da im hippen Stadtteil Ehrenfeld in der Anonymität eines mehrstöckigen Hauses mit unzähligen Einzimmerwohnungen verschanzt hatte, die Nacht zum Tag gemacht und niemanden wirklich an sich herangelassen hatte. Von außen betrachtet, kam ihr diese Frau jetzt fremd und auch recht unsympathisch vor. Jedenfalls ohne jegliche Empathie.

Während sie in dem wackligen Bus versuchte, einigermaßen leserlich zu schreiben, stiegen immer wieder Menschen an den Haltestellen ein und aus. Letztlich blieb nur noch ein Mann auf einem Viererplatz sitzen, der sie anstarrte. Liva bemerkte das. Er blickte jedoch sofort aus dem Fenster, wenn sie seinen Blick entgegnen wollte. Wer war der Typ? Jetzt bloß nicht verrückt machen lassen. Keinen Verfolgungswahn entwickeln, sprach sie sich gut zu. Der Mann war sicher nur ein ganz normaler Fahrgast, vermutlich hatte er sogar dasselbe Ziel wie sie und wollte einen Angehörigen besuchen.

Ihr Handy klingelte. Jemand mit unterdrückter Nummer. Liva nahm den Anruf dennoch an. »Hallo?«

»Hi, hier ist Jessi. Was gibt's? Du hattest gestern Abend spät auf meinem Diensthandy angerufen? Ist etwas mit deiner Mutter passiert?«

Liva ließ den stumpfen Bleistift sinken. Sie hatte nun schon mehrere Seiten des Schreibblocks vollgeschrieben, obwohl sie Linien hasste und schneeweißes Papier bevorzugte. Für einen kurzen Moment hatte sie alles um sich herum vergessen. Bis jetzt.

»Liva? Alles okay mit dir?«

Seit Jessi neben ihrem Studium als Aushilfe in einem Kinderhort arbeitete, so erzählte sie, hatte sie sich für die Eltern der lieben Kleinen einen eigenen Telefonanschluss zugelegt. Nur so war gewährleistet, dass sie auch mal Feierabend hatte und ihre Ruhe genießen konnte. Die Eltern riefen sonst Tag und Nacht an, um über den Gesundheits- oder Familienstand Auskunft zu geben. Seltsam aber war, dass Liva diese Nummer gar nicht kannte. Und dass sie sich sicher war, die Freundin nach ihrem gestrigen Spaziergang nicht mehr angerufen zu haben. Warum auch?

»Ich hab dich eigentlich gar nicht kontaktiert«, sagte sie jetzt nachdenklich.

Sie hatte doch gestern nur eine einzige Nummer gewählt, bevor sie ihr Handy ausgestellt hatte: Die, die Alex auf den kleinen gelben Zettel notiert hatte. »Sag mal, war Alex die Nummer deines Diensthandys bekannt?«

»Ja. Ich hatte sie ihm mal gegeben. Warum fragst du?«

Liva entschied sich, jetzt nicht um den heißen Brei zu reden, sondern die Wahrheit zu sagen. »Alex hatte die Nummer notiert, allerdings ohne einen Namen. Ich wollte nur wissen, wer dahintersteckt. Hattest du nicht erzählt, dass ihr euch lediglich manchmal zufällig im Treppenhaus getroffen habt? Warum dann diese Nummer?«

Der Bus bremste ruckartig ab. Der Mann stand gemächlich vom Vierersitz auf und schickte sich an, auszusteigen. Sie musste auch an dieser Haltestelle raus. Jetzt hätte sie beinahe wegen des Telefonats noch ihre Haltestelle verpasst. Sie klemmte das Handy zwischen Schulter und Kinn, schnappte sich die Tasche und stieg umständlich aus.

»Okay.« Jessi klang jetzt leicht gereizt. Vielleicht war sie genervt von der ganzen Fragerei? »Hör mal, Liva. Mir kommt es gerade so vor, als würdest du *mich* als Verbrecherin hinstellen. Was denkst du, wie dreckig es mir gegangen ist, als Alex so plötzlich wieder aus meinem Leben verschwunden ist? Wo ich ihn gerade gefunden hatte?«

»Wie meinst du das?« Liva bedauerte es aufrichtig, dass so viele Menschen in diese Familiensache reingezogen worden waren. Offenbar hatten sich alle irgendwie mit der Situation arrangiert, und jetzt kam sie und wühlte alte Wunden auf. Welche Verbindung aber hatte Jessi zu Alex gehabt? So aufgebracht hatte Liva sie jedenfalls noch nie erlebt. »Wenn du es unbedingt wissen möchtest: Wir sind uns tatsächlich sehr nahegekommen«, ließ sie jetzt die Katze aus dem Sack. »Wir wussten natürlich, dass wir unsere Liebe niemals würden leben können. Er hatte ja Melli, die ein Kind von ihm erwartete. Er hätte sie nie verlassen.«

Liva konnte es gar nicht fassen. Was erzählte Jessi da? Konnte das stimmen? So etwas hätte sie nie von ihrem Bruder gedacht. Was sie genauso aus der Fassung brachte, war die Tatsache, dass Frangenberg nachträglich recht bekam mit seiner Vermutung, Alex habe »eine Neue« und habe sich deshalb »vom Acker gemacht«. Wie hatte er das wissen können? Sie jedenfalls war die ganze Zeit ganz schön naiv gewesen.

»Nur, weil du dich plötzlich als trauernde Schwester inszenierst, Liva, heißt das nicht, dass du die Einzige bist, die Alex vermisst.«

Liva schämte sich jetzt fast dafür, wie sie sich in den letzten Tagen in den Vordergrund gedrängt und alle zur Rede gestellt hatte. Sie hatte sich getäuscht. In Alex. Und offenbar auch in Jessi. Und sie fragte sich, ob Melli etwas davon geahnt hatte?

Als Jessi merkte, dass Liva nichts mehr sagte, tat ihr der Ausbruch offenbar sofort wieder leid. So war sie immer gewesen, sie konnte einem nie lange böse sein. »Hör mal, wir sehen uns heute Abend auf meiner Party. Wär doch schade, wir würden uns wegen dieser alten Geschichte entzweien, oder? Ist ja auch schon echt lange her.«

* * *

Theresa Lohrey schien kaum etwas um sich herum wahrzunehmen, und doch hatte sich ihr Gesichtsausdruck seit dem letzten Mal verändert. Die Augen waren halb geöffnet, die Pupillen bewegten sich darunter hin und her, und einmal, einen einzigen winzigen Moment, hatte Liva sogar das Gefühl, sie schaue sie direkt an. Ob sie sie sogar erkannt hatte? Ihr Gesicht zeigte jedenfalls keinerlei weitere Regung.

»Wir reduzieren nach und nach die Narkosemittel und überwachen gleichzeitig den Druck im Gehirn. Bei Schmerzen oder Angst kann der Druck wieder steigen. Das ist lebensgefährlich und muss vermieden werden«, sagte Naumann und schaute sie an. Er schien keine Spur beleidigt zu sein, dass sie auf seine Essenseinladung nicht eingegangen war. »Keine Sorge. Sie ist hier gut aufgehoben.« Er wich kaum von ihrer Seite, seit sie die Station betreten hatte. Dabei wäre es Liva lieber gewesen, mit der Mutter einen Moment allein zu sein.

Diese Krankenhauszimmer waren schon sehr karg und trostlos. Überall standen lebenserhaltende Gerätschaften herum, außer dem Krankenbett befand sich hier nur noch ein einziger Stuhl. Die Mutter lebte – und das war das Wichtigste. Ob sie jemals wieder ganz die Alte werden würde? So vieles hatten sie noch zu besprechen. Unzählige Fragen warteten darauf, beantwortet zu werden. Was würde sie dafür geben, ihr alles über die Suche nach Alex zu erzählen. Und dass sie fest daran glaubte, dass er noch am Leben war. Aber sie musste Geduld haben. Und durfte die Hoffnung nicht verlieren.

»Ihre Mutter braucht jetzt Ruhe.«

Liva nickte zwar, bewegte sich jedoch nicht von der Stelle. »Wie lange dauert dieser Zustand an?«

Eine Krankenschwester betrat jetzt den Raum, kümmerte sich um die Einstellung der Geräte, ließ aber in ihrer abweisenden Art keinen Zweifel daran, dass Besuch hier nicht erwünscht war.

Erst draußen auf dem Flur begann Naumann offen zu sprechen. »Es kommt ganz darauf an, wie schnell der Körper die Narkosemittel abbaut. Manche Patienten öffnen erst nach Wochen die Augen, viele sind erst einmal eine Weile sehr verwirrt, andere leiden unter schweren Albträumen. Wir können es nicht sagen, wie sich das entwickelt.« Er zog eine Visitenkarte aus der oberen Tasche seines Kittels und schrieb seine Handynummer auf die Rückseite. »Wenn Sie Fragen haben, melden Sie sich gerne.« Ein Hinweis mit dem Zaunpfahl.

Liva dachte über diese Begegnung nach, während er den Flur zu seinem Büro hinunterlief. Ob sie ihn tatsächlich mal anrufen sollte? Er war ja nicht nur ein Arzt, der einiges über den Zustand seiner Patientin verraten konnte, sondern auch ein wirklich gutaussehender Mann. Aber gehörte sich das, mit dem behandelnden Arzt der eigenen Mutter auszugehen? Durfte der das überhaupt?

»Er mag sie!« Erschrocken drehte sich Liva um und schaute in die Augen von Johanna Brauns, deren übriges Gesicht ebenfalls mit einer weißen Schutzmaske verhüllt war. Die Kommissarin unterschied sich mit dem Schutzanzug auf den ersten Blick nicht von den anderen Besucherinnen auf der Station. Liva hatte sie dennoch sofort erkannt.

»Meinen Sie?«, antworte Liva patzig. Was ging die das an?

»Ich muss es wissen. Ich war bis vor Kurzem mit ihm verheiratet!« Johanna Brauns war sich der Wirkung ihrer Worte bewusst, denn sie schob ein triumphierendes Grinsen hinterher. »Er hatte schon immer eine enorme Wirkung auf Frauen.«

Liva war fassungslos. Lungerte die Kommissarin deshalb hier herum? Um ihren Exmann zu kontrollieren?

Er hatte sie offenbar gar nicht bemerkt, sonst hätte er sie doch begrüßt.

»Es ist nicht so, wie Sie denken. Ich bin in rein beruflicher Mission unterwegs. Es ist mir zu Ohren gekommen, dass Ihre Mutter wieder bei Bewusstsein ist. Ich habe da ein paar Fragen, die nur sie beantworten kann. Vermutlich hat sie die Einbrecher ja sogar gesehen, wenn sie sie nicht sogar selbst ins Haus gelassen hat.« Sie zuckte mit den Schultern und stand auf. »Aber man will mich noch nicht zu ihr lassen.«

»Sie darf sich auf keinen Fall aufregen«, wiederholte Liva die Worte, die ihr der Arzt immer wieder eingebläut hatte. Panik erfasste sie, wenn sie daran dachte, was passieren könnte. »Sie stirbt sonst.«

»Ja, ist ja gut. Ich habe es verstanden.«

Eine der Krankenschwestern kam nun aus einem Zimmer und baute sich vor ihnen auf. »Könnten Sie Ihr Gespräch draußen fortsetzen?«

»Selbstverständlich«, sagte Johanna Brauns jetzt überfreundlich und fügte noch hinzu: »Sie rufen mich bitte an, Henni, wenn Frau Lohrey vernommen werden kann. Meine Nummer haben Sie ja.« Sie kannte also die ganze Belegschaft, als ehemalige Frau des Oberarztes kein Wunder.

Erst draußen, als sie sich der Schutzkleidung und Masken entledigt hatten, konnten sich die beiden Frauen direkt ins Gesicht sehen.

»Sie wirken sehr müde, wenn ich das mal so sagen darf«, sagte die Kommissarin zu Liva, nestelte ihre Jeans zurecht und richtete einige Strähnen ihrer Hochsteckfrisur nach. Ansonsten sah sie wie immer perfekt aus. »Sie sollten mal ein wenig ausspannen. Mal rüber nach Gossfelden zum Ubbelohde-Haus radeln oder eine kleine Runde durch den Burgwald drehen. Einfach mal runterkommen.«

Wollte die sie veralbern? Langsam wurde Liva sauer. Wer hatte denn in ihrer Situation Bock auf Wellness oder einen Ausflug ins Grüne?

»Oder Sie begleiten mich morgen an meinem freien Tag auf einen kleinen Ausflug. Wird sicher interessant für Sie. Aber mit Erholung, das kann ich Ihnen versprechen, ist dann nichts.«

Ein Urlaubstag war auch nicht das Erste, was ihr einfiel.

»Warum sollte dieser Ausflug interessant für mich sein?«

»Weil es dabei in gewisser Weise um Ihre eigene Familiengeschichte geht. Neugierig?« Sie wartete nicht mal die Antwort ab, so sicher war sie sich, dass sie Liva im Boot hatte. »Ich hole Sie um acht Uhr ab. Okay?«

Das hatte ihr gerade noch gefehlt. Eine Frühaufsteherin. Das bedeutete, dass auch sie heute nicht lange an ihrer Arbeit sitzen konnte und früh ins Bett gehen musste. Das passte ihr grundsätzlich ja gar nicht in den Kram. Einen netten Nebeneffekt hatte das Ganze aber: Sie würde sicher auch etwas über den Familienstand des schönen Arztes herausfinden – immerhin der Ex ihrer neuen Freundin.

* * *

Müde und dennoch innerlich aufgewühlt hatte Liva gerade den schweren Rucksack im Flur abgestellt und sich die Hausschuhe ihrer Mutter übergezogen, da bemerkte sie einen Schatten. Im selben Moment klopfte jemand hektisch an die Milchglastür.

»Aufmachen!« Eindeutig die raue Stimme der Nachbarin, die das Lohrey'sche Haus ja sonst mied wie die Pest. Was wollte die denn hier?

Mit einem übertrieben freundlichen Lächeln öffnete Liva nun die Tür. »Frau Müller. Wie kann ich Ihnen helfen?!« Die Tür hielt sie nur einen Spaltbreit geöffnet, um zu verhindern, dass die aufgeregte Dame auch noch ins Haus eindringen konnte. »Eier, Mehl und Zucker sind leider aus.«

»Sie unverschämtes Gör. Wollen Sie mich veralbern?« Die Alte hatte einen bunten Haushaltskittel über ein blaues Kostüm gezogen und ebenfalls Hausschuhe an den Füßen. Welche mit großen Blumen, vermutlich Originale aus den siebziger Jahren.

Liva nahm die Aufregung der alten Frau gar nicht ernst. Die Müller, das wussten alle hier in Ockershausen, regte sich seit jeher über alles und jeden auf: über die spielenden Kinder vor dem Haus, den Ausbau der Stadtautobahn oder auch die Preise im Supermarkt. Was es wohl heute war?

»Heute hat der Postmann geklingelt und mich gebeten, ein Paket für Sie anzunehmen. Sie waren ja wie immer unterwegs. Nett wie ich bin, habe ich das getan und es sofort bitter bereut: Das Ding ist so schwer, dass ich es nicht allein heben kann. Und jetzt liegt es seit Stunden in meinem Flur. So etwas mache ich nie wieder.« Sie schnappte nach dem Pullover ihres Gegenübers und zog heftig daran. »Ich will, dass du das Ding sofort abholst. Sonst platze ich vor Wut.«

Liva hasste diese Art von Übergriffigkeit. Der Frau fehlte auf allen Ebenen Anstand und Distanz. Am liebsten hätte sie sie einfach stehen gelassen und ihr die Tür vor der Nase zugeschlagen. Gleichzeitig schwante ihr, dass Marcel hinter diesem Paket steckte. Er hatte es also kurzerhand nach Marburg weitergeleitet. Und das nur, weil sie vergessen hatte, ihn gestern zurückzurufen. Sie konnte also nicht anders, sie musste die Post entgegennehmen. Und neugierig war sie natürlich auch, was da drin war. Wenn es tatsächlich so schwer sein sollte, dass man es kaum heben konnte, würde auch sie Hilfe benötigen. Erst mal Lage checken, entschied sie.

»Moment, ich hole noch meinen Schlüssel und komme dann zu Ihnen rüber«, rief sie der Alten hinterher, die kopfschüttelnd durch den Vorgarten taperte und Despektierliches vor sich hinmurmelte. Hatte sie sich überhaupt mal erkundigt, wie es ihrer Mutter ging? Nö. Das war ihr offenbar herzlich egal. Solche Menschen dachten immer nur an sich.

* * *

Udo Frangenberg wippte unaufhörlich mit dem rechten Fuß. Die ganze Sache schien ihn nervöser zu machen, als er zugeben wollte. Er hatte es sich auf Livas geräumigem Sofa gemütlich gemacht und starrte auf den geöffneten Karton, der direkt zu seinen Füßen stand. Das Ding war über einen Meter lang, jedoch sehr schmal – fast so groß wie ein Kindersarg. Liva versuchte diesen Gedanken aus ihrem Kopf zu verbannen, aber er hielt sich seltsam hartnäckig, seit sie ihn zum ersten Mal gedacht hatte. Wie um alles in der Welt kam sie auf so einen absurden Vergleich?

Ohne Udo Frangenberg, der plötzlich vor der Tür gestanden hatte, um mit ihr noch einige Fragen zu klären, hätte sie das Paket ja nie transportiert bekommen. Gemeinsam hatten sie es rüber ins Haus geschleppt und dann mitten im Wohnzimmer platziert. Ein Absender stand nicht darauf, weshalb Frangenberg sich dazu hinreißen ließ, einen dummen Scherz zu machen, es könne sich ja um eine Bombe handeln. Nach den zwei Überfällen in den letzten Tagen auf ihre Familie fand Liva das allerdings gar nicht lustig. »Wie wär's, wenn *Sie* dann das Paket öffnen?«, hatte sie vorgeschlagen und augenzwinkernd hinzugefügt: »Ich beantrage hiermit Personenschutz.«

»Kein Problem.« Mit einem Küchenmesser hatte er dem Karton einen längsseitigen Schlitz zugefügt, den Deckel aufgeklappt und erst einmal eine Menge zusammengeknülltes Papier herausgeholt, Staumaterial. Liva würde seinen erstaunten Gesichtsausdruck nie vergessen, als er sich dann vorgebeugt und den Inhalt des Pakets näher betrachtet hatte.

»Eindeutig keine Bombe«, sein nervöses Räuspern machte auch sie unruhig, »allerdings scheint es sich … um ein altes Henkersschwert zu handeln!«

»Bitte? Was?« Ein Blick genügte, um zu sehen, dass er sich nicht nur einen schlechten Scherz erlaubt hatte.

Und jetzt saßen sie schon unzählige Minuten da und starrten schweigend dieses riesige Mordwerkzeug an, das eindeutig sehr alt, aber auch gut gepflegt zu sein schien. Die Klinge glänzte und bildete einen starken Kontrast zu dem dunklen Griff. Warum um alles in der Welt hatte ihr jemand dieses monströse Ding zugeschickt? Marcel, so hatte sie es dem Kommissar erklärt, hatte es ja nur weitergeleitet. Der konnte mit der ganzen Sache nichts zu tun haben.

»Wir werden das überprüfen. Ein bisschen seltsam ist es ja schon, dass innerhalb einer Woche zwei Mal der gleiche Name fällt: Marcel Trotte, IT-Spezialist, gemeldet in Köln-Zollstock, wohnhaft zurzeit in der Barthelstraße in Ehrenfeld. In Ihrer Wohnung also. Und Sie sind kein Liebespaar, sagen Sie?«

»Nein, ich kenne ihn wirklich nur flüchtig.«

Wieder inspizierte Frangenberg die sonderbare Postsendung mit seinem fachmännischen Blick, ohne etwas anzufassen. Er hatte inzwischen seine junge Kollegin und die Spurensicherung angerufen. Die waren bereits unterwegs.

»Hier steht etwas«, er legte den Kopf schief und betrachtete die Klinge des Schwerts genauer: »*thue Recht undt schewe nimandt*.«

Frangenberg schaute Liva triumhierend an. »Eindeutig Solinger Stahl! Sogar mit der klassischen Blutrille! Ein schönes Sammlerstück!«

Frangenberg war ein Waffen-Narr? So hätte sie ihn gar nicht eingeschätzt. Liva konnte sich nun nicht mehr zurückhalten. Ihr war vollkommen klar, dass sie weiterhin mit der Polizei gemeinsame Sache machen *musste*. Alle Informationen, die sie für sich behielt, würden die ganze Sache unnötig hinauszögern.

»Ich glaube, ich weiß, um welches Schwert es sich handelt.« Sie musste gar nicht suchen. Die Zeitschrift über die Ockershäuser Geschichte lag griffbereit in ihrem Rucksack. Sie schlug die Seite auf, auf der es um den Mord an Dorothea Wiegand und den Prozess von Ludwig Hilberg ging. Inzwischen kannte sie den Text fast auswendig. Weiter hinten hatte Alex auch den Namen des Scharfrichters Christian Schwarz rot markiert. Eine Zeichnung zeigte ein Schwert, das dem in der Kiste zum Verwechseln ähnlich sah. Es galt heute als verschollen, stand da.

»Hier sehen Sie. Es handelt sich ganz sicher um das Henkersschwert, das den Mörder Ludwig Hilberg im Jahre 1864 zur Strecke gebracht hat. Mein Bruder hat sich intensiv mit dieser Geschichte beschäftigt. Er kannte jedes Detail dieses Falls.« Liva genoss seinen ungläubigen Blick. Man sah ihm an, wie er angestrengt nachdachte. Er konnte es offenbar schwer ertragen, dass er all diese Puzzlestücke, die ihm in diesem Fall immer wieder hingeworfen wurden, partout nicht zu einem großen Ganzen zusammenfügen konnte.

»Ich stelle fest, dass alle Wege immer wieder zu Ihrem Herrn Bruder führen. Ob nun tot oder lebendig, es gelingt ihm anscheinend immer wieder, sich in Erinnerung zu rufen.«

War das wieder so eine seiner kleinen Unverschämtheiten? Unterstellte er ihrem Bruder etwa, das Ganze nur inszeniert zu haben, um sich wichtig zu machen? Sein Verschwinden, die Überfälle, jetzt dieses Schwert. Was soll's, dachte Liva. Vielleicht hatte er einfach nur eine ungeschickte Art, sich auszudrücken. Es gab solche Menschen.

»Was hat dieses Schwert mit Ihrer Familie zu tun, Liva? Und wer ist – verdammt noch mal – der Absender dieses Pakets?«

Es klingelte. Zwei Männer mit weißen Anzügen und Schutzfolien um die Schuhe betraten das Wohnzimmer und schickten die junge Frau und den Kommissar in die Küche. Ein bisschen übertrieben, fand Liva, deren Blick als Erstes auf die halb volle Flasche Wein fiel, die noch von Konstantins Besuch übrig geblieben war und einsam und verlassen auf der Spüle stand.

»Wieso sind Sie eigentlich hergekommen? Sie wollten mich doch etwas fragen, haben Sie gesagt. Schon gestern am Telefon hatten Sie angedeutet, dass Sie mich anrufen wollten.« Sie stellte zwei Weingläser auf den Tisch und schaute ihn auffordernd an. »Ein Schluck? Oder sind Sie im Dienst?«

Er grinste. Was alles heißen konnte. Sie schüttete ihm reichlich ein.

»Ich habe tatsächlich gestern etwas erfahren, was mich irritiert hat. Melanie Treuer, die Freundin Ihres Bruders, hat mir erzählt, dass *Sie* ihr gesagt haben, dass Alex oben an der Mordeiche gesehen wurde. Und dass Sie davon ausgehen, dass er noch lebt.«

Liva nickte und starrte auf die dunkelrote Flüssigkeit in ihrem Glas.

»Warum haben Sie mir davon nichts gesagt?«

* * *

Der Wecker klingelte um kurz nach halb sieben Uhr morgens. Liva fühlte sich erstaunlich fit dafür, dass sie erst nach Mitternacht ins Bett gegangen war. Und sie war fast ein bisschen überrascht, dass die Sonne schon aufgegangen war. Sie konnte sich gar nicht erinnern, jemals so früh am Morgen aufgestanden zu sein. Wie viel wertvolle Zeit sie doch in den letzten Monaten und Jahren verschlafen hatte.

Die zwei Gläser vom Vorabend waren schnell gespült. In Sachen Selbstbeherrschung hatte sie Frangenberg unterschätzt – er hatte den Alkohol nicht angerührt, weshalb sie die beiden Gläser hintereinander selbst geleert hatte. Sie schaute sich im Wohnzimmer um. Zum Glück hatten die Ermittler dieses unsägliche Henkersschwert gestern mitgenommen. Sie mutmaßten, das Paket könne als Drohung gemeint sein und stamme eventuell von denselben Männern, die hier eingebrochen hatten. Jetzt sollten Verpackungsmaterial, Poststempel und Fingerabdrücke untersucht werden. Gut so. Sie wollte das Ding eh nicht im Haus behalten. Überhaupt war die ganze Sache mehr als rätselhaft.

Während sie auf Johanna Brauns wartete, die sich offenbar um einige Minuten verspätete, vertiefte sich Liva noch mal in den Aufsatz über den Mordfall Hilberg, den sie in Alex' Zimmer gefunden hatte. Darin stand, dass man damals einen besonders skrupellosen Scharfrichter von Hannover nach Marburg bestellt hatte, um die Hinrichtung des Mörders Ludwig Hilberg zu vollziehen. Christian Schwarz, dem ein ganzer Absatz in dem Text gewidmet war, sei damals schon 67 Jahre alt gewesen, habe sich aber hartnäckig gegen seine Pensionierung gesträubt. In einer Zeit, in der das Schwert als Tötungsinstrument von der Guillotine abgelöst werden sollte,

sollte die Hilberg'sche Hinrichtung auf dem Rabenstein die letzte Amtshandlung von Christian Schwarz werden. Mit welcher Wut und Leidenschaft der Mann an dem Tag an sein Werk ging, wollte man sich lieber nicht ausmalen. Nach fast fünfzig Jahren als treuer Diener des Staates musste der in zweiter Ehe verheiratete Mann befürchtet haben, in Bälde zu verarmen, weil er ohnehin nur knapp über die Runden kam. Alex hatte manche Worte in dem Text mehrfach unterstrichen. *Besonders skrupellos* beispielsweise oder auch das Wort *Wut*. Ein Ausrufezeichen hatte er neben eine Anekdote gesetzt, in der es hieß, Schwarz habe vor den Hinrichtungen an einer Steckrübe geübt, die er an einem Bindfaden aufhängte, um sie zu spalten. Was um alles in der Welt interessierte einen Geschichtsstudenten das Handwerk eines Scharfrichters?

Als die schrille Klingel ertönte, zuckte Liva vor Schreck zusammen. Sie war so versunken in die faszinierende und zeitgleich schauderhafte Geschichte der Hinrichtungen des letzten Jahrhunderts, dass sie ganz die Zeit vergessen hatte.

* * *

»Bin gespannt, wo es hingeht«, Liva schwang sich auf den Beifahrersitz des roten Caddys, den Privatwagen der Kommissarin, die heute keine Uniform, sondern eine Jeans und ein legeres T-Shirt trug. Sah ganz so aus, als wäre sie heute wirklich nicht im Dienst. Brauns startete den Motor. »Lassen Sie sich überraschen. Sagen wir, wir machen eine Fahrt in Ihre Vergangenheit.««

Liva inspizierte mit interessiertem Blick das Innere des Wagens. Es gab keinen Hinweis auf ein kleines Kind, wie sie vermutet hatte, weil Naumann ein Foto seiner Tochter auf dem Schreibtisch stehen hatte. Sie hatte vermutet, dass es sich um die gemeinsame Tochter handelte. Stattdessen lagen in der Mittelkonsole ein paar CDs – Nikki Sudden, Townes van Zandt, Vic Chesnut. Einen guten Musikgeschmack hatte sie also, die Frau Kommissarin.

»Frangenberg sagte gestern, Sie hätten eine heiße Spur, wer den Überfall auf meine Mutter zu verantworten hat?« Liva wusste, dass das despektierlich rüberkommen musste, wenn sie den Kommissar so flapsig beim Nachnamen nannte. Das war ihr gerade egal. Auch, dass die Frau an ihrem freien Tag vielleicht gar nicht über die Arbeit reden wollte. Aber warum hatte sie sie dann mitgenommen?

»Der Tipp mit Gunnar Schäfer war Gold wert. Wir haben ihn gestern Abend in einer Schrebergarten-Anlage im Wiesenweg aufgespürt, wo er sich mit ziemlich viel Spice und Marihuana verbarrikadiert hatte. Das Zeug hätte gereicht, um sich für Wochen wegzubeamen. Er saß da und trommelte auf seiner Bongo und ließ sich widerstandslos festnehmen.«

»Krass. Und war er der Mann auf dem Foto? Der das Fluchtauto gefahren hat?« Liva hoffte inständig, dass sie sich mit ihrem Verdacht geirrt hatte. Der arme Teufel würde ihrer Familie doch nie etwas zuleide tun.

»Wir haben ihn mit aufs Präsidium genommen mit der Begründung, dass ihn jemand auf dem Foto erkannt hat. Das hat gereicht, dass er in Tränen ausgebrochen ist und gestanden hat, das Auto gefahren zu haben. Obwohl er gar keinen Führerschein besitzt. Noch bitterlicher geweint hat er, als wir ihm erzählten, dass Theresa Lohrey seit Tagen ums Überleben kämpft. Immer wieder hat er gestammelt, das habe er nicht gewollt. Mehr war bis jetzt nicht aus ihm rauszukriegen. Er war total stoned und muss erst mal nüchtern werden, bis er aussagen kann.«

»Der Arme«, rutschte es Liva raus.

»Ich bin mir ziemlich sicher, dass der Typ an dem Überfall auf Ihre Mutter beteiligt war, Ihr Mitleid sollte sich da in Grenzen halten, oder?«

Liva wunderte sich, dass sie jetzt die Konrad-Adenauer-Brücke überquerten und stadtauswärts fuhren. Sie ließen Cappel rechts liegen und steuerten direkt auf die Lahnberge zu. Das konnte doch jetzt nicht wahr sein. Fuhren sie hoch zum Klinikum? Wollte Brauns mit ihrer Hilfe etwa versuchen, in das Krankenzimmer ihrer Mutter einzudringen? Doch Livas Sorge war unbegründet. Der rote Caddy bog in Richtung Bauerbach ab, wo die Kommissarin ihren Wagen auf der Hauptstraße parkte.

Währenddessen versuchte Liva, die Bilder zu verdrängen, wie ihre Mutter im Nachthemd auf der oberen Treppenstufe stand – im Hintergrund Gunnar, der ihr einen harten Gegenstand über den Kopf zog. Nein. So konnte das nicht gewesen sein. Gunnar war ein schwacher Mensch, aber nicht bösartig.

»Wir bleiben dran. Ich bin ziemlich sicher, dass wir bald wissen, wer hinter dem Einbruch steckt. Der Junkie wird plaudern. Spätestens, wenn er seinen Stoff braucht.«

Das Ganze bereitete Liva großes Kopfzerbrechen. Wenn er es auch nicht gewesen war, wusste Gunnar, wer hinter dem Einbruch steckte. Warum behielt er die Information für sich? Aus Angst, dass man ihn dafür bestrafen könnte? Oder wollte er jemanden schützen, den er gut kannte? Und mochte?

Sie musste selbst mit ihm sprechen, dachte Liva, so schnell es ging.

Bauerbach? Nachdem sie das Auto geparkt hatten, schaute sich Johanna Brauns kurz auf der Dorfstraße um und zeigte dann die Hauptstraße hinauf, dort oben befanden sich laut Ausschilderung der Sportplatz und die Evangelische Kirche. »Gehen wir ein kleines Stück?«

Liva folgte ihr. Was um alles in der Welt wollten sie ausgerechnet hier? Der Ortsteil, der wie viele andere Dörfer Anfang der siebziger Jahre eingemeindet worden war und seitdem zu Marburg gehörte, hatte einen pittoresken Ortskern, der aus alten Fachwerkhäusern bestand. Schön und gut. Und von der Anhöhe hatte man einen traumhaften Blick bis rüber zur Amöneburg. Ansonsten schien hier der Hund begraben – um diese Uhrzeit jedenfalls war hier kaum einer unterwegs.

»Wie angekündigt, will ich Ihnen etwas erzählen. Etwas, das mit einer alten Geschichte zu tun hat.«

Okay. Jetzt war Liva wirklich gespannt, worum es ging. Sie schaute die Kommissarin verstohlen von der Seite an. Irgendwie bewunderte sie sie. Keine zehn Jahre älter als sie, hatte sie bereits Karriere gemacht, eine Ehe hinter sich und war Mutter einer hübschen Tochter. Wenn sie das Foto auf Naumanns Schreibtisch richtig deutete. Jetzt, da sie um die Verbindung wusste, sah sie sogar eine gewisse Ähnlichkeit zu dem Mädchen auf dem Foto.

»Es geht um Regine Dörr, die um 1840 hier in Bauerbach geboren und aufgewachsen ist. In einem dieser Häuser, die auch schon vor 150 Jahren hier standen. Sie war eine schöne, junge Frau, die ein hohes Ansehen genoss, bis sie in Marburg eine Stelle annahm. Leider ließ sie sich dort mit dem Falschen ein. Sie verfiel Ludwig Hilberg, der gerne schon mal den Weibern den Kopf verdrehte. Die Verlobung war schon unter Dach und Fach, als der Schuhmacher ein Verhältnis mit einer Tagelöhnerin begann, die von ihm schließlich schwanger wurde. Dorothea Wiegand. Sie kennen den weiteren Verlauf der Geschichte, nicht wahr?«

Brauns schaute Liva prüfend an – dunkelblaue Augen mit kleinen, braunen Punkten. Dem Blick aber hielt sie nicht lange stand. Von einer Verlobung Hilbergs hatte sie noch nie gehört. Das machte die Geschichte ja noch viel schlimmer. Was mochte die Frau gefühlt haben, als sie erfuhr, dass ihr Geliebter in den Armen einer anderen gelegen hatte? Und die von ihm ein Kind erwartete? Johanna Brauns genoss sichtlich ihre Sprachlosigkeit.

Dann schaute sie vorbildlich nach links und rechts und überquerte in gemütlichem Schritt die Straße, auf der offenbar sowieso nur selten ein Auto fuhr. Es machte den Eindruck, als hätte sie gar kein Ziel. Vielleicht wollte sie an ihrem freien Tag wirklich nur ein bisschen spazieren gehen. Die hatte ja Nerven.

»Es ist nur ein Gerücht, aber es ist gut möglich, dass auch Regine Dörr damals ein Kind von Hilberg erwartete. Der Legende nach wurde sie jedenfalls bei seiner

Hinrichtung am 14. Oktober 1864 oben auf dem Rabenstein mit einem etwa dreijährigen Jungen gesehen, der dem Mörder mit seinen schwarzen Locken und dem breiten Gesicht ähnlich gewesen sein soll. Keine Ahnung, ob das stimmt. Aber es ist eine Geschichte, die Gänsehaut erzeugt, nicht wahr?«

»Ja, grausam«, Liva musste an Leon denken, der im selben Alter war wie dieser Junge. Wie furchtbar, wenn ein so kleines Kind so etwas miterleben musste. Die Hinrichtung des eigenen Vaters. Obwohl man Mitte des letzten Jahrhunderts Hinrichtungen wie Volkfeste inszeniert hatte, musste das für ein Kind dennoch traumatische Auswirkungen gehabt haben. Selbst für die damalige Zeit, in der Kinder nicht mit Samthandschuhen angefasst wurden. Liva hatte über Hinrichtungen gelesen, dass man zum Beweis den Kopf des Delinquenten auf einen Pfahl aufspießte. Und die Menschen versucht hatten, das Blut des Hingerichteten zu trinken. Unfassbar!

»Wenn die Geschichte stimmt, hatte Hilberg also doch Nachkommen.« Worauf wollte die Kommissarin nur hinaus? Spielte sie auf Alex und seine Identitätssuche an? Woher konnte sie davon wissen?

Sie bogen nun auf einen Weg ein, der aus dem Ort hinausführte und den Blick auf Felder und Wiesen freigab. Wodka hätte hier seinen Spaß, er würde jetzt wie wild über die Felder tollen und sicher ein, zwei wilde Kaninchen aufspüren. Liva vermisste den kleinen Kerl sehr. Wie hatte sie es die letzten Jahre nur ohne Haustier ausgehalten? Und doch war es gut, dass der Hund bei Melli war. Sie hatte nun gerade wirklich keine Zeit für ausgedehnte Gassigänge. Das hatte die engagierte Polizistin offenbar noch nicht kapiert.

»Gibt es hier eigentlich etwas, das Sie mir zeigen wollen?« Liva wurde leicht ungeduldig.

»Sehen Sie. Das ist es ja eben. Ich kann Ihnen hier nichts zeigen. Rein gar nichts. An diesem idyllischen Ort erinnert heute nichts mehr an Regine Dörr, die es sicher nicht einfach gehabt hatte, nachdem man ihren Verlobten als Mörder verurteilt und hingerichtet hatte. Und auch all die anderen Frauen, die man zum Teufel gejagt, verachtet und ermordet hat, weil sie nicht verheiratet waren und sogenannte Bastarde austrugen, sind heute nahezu vergessen. Es gibt kein Haus mehr, selten eine Gedenktafel, oft nicht mal ein Grab. Man hat sie verscharrt, wie die Dorothea Wiegand und ihr namenloses Kind.«

Langsam begriff Liva, dass es Johanna Brauns hier um viel mehr ging als um die Klärung eines Falls. Sie berührte das Schicksal dieser Frauen so sehr, dass sie eine unglaubliche Wut im Bauch hatte. Auch ihr waren diese Gedanken schon gekommen. Als sie mit Jessi an der Mordeiche gestanden und dort die Lilie gesehen hatte. Offenbar gab es jemanden, der sich an die grausam ermordete Frau erinnerte und die Tat nicht vergessen konnte.

»Ich weiß, was Sie meinen. Dass man Ludwig Hilberg bis heute trotz seiner Tat als gutaussehenden, charismatischen und besonders pfiffigen Mann feiert, mutet seltsam an, weil man sein Opfer bereits vergessen hat.«

»Und nur abfällig ›das Hinkel‹ nannte, anstatt dass man sich den ganzen Namen merkte«, ergänzte Brauns.

Die beiden Frauen hatten jetzt den Rückweg angetreten und bogen gerade auf die Hauptstraße ab.

»Warum erzählen Sie mir das alles? Sie haben angedeutet, dass es heute auch um meine Familie geht.«

Liva war für ihre Verhältnisse ungewöhnlich geduldig gewesen. Aber jetzt wollte sie doch etwas Konkretes hören, mit dem sie arbeiten konnte. »Ich gehe davon aus, dass dieser Severin Dörr, der sich letztens nach Ihrem Haus in Ockershausen erkundigt hat, der Nachfahre von Regine ist. Ein Kollege checkt gerade den Stammbaum der Familie.«

»Und weiter?« Liva ärgerte sich gerade kolossal über den triumphierenden Ton in der Stimme der Kommissarin.

»Ich bin mir ziemlich sicher, dass Severin Dörr Ihr leiblicher Vater ist, Liva.«

* * *

Bei Liva machte sich die kurze Nacht bemerkbar. Sie fühlte sich plötzlich so unfassbar erschöpft. Johanna Brauns hatte sie auf dem Weg von Bauerbach direkt bei ihrer Mutter abgesetzt. Diese Stunde am Bett der Kranken hatte sich wie eine halbe Ewigkeit angefühlt. Theresa Lohrey war die meiste Zeit in einer Art Dämmerzustand gewesen. Nur ab und zu war sie aufgeschreckt und hatte etwas Unverständliches gemurmelt. Einen Vornamen? Ihrer war es nicht gewesen, da war sie sich sicher.

Dr. Schoner hatte Liva später beruhigt, dass die Aufwachphase nach Plan verlaufe. Sie müsse Geduld haben. Nicht gerade Livas Stärke.

Die Arbeit an ihrer Reportage empfand sie daher fast als willkommene Abwechslung. Schon als kleines Kind hatte sie sich gerne zwischen Büchern aufgehalten, alphabetisch nach Autorennamen und Themenbereichen sortiert, auf meterhohen Regalen bis zur Decke gestapelt.

Seit einer Stunde saß sie nun an diesem Tisch in der Unibibliothek, auf dem nichts anderes lag als ihr Schreibblock und wenige ausgewählte Werke, die es durchzuarbeiten galt. Für heute hatte sie sich einige Bücher vorgenommen, in denen es darum ging, wie verschwiegener Schmerz auf nachfolgenden Generationen lasten konnten. Hochspannend.

»Liva?«

Erschrocken fuhr sie herum. Ein Mann Anfang zwanzig stand hinter ihr, in der Hand hielt er einen kleinen Koffer. Sein Gesicht hatte sie schon mal irgendwo gesehen. Sie musste drei Mal hinschauen, bis sie Marcel erkannte. Sie hatten sich ja nur einmal gesehen und da war es – die meiste Zeit jedenfalls – ziemlich dunkel gewesen. Was machte der denn hier in Marburg? Und woher wusste er, dass sie sich in der Unibibliothek aufhielt?

Er stellte den Koffer ab, streckte die Arme aus und umarmte sie. Richtig fest. Fast hatte sie den Eindruck, dass er sie gar nicht mehr loslassen wollte. »Wie schön, dich zu sehen, meine Liebe.« Er drückte ihr einen Kuss aufs Haar.

Liva befreite sich aus der Umarmung. Sie war erst einmal sprachlos. Was bildete der sich ein? »Was machst du hier?«, fragte sie barsch.

»Wenn der Prophet nicht zum Berg kommt, muss der Berg eben zum Propheten kommen.« Das sollte wohl lustig sein, denn er lachte laut.

Mit Männern, die Sprüche rissen und sich dabei auf die Schenkel klopften, konnte man sie ja jagen. Die Bibliothekarin, eine ältere, zerknitterte Dame mit einer großen Brille, schaute missbilligend herüber. Gespräche waren hier nur im Flüsterton erlaubt. Und Koffer durfte man auch nicht mit reinnehmen wegen der Diebstahlgefahr.

»Komm, wir gehen raus«, sagte Liva leise und sammelte ihre Bücher zusammen. Sie ließ sich damit ungewöhnlich viel Zeit, weil sie gerade keinen klaren Gedanken fassen konnte. Wie würde sie ihm vermitteln können, dass sie nichts von ihm wollte? Vielleicht sollte sie erst einmal die Schlüssel ihrer Wohnung zurückfordern, bevor sie Tabula rasa machte.

Unten im Foyer der Philosophischen Fakultät gab es einen Kaffeeautomaten. Koffein. Davon würde sie jetzt hoffentlich wieder wach werden.

»Ich mach das«, sagte Marcel eifrig. »Mit Milch und Zucker?«

»Schwarz«, antwortete Liva und schaute ihm dabei zu, wie er unglaublich viel Kleingeld in den kleinen Schlitz des Automaten steckte. Das konnte ja ewig dauern, bis er auf 1,70 Euro kam. Und dann würde er sicher noch mal von vorne beginnen, um sich selbst ein Getränk zu ziehen.

»Mal ehrlich, Marcel. Ich frage mich schon die ganze Zeit, ob du nicht vielleicht ein Stalker bist?« Er hatte sich gerade auf die Bank neben sie gesetzt und hielt ihr den Becher mit dem heißen Kaffee hin. Jetzt schaute er ganz schön baff. »Wie meinst du das?«

»Naja, du wohnst in meiner Wohnung, entscheidest über meine Post, rufst mich täglich mehrfach an und jetzt reist du mir auch noch nach. Was soll das?«

Marcel grinste unsicher. »Äh. Ich wollte dir den Schlüssel deiner Wohnung zurückgeben. Hab mich da sehr wohlgefühlt, wirklich. Und ich wollte dich unbedingt wiedersehen.« Er setzte einen anhänglichen Dackel-Blick auf. Dann überreichte er ihr feierlich den Wohnungsschlüssel.

»Danke«, sagte sie und steckte ihn schnell ein. Sie hatte dabei ein ungutes Gefühl. Vielleicht hatte er sich den Schlüssel ja nachmachen lassen?

»Außerdem hat mich ein Polizist aus Marburg, Frangenberg heißt der, heute Morgen angerufen wegen dieses Pakets. Ich hatte ja keine Ahnung, was da drin war. Ein Henkersschwert also – krasse Geschichte, in die du da verwickelt bist. Naja, und da ich eh grade Urlaub habe …«

»Nämlich wegen deiner vermasselten Flitterwochen.« Auch, wenn Zynismus vielleicht nicht unbedingt angesagt war, Liva konnte gerade nicht anders als einen dummen Kommentar abzugeben.

»Genau, also da bin ich einfach direkt hergekommen. Hätte ich deine Post auch gleich selbst mitbringen können, nicht wahr?« Wieder kringelte er sich vor Lachen. Dann legte er ganz selbstverständlich seine Hand auf ihr Knie. »Außerdem wollte ich dich wiedersehen.«

Liva legte die Pranke demonstrativ zur Seite und rückte ein Stück von ihm ab. »Und hast du dein Verhör bereits hinter dich gebracht?«

»Jepp«, sagte Marcel. »Dieser Kommissar ist sehr nett. Ich habe ihm natürlich alles erzählt, was ich weiß.«

»Aha. Und das wäre?« Liva konnte es gar nicht fassen, dass sie diesen Typen mal gut gefunden hatte. Bei Licht betrachtet, war er eine ziemliche Pfeife. Und zudem sehr übergriffig, so viel stand fest.

»Naja, ich habe natürlich erzählt, dass du ein gutherziger und toller Mensch bist und dass du mit diesen gemeinen Waffenfuzzis nichts, aber auch rein gar nichts zu tun hast.«

»Welche Waffenfuzzis?« Liva merkte, wie sich ganz tief drinnen gerade ziemlich viel Wut anstaute. Ihr fiel es zunehmend schwer, ruhig zu bleiben. Was fiel Marcel ein, mit Frangenberg über sie zu sprechen? Er kannte sie doch kaum.

»Na, dieser Typ, der dir seit Tagen den Anrufbeantworter zu Hause vollquatscht. Dörr heißt der. Einmal habe ich ihn sogar persönlich an der Strippe gehabt. Hab ich dir doch auf die Mailbox gesprochen, dass du ihn mal zurückrufen sollst. Der ist offenbar ziemlich scharf auf dieses alte Schwert!«

»Bitte? Ich glaube, ich hör nicht recht.«

»Voll spannend, die ganze Geschichte. Und ich mittendrin! Hab dem Kriminalkommissar deinen Anrufbeantworter zur Auswertung übergeben. Ist doch Ehrensache!« Marcel erhob seinen Milchkaffee und tat so, als wollte er ihr damit zuprosten. Er blühte gerade richtig auf. »Für 'n richtigen Kriminalfall fehlt ja jetzt nur noch die Leiche.« Offenbar fiel ihm erst jetzt ein, dass Livas Mutter tatsächlich gerade in Lebensgefahr schwebte. Bedröppelt fügte er hinzu: »Sorry, ich vergaß. Ich hoffe, deiner Mutter geht es besser?!«

Liva ignorierte die Frage komplett. »Du hast also mit diesem Mann telefoniert? Was genau hat er gesagt?«

»Dass er weiß, dass du ein altes Schwert besitzt, das ihm gehört. Und dass er es wiederhaben will.«

Jetzt legte er selbstgefällig seinen Arm um sie. Er litt offenbar an gnadenloser Selbstüberschätzung. Wie konnte man sich seiner Sache nur so sicher sein? Liva hatte jetzt endgültig die Nase voll. Sie würde ihm jetzt klipp und klar sagen, dass er aus ihrem Leben verschwinden solle. Unfassbar, dass er der Polizei einfach ohne zu fragen ihren Anrufbeantworter ausgehändigt hatte.

»Ach und dann soll ich dich von Jessi grüßen. Die hatten sie auch ins Polizeipräsidium einbestellt zum Verhör. Bin auf dem Flur ein bisschen mit ihr ins Gespräch gekommen und da stellte sich heraus, dass sie dich kennt.«

»Was? Du hast mit Jessi gesprochen?«

»Als ich ihr erzählte, dass wir zusammen sind, hat sie mich kurzerhand zu ihrer Party heute Abend eingeladen. Voll nett, deine Freundin. Und – wenn ich das mal so sagen darf – unglaublich hübsch«, er zwinkerte verschwörerisch. »Ich werde aber nur Augen für dich haben, Liva. Das ist ja klar.«

Die Sache lief gerade vollkommen aus dem Ruder, das stand fest. Andererseits würde die Party am Abend eine Chance sein, Marcel noch ein wenig auszufragen. Er war zwar nur unfreiwillig in ihr Leben geplatzt, hatte aber irgendwie gerade die Fäden in der Hand. Etwas in ihr sträubte sich zu glauben, dass dieser Severin Dörr ihr Vater war. Es gab dafür keinen, aber auch wirklich gar keinen Beweis.

* * *

Die Ketzerbach zog sich doch weiter aus der Stadt heraus, als Liva das in Erinnerung hatte. Jessis Haus musste, wenn man den Hausnummern folgte, fast schon auf Höhe der Blindenstudienanstalt sein. Die Fassade des Hauses war ganz schön runtergekommen, vor der Tür lag allerhand Müll. Keiner hatte hier in den letzten Jahren mal Hand angelegt, das sah man. Jessi hatte sich wohl eine möglichst günstige Bude angemietet, nachdem sie von zu Hause ausgezogen war und ihr Psychologiestudium begonnen hatte. Hier lebte sie seitdem alleine in einer Zweizimmer-Wohnung, wie sie erzählt hatte. Liva konnte es immer noch nicht fassen, dass sie mit Alex eine Affäre gehabt hatte, ohne, dass sie etwas davon mitbekommen hatte. Ohne, dass überhaupt jemand etwas davon gewusst hatte.

An Jessis Haus angekommen, wartete zu ihrer großen Überraschung bereits Udo Frangenberg auf sie. Er winkte schon von Weitem. Fast gleichzeitig kam Marcel um die Ecke getrottet.

»Wie man hört, sind Sie auf der Suche nach einem super gefährlichen Waffenhändler?«, versuchte sie vom Thema abzulenken.

Obgleich das als Witz gemeint war, nickte Frangenberg ernsthaft und sagte: »Richtig gehört. Und um den zu schnappen, muss ich mich nur weiterhin schön in Ihrer Nähe aufhalten. Dann werden wir den auch kriegen. Da bin ich mir sicher.«

»Ich kenne den Typen ja nicht mal, diesen Dörr.«

»Wir haben inzwischen Ihren Anrufbeantworter gecheckt und alle Nummern überprüft. Wir haben jetzt seine kompletten Daten: Name, Adresse, Telefonnummer. Und wir wissen, dass er es gewesen ist, der Gunnar Schäfer dazu angestiftet hat, das Fluchtauto zu fahren und sich Eintritt zu dem Haus zu verschaffen. Schäfer hat Dörr auf einem Foto eindeutig identifiziert. Die Kollegin Brauns ist gerade mit einer Einheit auf dem Weg nach Biedenkopf, um ihn festzunehmen.«

»Das hört sich gut an. Nur weiß ich immer noch nicht, was dieses Schwert mit mir zu tun hat. Und meine Mutter oder meinen Bruder kann ich dazu nicht befragen.« Liva merkte, wie ihr ein Stein vom Herzen fiel, dass man den Täter gefunden hatte. Dass er Gunnar in die Sache mit reingezogen hatte, zeigte eigentlich nur, dass er einen echt schlechten Charakter haben musste. Wie viel Drogen hatte er ihm dafür versprochen, ins Haus seines alten Freundes einzudringen? Insgeheim hatte er vielleicht sogar gehofft, dass er daran krepierte und keine Aussage mehr machen konnte.

Okay, man würde diesen Dörr ja bald dingfest machen, verhören und dann Licht ins Dunkle bringen.

Sie drückte jetzt fester als nötig auf die Klingel. Wenn sie nicht bald reingingen, würden sie die Party ganz verpassen. Und sie hatte sich die letzten Stunden so darauf gefreut, einfach mal abschalten zu können.

Frangenberg keuchte hinter ihr die Treppe hoch. Mit einer Hand hielt er sich am Geländer fest, mit der anderen griff er sich ans Herz. »Ehrlich gesagt, wollte ich Sie noch etwas ganz anderes fragen, Liva.«

»Nämlich?« Man hörte ihr die schlechte Laune sicher an. Mussten diese Gespräche jetzt sogar schon in Treppenhäusern und in den späten Abendstunden geführt werden? War nicht irgendwann auch mal bei der Polizei Feierabend? Offenbar nicht: »Ich habe ja heute mit Ihrer Freundin Jessica Ruland gesprochen. Hundertprozent sicher ist sie nicht, dass sie tatsächlich Ihren Bruder gesehen hat. Es könnte auch ein Obdachloser gewesen sein, der ihm sehr ähnlich sah, meinte sie. Ein sehr wackliges Lebenszeichen, meinen Sie nicht auch?«

»Ich weiß auch nicht, was das soll?! Sie war sich so sicher.« Liva war sowieso schon stinksauer auf Jessi, immerhin hatte sie ihr all die Jahre ihre Affäre mit dem Bruder verschwiegen. Was jetzt passiert war, dass sie ihr so in den Rücken fiel, wusste sie auch nicht. Wollte sie Alex schützen? Oder sich selbst aus der Sache raushalten? Kurz überlegte sie, dem Polizisten von den ominösen Anrufen zu erzählen, die sie täglich erhielt. Manchmal hörte man jemand atmen, meistens wurde einfach wieder aufgelegt. Aber ein Beweis war das ja auch nicht.

Da öffnete eine strahlend schöne Jessi die Tür. Sie hatte sich für heute richtig schick gemacht, die langen, roten Haare waren geflochten, das sonst so natürliche Gesicht leicht geschminkt. In der einen Hand ein Glas Sekt, in der anderen einen kleinen Blumenstrauß, machte sie schon jetzt einen ziemlich angetrunkenen Eindruck. Eins stand fest: Heute Abend würde sie sie nicht mehr auf Ihre Aussage bei der Polizei ansprechen können.

»Willkommen in meinem bescheidenen Zuhause«, sagte Jessi und gab jedem Besucher ein Küsschen links und ein Küsschen rechts.

Ronja, der Schäferhund, sprang an Liva hoch und begrüßte sie wie eine alte Bekannte. Kein Wunder, dass es Leute gab, die ihren Tieren mehr als einem Menschen vertrauten. Liva tat es einen Stich ins Herz, wenn sie an Wodka dachte, und dass sie ihn nicht nach Köln mitnehmen würde können. Melli hatte angedeutet, sie könne den Hund behalten. Immerhin.

Jessi schaute sich in der kleinen Studentenbude um, die recht stylish eingerichtet war. In der Küche tummelten sich bereits ein paar Gäste, die die Neuankömmlinge neugierig beäugten. Da war Luka, Jessis Ex-Freund. Den kannte sie noch flüchtig von früher. Er nickte ihr kurz zu und wandte sich wieder seinem Gesprächspartner zu. Die anderen Partygäste waren ihr sowieso unbekannt. Sicher handelte es sich um Kommilitonen aus der Uni oder Kolleginnen aus dem Kinderhort. Sahen jedenfalls irgendwie so aus.

»Coole Bude, ne?«, Marcel saß breitbeinig auf dem einzigen Sessel im Raum und nippte an einem Bier. »Könnte direkt hier einziehen!«

Liva konnte es nicht fassen. Sie hatte ihn vorhin mitten im Gespräch unterbrochen und weggeschickt unter dem Vorwand, noch etwas in der Unibibliothek arbeiten zu müssen. Sie hatte vorher vergeblich versucht, ihm klarzumachen, dass niemals aus ihnen ein Paar werden würde. Da hatte er nur gelächelt und es abgetan. Und jetzt saß er hier und machte die nächste Bude klar, in der er absteigen konnte. Am Ende hatten sie es hier mit einem Mietnomaden und Heiratsschwindler zu tun. Aber übelster Kajüte.

Frangenberg zog überrascht die Augenbrauen nach oben. »Herr Trotte! Sie sind auch eingeladen?«

»Jawohl!« Marcel merkte offenbar gar nicht, wie der Polizist ihn hochnahm. Frangenbergs Blick wanderte nun amüsiert von ihr zu Marcel und wieder zurück. Dann grinste er süffisant.

Seltsam, so eine Party. Alle hier waren guter Laune und hatten sich schick gemacht. Bei ihr aber wollte der Funke nicht überspringen. Seit sie zurück in Marburg war, hatte sie nicht mehr gefeiert. Richtig gefehlt hatte es ihr nicht. Sie merkte, wie sich langsam durch den Alkohol eine gewisse Anspannung löste. Aber der Gedanke an ihre Familie hielt sie zu sehr gefangen.

Während Marcel eine junge Frau ins Gespräch verwickelte, gesellte sich Frangenberg zu Liva, die sich leicht an das Bücherregal lehnte und sich die ganze Szenerie aus der Entfernung betrachtete. Offenbar fühlte sich der Kommissar auch abseits des Partygeschehens wohler. Oder hatte er die ganze Zeit auf einen Moment gewartet, mit ihr unter vier Augen zu sprechen?

»Wir wissen, dass Dörr vor drei Jahren – kurz vor dessen Verschwinden – mit Alex Kontakt aufgenommen hat. Auf seinem Laptop haben wir einen Mailverkehr sichergestellt, aus dem hervorgeht, dass sich die beiden erstmals im April verabredet haben. Sie müssen sich seither mehrfach getroffen haben.« Liva kam ins Grübeln. Das musste die Zeit gewesen sein, in der Alex erfahren hatte, dass er selbst Vater würde. Kurz darauf hatte er die Therapie bei Dr. Klatt begonnen.

»Und das ist Ihnen jetzt erst aufgefallen?«

»Wir haben dem Mailverkehr damals keine große Bedeutung beigemessen, weil es in der Korrespondenz vor allem um diesen alten Mordfall und die Hinrichtung aus dem Jahre 1864 ging. Dörr hatte behauptet, er habe Insider-Informationen, die in keiner historischen Quelle erwähnt werden. Wir dachten natürlich erst mal, dass es sich nur um einen fachlichen Austausch unter Historikern handelte. Aber heute erscheint das alles in einem ganz anderen Licht.«

Jetzt klingelte es Sturm. Ronja bellte aufgeregt, und kurze Zeit später kam eine ganze Gruppe Leute die Treppe hoch. Marcel aber schaute nicht mal auf. Er war immer noch dabei, die junge Frau anzubaggern, die inzwischen auf der Lehne seines Sessels Platz genommen hatte und ab und zu übertrieben laut lachte. Den war sie also los. Jedenfalls für heute Abend.

Jetzt, da sich die Wohnung immer mehr füllte, fühlte sich Liva hier zunehmend unwohl. Sie deutete mit einer leichten Kinnbewegung an, dass sie sich auf den Weg in Richtung Ausgang machen würde, und Frangenberg verstand sofort. Vermutlich hatte er auch keine rechte Lust mehr, hier zu bleiben. Etwas unbeholfen half er ihr im Flur in die Jacke.

»Sagen Sie mir Bescheid, wenn Sie diesen Severin Dörr festgenommen haben?«, fragte Liva. Das Bier hatte sie müde gemacht. Sie wollte jetzt nur noch nach Hause. »Ich würde gerne mehr über ihn erfahren.«

»Versprochen«, sagte Frangenberg und hielt ihr die Tür auf. Keiner schien zu bemerken, dass die zwei ihre halbleeren Flaschen einfach auf ein Schränkchen stellten und sich aus dem Staub machen wollten. »Und … Liva?« Der Kommissar hatte also doch noch etwas auf dem Herzen, das er ihr mitteilen wollte. Das hatte sie doch den ganzen Abend gespürt. »Machen Sie sich bitte nicht allzu große Hoffnungen, dass Alex zurückkehrt. Ich weiß aus eigener Erfahrung, dass man sich in so einer Situation gerne an jeden Strohhalm klammert. Aber die Wahrscheinlichkeit, dass jemand nach so langer Zeit einfach wieder auftaucht, ist wirklich sehr gering.« Das saß!

10. Oktober 1864,
Seesen, Christian Schwarz

Es ist ganz und gar undankbar. Heute werde ich also zum letzten Mal zur Tat schreiten. Nach dreiundvierzig Jahren im Staatsdienst. Unerhört. Zweifelt etwa jemand an, dass ich mit bestem Gewissen und mit großer Sorgfalt in all den Jahren 38 Mörder, Schwerverbrecher, Diebe, Ehebrecherinnen und Kindsmörderinnen enthauptet habe, um sie für ihre Gräuel-Taten zu bestrafen? Nicht selten habe ich diesen Sündern in ihrem letzten Moment tief in die Augen geblickt. Ich bin es also gewesen, die die schmutzige Arbeit verrichtet hat, die doch kein anderer hat machen wollen. Lebenslang wurde ich verachtet und bespuckt, musste im Wirtshaus aus meinem eigenen Becher trinken und vor den Toren der Stadt wohnen. Sobald ich aber zur Tat schritt, jubelten mir die Menschen zu. Wie einem Helden.

Auch dort werden wieder mehr als 20.000 Menschen bei der Hilberg'schen Hinrichtung erwartet. Ich werde besonders viel Kraft und Würde in diesen Schlag legen, denn es wird mein letzter sein. Und das nur, weil es plötzlich heißt, das Schwert habe ausgedient. Was immer gut genug war, ist auf einmal falsch.

Ich bin ein gläubiger Katholik, aber in dieser Angelegenheit lobe ich mir doch die Protestanten, die an der Kraft der alten

Methode festhalten wollen. Ginge es nach ihnen, wären meine Tage als Scharfrichter noch nicht gezählt, das steht außer Frage. Nur weil die Herren Juristen dort oben beschlossen haben, dass das Schwert als Tötungsmaschine nicht mehr taugt und die Hinrichtung kein öffentliches Ereignis mehr sein soll? Behaupten dreist, dass ein Fallbeil bessere Arbeit verrichten kann, als es das Schwert je getan hat. Eine Maschine soll also jetzt die Manneskraft aufbringen, ohne Gefühl und ohne Verstand? Dass ich nicht lache! Benutzt fühle ich mich, wie Unrat zur Seite gestellt. Das soll nun also der Dank sein? Dass man mich abserviert wie einen alten Gaul, der ein Gnadenbrot bekommt, an dem er dann auch noch erstickt? Und wie bitte soll ich das meiner Johanna sagen, dass wir in unseren letzten Jahren nur noch von 100 Talern leben müssen? Dass ich keine Hinrichtungen mehr ausführen darf, obwohl ich noch in voller Manneskraft stehe?

Dieses Schwert hier, das so schwer und stolz in meiner Hand liegt, wurde im Jahre 1663 von Peter Munich in Solingen eigens geschmiedet, um Gerechtigkeit walten zu lassen. Und das soll nun für immer ausgedient haben? Ich kann es exakt führen, wie bereits mein Vater Thomas und mein Großvater Johann, die mir die Kunst der Enthauptung nahegebracht haben. Zweiundachtzig Zentimeter reiner Stahl, denen man Respekt zollen muss. Muss! Ich werde dieses Schwert nach der letzten Hinrichtung ablegen wie eine Uniform. Ich werde es jemandem übergeben, der es zu schätzen weiß. Und mich dann – schweren Herzens – für immer von meiner Berufung lossagen.

Als letzten Auftrag werde ich – durch meine Hand und durch dieses Schwert – den Schuhmacher Ludwig Hilberg enthaupten. Einen skrupellosen Mord hat er begangen, ich hörte davon. Eine arme Tagelöhnerin soll er geschwängert haben und sie später mit dem ungeborenen Kind gemeuchelt haben. Die Justiz muss er genarrt haben, weil man ihm nichts nachweisen konnte. Und doch lag der Fall so klar. Ich hasse ihn schon jetzt so sehr, dass ich es kaum erwarten kann, sein Leben zu beenden. Was wird mir das Herz plötzlich so leicht und zugleich so schwer, wenn ich daran denke, dass dies mein letzter Auftrag sein wird. Meine letzte gute Tat. Dafür reise ich gerne nach Marburg, das ein schönes Städtchen sein soll.

Man soll mir morgen früh bei Sonnenaufgang die Kutsche bereiten. Das Schwert reinige ich selbst. Es geht auf seine letzte Reise!

9. Kapitel

Für ihre Verhältnisse war Liva wieder früh wach gewesen.

Genaugenommen hatte sie die ganze Nacht kaum schlafen können. Zuerst hatte sich der ominöse Anrufer um 18 Uhr gemeldet. Dabei hatte er wieder, ohne etwas zu sagen, einfach aufgelegt. Ein paar Minuten später hatte sich Konstantin gemeldet, um sich nach dem Gesundheitszustand ihrer Mutter zu erkundigen. Als er dann aber von der Postsendung gehört hatte, die Marcel von Köln nach Marburg weitergeleitet hatte, und von der Aktion mit dem Anrufbeantworter, den er einfach bei der Polizei abgegeben hatte, war er richtig sauer geworden. Diesen übergriffigen Typen müsse sie sich unbedingt schnell vom Hals schaffen, hatte er geschimpft. Sehr lustig. Denn schließlich war er es doch gewesen, der ihren Wohnungsschlüssel einfach so weitergegeben hatte. Was sie aber besonders aufgewühlt hatte, war die Tatsache, dass er plötzlich mit ihr nach dieser langen Zeit über Alex hatte sprechen wollen. Ob sie daran glaube, dass er jemals wiederkomme, wollte er wissen. Die Frage schmerzte und freute sie gleichzeitig. Sie erzählte ihm von Jessis Begegnung mit einer Person, die

Alex zumindest sehr ähnlich gewesen war, und ihrer großen Hoffnung, dass alles gut werde. »Ich habe ihm eine Botschaft an der Mordeiche hinterlassen. Wenn er lebt, wird er antworten«, hatte sie noch gesagt, da war die Verbindung abgebrochen.

Irgendwie hatte sie dieses Gespräch unruhig gemacht. Was, wenn Konstantin sich nun unnötig Hoffnungen machte? Es reichte doch, wenn sie selbst seit der Ankunft in Marburg durch den Wind war.

Liva wagte einen kurzen Blick nach draußen. Bestes Wetter. Gut. Ein Spaziergang würde sie jetzt auf andere Gedanken bringen. Und nicht nur die Bewegung würde ihr guttun: Sie hatte fest vor, einen Ort zu besichtigen, an den sie permanent denken musste. Eigentlich hatte sie immer geglaubt, Marburg wie ihre Westentasche zu kennen. Doch oben an der alten Richtstätte war sie nun wirklich noch nie gewesen.

Mit Melli hatte sie vereinbart, dass sie Wodka jederzeit auf eine Hunderunde abholen durfte. Vielleicht, so hoffte sie, würde sie nicht nur den Pinscher, sondern auch ihren Neffen Leon mal wieder zu Gesicht bekommen.

* * *

»Wann bringst du ihn wieder?« Melli hatte die Tür nur einen Spaltbreit geöffnet und reichte ihr die Leine heraus. Der Hund sprang freudig hinterher. Sie vermied es offenbar, ihr in die Augen zu schauen. Sowieso war sie sehr blass und wirkte dadurch fast ein wenig zerbrechlich. »Wir haben uns so sehr an den Kleinen gewöhnt. Wir wollen dir gerne anbieten, ihn bei uns zu behalten, falls das notwendig würde.«

Liva musste insgeheim zugeben, dass ihr gerade ein großer Stein vom Herzen fiel. Die Verantwortung für den Hund würde sie nicht alleine tragen können. Nicht in ihrer jetzigen Situation.

»Danke«, sagte Liva und zögerte kurz, bevor sie Wodka an die Leine nahm. Sie hielt ihn mit zwei Fingern am Halsband fest. »Das hilft mir sehr.«

»Du kannst ihn ja jederzeit sehen, wenn du magst. Wir alle brauchen Zeit, uns an diese neue Situation zu gewöhnen.«

Melli gab sich wirklich Mühe, eine Brücke zu bauen.

Wie gerne hätte Liva ihr gesagt, was sie alles gerade fühlte. Wie wichtig es ihr war, dass es sie gab. Sie und den kleinen Leon. Wen hatte sie denn noch, wenn ihre Mutter verstarb? Vielleicht deshalb hatte sie in den letzten Tagen viel an ihren Neffen denken müssen. Inzwischen sah sie diesen aufgeweckten kleinen Jungen als Chance für diese kaputte Familie. Das Kind gab ihr Hoffnung, dass alles doch wieder gut werden würde. Und es machte sie glücklich, zu wissen, dass ihre Mutter den Kleinen wenigstens die ersten Jahre hatte aufwachsen sehen. Sie bemerkte, wie sich Mellis große blaue Augen mit Tränen füllten. Immer noch sagte sie kein Wort.

»Eins noch: Meine Mutter wird gerade wieder von den Ärzten ins Leben zurückgeholt. Ich glaube, sie braucht euch – Leon und dich. Ich habe auf Station Bescheid gesagt, dass ihr sie besuchen könnt, dass ihr zur Familie gehört.«

»Wie geht es ihr?« Mellis Stimme war jetzt dünn und brüchig. Sie hatte viel mitgemacht, viel mehr würden ihre Schultern nicht mehr tragen können.

»Ehrlich gesagt, es gibt nur eine kleine Chance, dass sie das alles überlebt, sagen die Ärzte. Wenn nicht, ist es Zeit, sich von ihr zu verabschieden.«

»Danke«, sagte Melli jetzt. Sie schien es ernst zu meinen, denn auf ihrem Gesicht lag nun ein zaghaftes Lächeln. »Ich wünsche ihr so sehr, dass sie es schafft.«

Oben am Fenster im ersten Stock bewegten sich die Gardinen und ein schwarzer Haarschopf tauchte auf. Leon. Als sich ihre Blicke trafen, winkte er eifrig. Da empfand Liva seit Langem einen tiefen Moment des Glücks.

Es würde alles gut werden, solange es solche Kinder gab. Irgendwie.

* * *

Auf der Karte hatte sie sich den Weg zum Rabenstein bereits angeschaut – wenn sie sich beeilen würde, würde sie es bis 15 Uhr zur ehemaligen Richtstätte und zurück schaffen. Seit gestern Abend ging ihr dieser Ort, an dem sich ihr Bruder mit diesem ominösen Severin Dörr verabredet habe sollte, nicht mehr aus dem Kopf. Dass es dieses Treffen vor mehr als drei Jahren gegeben hatte, ging aus dem Mailverkehr hervor, dem die Polizei damals jedoch noch keine Bedeutung beigemessen hatte. Es habe, so Frangenberg, sicher noch weitere Treffen gegeben. Möglicherweise hatten sie aber später über ihre Handys kommuniziert. In dieser Zeit hatte sich Alex'

Verhalten extrem verändert. Und kurz darauf war er verschwunden. Das konnte doch kein Zufall sein.

Wodka ließ sich heute ganz schön bitten. Er trottet mehr als dass er lief. Für den alten Hund war die Strecke vielleicht doch ein bisschen weit, zumal die Sonne schon ganz schön brannte. Nachher, wenn sie in den Wald kamen, würde es sicher erträglicher werden.

»Komm, Kleiner, wir haben schon fast die Hälfte geschafft«, versuchte sie das Tier anzustacheln.

Der Rehpinscher schaute sie nur mit hängender Zunge und großen Augen an. Was willst du von mir, schien er sie fragen zu wollen. Große Sprünge konnte man mit ihm nicht mehr machen, so viel stand fest.

Auf Höhe des Schwimmbads hatte Liva wieder mal das Gefühl, verfolgt zu werden. Aber auch damit hatte sie in den letzten Tagen gelernt, umzugehen. Nicht jeder, der denselben Weg nahm, hatte es auf sie abgesehen. Sie hatte sich die Schrittgeräusche hinter sich und das Rascheln in den Sträuchern sicher nur eingebildet.

Scheppe Gewissegasse. Der Straßenname deutete schon darauf hin, dass es sich um den Weg zur Richtstätte handelte. Hier waren sie also vor Tausenden von Schaulustigen entlanggeführt worden, diejenigen, die man dann später dort oben hinrichten ließ. So jedenfalls hatte es in dem Aufsatz gestanden, den Liva nun schon mehrmals gelesen hatte. Alex hatte alle Fakten und Namen mit einem Textmarker markiert. Gewissenhaft wie er war, hatte er sogar Tippfehler korrigiert und manche Textstellen mit Bleistift kommentiert.

Und tatsächlich hatte sie auch eine Idee, was ihn an dieser Geschichte so fasziniert haben mochte. Es war die

Sehnsucht, zu wissen, woher er kam. Verstärkt durch die Tatsache, dass er selbst Vater werden würde und angestoßen durch die Kontaktaufnahme des Mannes, den er für seinen Vater hielt: Dörr, angeblich ein Nachfahre Hilbergs. Liva schauderte. Sie hatte es die ganze Zeit nicht wahrhaben wollen. Doch im Grunde hatte sie es schon geahnt, als sie mit Johanna Brauns in Bauerbach gewesen war. Als Alex die ganze Tragik dieser Geschichte klar geworden sein musste, war er verstummt. Er hatte es nicht mal geschafft, mit seiner Schwester darüber zu reden.

»Dachte ich mir, dass du auch irgendwann hier herfinden würdest«, hörte sie plötzlich hinter sich eine bekannte Stimme. Also doch. Da war ihr jemand gefolgt. Liva drehte sich herum und starrte den kleinen, schmächtigen Mann an, der sie freundlich angrinste.

»Wollen wir ein Stück zusammen gehen?« Zauner zeigte in Richtung Hansenviertel. »Hoch zum Rabenstein? Mit deinem Bruder bin ich oft hier langgegangen.«

Liva nickte. Seltsam, dass ausgerechnet der ihr heute über den Weg lief. Seit gestern schon hatte sie Willibald Zauner anrufen wollen, um ihn über die neuesten Entwicklungen zu informieren. Er konnte ja noch gar nichts davon wissen, dass dieses Richtschwert plötzlich bei ihr aufgetaucht war. Und auch nicht, dass die Polizei nun Severin Dörr auf der Spur war. Oder vielleicht doch? Was, wenn es gar kein Zufall war, dass er ihr jetzt über den Weg lief? Klang nämlich fast so, als hätte er gewusst, dass sie heute diesen Weg nehmen würde. Oder als wäre er ihr gefolgt.

»Was macht deine Abschlussarbeit? Kommst du voran?«

Unter anderen Voraussetzungen hätte Liva sich über sein Interesse gefreut, heute aber blieb sie lieber vorsichtig. Irgendetwas stimmte hier nicht. »Ja, läuft. Hab mir schon ein bisschen Theorie zum Thema draufgeschafft. Als Nächstes stehen Interviews mit ein paar Leuten an. Ich denke, das wird gut«, antwortete sie artig, obgleich sie wusste, dass es ihm gar nicht um sie ging. Letztlich verband sie doch nur eins: die Sorge um Alex. Prompt lenkte Zauner nun das Gespräch in genau diese Richtung.

»Fein. Wie man hört, hat die Polizei die Suche nach Alex wieder aufgenommen?«

Sein langsames Tempo machte sie wahnsinnig. Er schlurfte eher, als dass er lief. Er hatte es so gar nicht eilig, wie es schien. Mit seinen schicken, offenbar frisch gewienerten Schuhen und dem langen, hellen Trenchcoat passte er so gar nicht in den Wald, der vom nächtlichen Regen an manchen Stellen sogar noch ein wenig matschig war.

»Ja, so ist es. Es gibt Hinweise darauf, dass er ein paar Monate vor seinem Verschwinden mit einem Mann in Kontakt stand, der auch hinter dem Überfall auf meine Mutter stecken könnte. Severin Dörr.«

Zauner seufzte hörbar laut, als würde ihm ein riesiger Stein vom Herzen fallen. »Sie sind Dörr auf der Spur! Endlich. Das ist gut. Das ist grandios.«

Liva blieb abrupt stehen. »Moment mal. Sie kennen den Mann?«

Zauner nickte. »Ich erzähle dir gerne alles, was ich weiß. Hab noch ein paar Minuten Geduld, Liva.«

15. Juli 1864, Pfarrer Kolbe

Ich sehe es als meine Pflicht an, von dieser Sache öffentlich zu sprechen. Es ist jedoch nicht meine Absicht, das ganze Leben Hilbergs zu beschreiben, sondern nur das, was ich von ihm persönlich gesehen und gehört habe. Und weil es ebenso grausam ist, was er mir beichtete, werde ich dennoch vieles Andere aus anderweitigen Rücksichten zurückhalten. Just gerade jetzt komme ich aus seiner Zelle im sogenannten Hexenturm, und ich muss sagen, dass mich die ganze Angelegenheit nach wie vor selbst sehr verstört. Schon als ich ihn am 30. Juni zum ersten Mal in der Zelle besuchte, reagierte er sehr stark auf meine Persönlichkeit und die Anwesenheit unseres Herrn. Mit wenigen Worten hatte ich ihm gleich bei unserer ersten Begegnung eröffnet, dass mich der Wunsch treibe, seine Seele zu retten. Er blieb weiterhin stumm und vermochte dabei nicht, mich anzuschauen. Doch kaum hatte ich aus dem Marburger Gesangbuch das Lied Nummer 424 angestimmt, schrie und stöhnte er auf, dass es mir durch Mark und Bein ging.

»O Ewigkeit, du Donnerwort, o Schwert, das durch die Seele bohrt«, las ich mit bewegter Stimme und griff ihn mit den schärfsten Waffen an, die Gottes Wort auch heute darbietet, so lebendig und kräftig, ja schärfer als ein zweischneidiges Schwert.

Denn nun hauchte er: »Ja, ich habe es gethan.«

Und nun knieten mein Freund Pfarrer Wille, welchem die Seelsorge in den hiesigen Gefangenenhäusern obliegt, und ich nieder, um zunächst Gott zu danken, dass dem Sünder endlich das Band seiner Zunge gelöst und der Bann gebrochen war, der auf ihm gelegen. Ich habe nun dem Sündigen die Aufgabe gegeben, alle sechzehn Verse des Liedes O Ewigkeit, du Donnerwort *auswendig zu lernen und den 51.Psalm:* Gott, sei mir gnädig nach deiner Güte und tilge meine Sünde. *Unter Tränen sprach er nun von seiner Mordtat, die er als einen von Anfang an wohlüberlegten, mit kaltem Blut vollbrachten Meuchelmord hinstellte, in ihren wahrhaft entsetzlichen Einzelheiten. Dieser Mord übertrifft alles, was ich je von Dingen der Art gehört oder gesehen habe. Und ich bat ihn darum, seine Sünde noch heute seiner armen Mutter zu beichten, die ihn noch in Unschuld wiegt, damit dieselbe völlige Gewissheit über die Sache bekomme. Fehlt jetzt nur noch, dass er in Folge ein offenes Bekenntnis vor dem hiesigen Obergericht ablegt, um seine Schuld zu sühnen. Er bat zuerst, ich solle die Anzeige bei Gericht machen. Selbstverständlich lehnte ich dies Ansinnen ab, denn ein Geistlicher hat solche Meldungen nicht zu machen. Soweit ich weiß, hat er jedoch nach meinem Weggang die nötigen Schritte unternommen, um sich schuldig zu melden.*

Er rief mir noch klagend nach: »Ich habe ja zwei umgebracht, die Wiegand und mein Kind! Ich habe den Tod verdient!«

Daraufhin bin ich schweigend gegangen.

10. Kapitel

Sie erreichten nun das gemauerte Plateau auf der Anhöhe, das von einem steinernen Geländer umgeben war. Liva ließ Wodka von der Leine, und der Hund begab sich sofort auf Erkundungstour. Ruhig und friedlich lag der Rabenstein über der Stadt und gab trotz der hohen Hecken den Blick auf das Marburger Schloss auf dem gegenüberliegenden Hügel frei. Das mochte auch Hilbergs letzter Blick gewesen sein, bevor er gestorben war.

Zauner und Liva betraten die ehemalige Richtstätte, die – so stand es auf einer verwitterten Plakette – zunächst komplett verfallen war, bevor der Marburger Verschönerungsverein den Ort im Jahre 1907 restaurieren ließ. Sie blieben genau in der Mitte des Platzes stehen, der unter den hohen Bäumen im Schatten lag. Beide standen sie nun da, ohne zu reden. Eine Schweigeminute für all die Menschen, die seit dem Ende des 16. Jahrhunderts hier ihr Leben gelassen hatten?

»Hier hat unter Glockengeläut und großer Anteilnahme der Bevölkerung in den frühen Morgenstunden des 14. Oktober 1864 Ludwig Hilbergs Hinrichtung stattgefunden. Es gibt sogar Zeichnungen von dem Ereignis und natürlich unzählige Augenzeugenberichte. Es heißt, er habe es gelassen hingenommen, als man ihn auf diesen Stuhl schnallte, an dem man seinen Kopf gut fixieren konnte, und Scharfrichter Christian Schwarz mit seinem riesigen Henkerschwert zur Tat schritt.«

Liva wusste das schon. Dennoch schüttelte es sie vor Ekel, ihr wurde sogar ein wenig schlecht, wenn sie sich das vorstellte. Wie groß und Furcht einflößend diese Schwerter damals gewesen waren, hatte sie ja selbst gesehen. Es musste unglaublich viel Kraft erfordern, dieses Mordwerkzeug so präzise zu führen.

»Während feierlich die Kapelle aufspielte, muss dort drüben«, Zauner zeigte nun auf eine Stelle außerhalb des Areals, »der kleine Carl Dörr, Hilbergs unehelicher Sohn, an der Hand seiner Mutter Regine gestanden haben. Er hat alles mit angesehen. Wie man seinen Vater bespuckte, ihm dann den Kopf abschlug und später Einzelne versuchten, das Blut des Delinquenten zu trinken. Er hat die Hinrichtung seines Vaters mit eigenen Augen sehen müssen.«

Liva ahnte, worauf Zauner hinauswollte. Auch, wenn sich in ihr etwas heftig gegen die Wahrheit wehrte, wusste sie es im Grunde schon lange: Dass diese unfassbar grausame Geschichte etwas mit ihr zu tun hatte. Dass das Trauma dieses Kindes sich auf nachfolgende Generationen vererbt haben könnte. Und dass Alex das erkannt und seine Konsequenzen daraus gezogen hatte.

Zauner lehnte sich an die steinerne Balustrade und ließ den Blick über die Stadt schweifen. Dann schaute er Liva eindringlich an. »Wo ist eigentlich der Elisabethtaler, den ich letztens an einer Kette um deinen Hals gesehen habe? Deine Mutter hat ihn immer getragen.«

Liva griff sich automatisch an den Hals, dort, wo man immer noch einen leichten roten Striemen sehen konnte, weil der skrupellose Typ auf der Straße ihr die Kette einfach vom Hals gerissen hatte, während sie bewusstlos gewesen war.

Liva sah ihn fragend an, antwortete aber prompt. »Die Kette wurde mir gestohlen.«

»Dann hat er sie sich zurückgeholt, das Schwein.« Zauner ballte die Faust, sein Gesicht war schmerzverzerrt. »Dörr kennt keine Skrupel. Er ist getrieben davon, dass er alles besitzen und zerstören muss, was mit dieser alten Geschichte zu tun hat. Wie diese Kette, die Regine von Hilberg geschenkt bekam.«

Liva schaute ihn ungläubig an. Der Elisabethtaler war ein Geschenk des Schuhmachers an seine ehemalige Verlobte? Hatte er sie damit milde stimmen wollen? Besänftigen? Hatte er Versprechungen daran geknüpft? Die er dann letztlich nicht hatte halten können?

»Dörr wollte diese Kette unbedingt besitzen. Er hatte bereits Alex darauf angesetzt. Genauso auf das Richtschwert. Doch der Junge hat glücklicherweise nicht die kriminellen Energien seines Vaters geerbt. Er hat sich geweigert, seine eigene Mutter zu bestehlen.«

»Aber warum hatte sie die Kette überhaupt in ihrem Besitz, wenn sie Dörr gehörte? Und warum hat sie den Taler all die Jahre wie ihren Augapfel gehütet?«

Die innere Stimme, die Liva nun schon lange unterdrückt hatte, wurde immer lauter. Die Ahnung, die –

zuerst leise und sanft, dann immer lauter – an die Tür ihres Bewusstseins gepocht hatte, wurde plötzlich unüberhörbar. Jetzt wusste sie, was er als Nächstes sagen würde. Alles lag plötzlich so klar und deutlich vor ihr, dass sie es kaum ertragen konnte. Am liebsten hätte sie das Gespräch jetzt sofort beendet. Nicht weitergeredet. Den Film angehalten, die Stopp-Taste gedrückt. Doch Zauner sprach einfach weiter: »Dörr hat ihn ihr geschenkt. Zu deiner Geburt, Liva. Als euer Vater. Das war auch der Grund, warum er Alex kontaktiert hat. Er wollte ihn warnen. Vor sich selbst und seiner Familiengeschichte. Er erwischte ihn in einem Moment, in dem er selbst gerade erfahren hatte, dass er Vater werden würde. Das alles war etwas zu viel für ihn.«

»Warum hat er sich nicht all die Jahre vorher gemeldet?« Liva empfand plötzlich eine unglaubliche Wut auf den Mann, der ihr Vater sein sollte. Und sie schämte sich. Darüber, dass sie so blind gewesen war. Selbst ihr eigener Bruder hatte sie für dumm verkauft. Hatte sich hinter ihrem Rücken mit dem Mann getroffen, den es offiziell nicht gab. Was war vorgefallen, dass auch ihre Mutter über ihn geschwiegen hatte? Und dennoch all die Jahre einen Anhänger von ihm um den Hals trug? Hatte sie ihn immer noch geliebt? Hatte sie ihn deshalb mit ihrem Schweigen schützen wollen?

Livas Handy klingelte. Ausgerechnet jetzt.

Als sie die Nummer des Klinikums auf dem Display erkannte, wurde sie ganz blass. Was, wenn ihre schlimmsten Befürchtungen nun wahr wurden?

* * *

Trotz ihrer großen Eile hatte Liva es nicht rechtzeitig in die Klinik geschafft. Der Arzt – dieser Schoner – hatte ihr am Telefon mitgeteilt, dass es ihrer Mutter ganz überraschend sehr viel schlechter gehe. Liva hatte sofort das Gefühl gehabt, dass es nun zu Ende ging. Dankbar hatte sie also Zauners Angebot angenommen, den Hund bei Melli abzugeben. Und sie hatte sich umgehend auf den Weg auf die Lahnberge gemacht.

Seltsam, sie kam sich vor wie ein Roboter, der alles Notwendige absolvierte: die Anmeldung über die Sprechanlage, das Desinfizieren der Hände, der Gang über den langen Flur hinüber ins Trauerzimmer. Heute herrschte hier im fünften Stock der Klinik eine ganz besondere Stille. Totenstille.

Der Raum war durch Vorhänge abgedunkelt. Ihre Mutter lag aufgebahrt in der Mitte des Raumes. Das sah irgendwie friedlich aus. Man hatte ihr die Hände auf dem Bauch über dem weißen Tuch gefaltet, und auf dem Nachttisch daneben brannte eine Kerze. Das Gesicht der Toten kam Liva ganz fremd vor, vielleicht auch wegen des seltsamen Schattenspiels, das sich vom Kerzenschein auf ihr Gesicht gelegt hatte.

Da stand sie nun und streichelte behutsam die Hand der toten Frau. Es fühlte sich seltsam an. Sie hatte ihre Mutter fröhlich, aufgelöst, traurig, auch mal krank gesehen. Tot war anders. Tod war Kälte. War Tod auch Versöhnung?

Liva atmete schwer. Wie lange konnte man so dasitzen und einen leblosen Menschen anschauen? Wann hatte man genug Abschied genommen? Wie konnte man loslassen? Nach und nach kamen ihr Situationen aus ihrer Kindheit in den Sinn. Sie dachte an die gemeinsamen Weihnachtsfeste, die Urlaube in Italien und an der Nordsee, die immer kurz gewesen waren, weil das Geld ja knapp gewesen war. Die alleinerziehende Mutter hatte sich nicht viel leisten können, aber versucht, alles möglich zu machen. Und sie dachte daran, dass sie eigentlich eine glückliche Familie gewesen waren, bevor das mit Alex passiert war.

Und so empfand sie gerade vor allem Dankbarkeit. Und ganz viel Liebe. Gleichzeitig war da auch Wut. Denn wenn es stimmte, was Zauner sagte, dann hatte Theresa Lohrey ihren Sohn Alex maßlos enttäuscht, indem sie ihn auf dem Tiefpunkt seines Lebens einfach hatte fallen lassen. Aber was wusste dieser Lehrer schon davon? Ein unsicheres Gefühl blieb, dass die Mutter eigennützig gehandelt hatte und somit auch Schuld trug an Alex' Verschwinden. Ob sie jemals Gewissheit darüber haben würde, was wirklich passiert war?

Als sich Liva erheben wollte, sah sie, dass sich einer der Vorhänge leicht bewegte, obwohl gar kein Fenster geöffnet war und es kaum Luftzug im Raum gab. Auf den zweiten Blick konnte sie ein Paar schwarze Schuhe erkennen, die da herausschauten. Hatte sich da etwa einer ans Totenbett ihrer Mutter geschlichen und versteckt, als sie den Raum betreten hatte? Unfassbar, dass ihr jemand die ganze Zeit zugesehen haben musste, während sie in aller Stille Abschied nahm.

»Wer ist da?«, fragte sie in die Stille.

Jetzt trat ein kleiner, untersetzter Mann hinter dem Vorhang hervor. Sie war sich sicher, ihn noch nie gesehen zu haben. Und doch wusste sie sofort, um wen es sich handelte.

Severin Dörr.

Er legte den Zeigefinger auf seine Lippen. Offenbar wollte er ihr bedeuten, dass sie jetzt bloß nicht um Hilfe schrie. Sie hätte sowieso keinen Ton herausbekommen. Immer wieder hatte sie sich ausgemalt, wie es wohl sein würde, dem eigenen Vater zu begegnen. Nie wäre sie auf die Möglichkeit verfallen, dass dies am Totenbett ihrer Mutter passieren würde.

»Nur, wenn wir uns unserer Wurzeln bewusst werden, Liva, können wir mit uns und unserer Geschichte Frieden schließen. Theresa hat das leider immer verleugnet.«

Der Mann zeigte nun auf den toten Körper vor sich. »Sie hat immer alles unter den Teppich kehren wollen, was gewesen ist. Jetzt sieht man, was es ihr gebracht hat. Ein Chaos hat sie hinterlassen.«

»Was geht Sie das an?«

Dörr schaute Liva eine ganze Weile an. Sein Lächeln gefiel ihr gar nicht. Es kam ihr boshaft vor. Fast zynisch.

»Auch mir hat sie nicht zuhören wollen. Obwohl sie wusste, dass da bei mir etwas ganz tief drinnen sitzt, das sich immer seinen Weg nach draußen suchen wird. Da ist von Anfang an etwas in mir, das keine Ruhe gibt.«

Dieser alte, untersetzte Mann mit den graumelierten Haaren, der da vor ihr stand, war weder besonders sympathisch noch besonders schön und schon gar nicht so charismatisch, wie sie sich ihren Vater als kleines Mädchen immer ausgemalt hatte. Dieser Mann war ihr nicht nur fremd. Er stammelte auch einen gehörigen Mist vor sich hin. Und doch saugte Liva jedes seiner Worte auf wie ein Schwamm.

Dörr zeigte auf die Tote. »Ich habe sie sehr geliebt. Damit, dass sie mich verstoßen hat und somit auch von meinen Kindern getrennt hat, hat sie mich sehr verletzt. Aber ich habe es ihr heimgezahlt.«

»Wie?« Liva nutzte die Plauderlaune des alten Mannes aus und hoffte, dass jemand die Stimmen hören und ihn hinterrücks überrumpeln würde.

»Ich habe ihr damals einen Abschiedsbrief von Alex untergejubelt, in dem er ihr die Schuld an seinem Selbstmord gibt. Und sie hat es wirklich geglaubt. Dabei weiß ich selbst nicht, wo sich der Kerl aufhält. Ist wie vom Erdboden verschwunden, der Sausack.«

Liva hielt den Atem an. Das war also der Grund, warum die Mutter sich von Anfang an so sicher gewesen war, dass ihr Sohn nicht mehr lebte. Die Trauerfeier, die schwarzen Klamotten, die vielen Tränen. Dennoch hatte sie über diesen Brief nie gesprochen. Was musste sie sich geschämt haben! Vielleicht hatte sie ihn einfach im Kamin verbrannt. Oder im Schrebergarten am Heiligen Grund unter den Tomaten vergraben. Was musste sie mitgemacht haben in all den Jahren.

»Sie hat Ihren Namen nie erwähnt. Warum?« Liva hatte keine Angst vor dem Mann. Wenngleich er eine bedrohliche Haltung eingenommen hatte und ihr jetzt mit seinem massigen Körper den Zugang zur Tür verbaute.

»Weil ich ein gewalttätiger Mensch bin. Einer, der auch mal zuschlägt. Und einmal – in mir brodelte es wieder – habe ich nicht nur sie, sondern auch deinen Bruder geschlagen. Er war damals noch keine drei Jahre alt. Da hat sie mich einfach vor die Tür gesetzt. Das war grausam, glaube mir.«

Liva verstand. Das war es also gewesen. Er hatte Hand angelegt. Geschlagen. Zuerst die eigene Frau, dann das Kind. Das alles musste noch vor ihrer Geburt passiert sein. Die Mutter hatte sie, ihr ungeborenes Kind, schützen wollen.

Dörr lachte irre. »Ich habe mich immer gefragt, warum ich so geworden bin. Aber jeder Mensch ist nur die Summe des Glücks, aber auch des ganzen Leids, das seit Generationen auf seiner Familie lastet. Und ich trage nur Schlechtes mit mir herum, das weiß ich heute.«

Hätte dieser Mann nicht ungeahntes Leid über ihre Familie gebracht, hätte er ihr jetzt vielleicht sogar leid getan. Was für eine zerrüttete Existenz. Was für ein glückloses Wesen.

Livas Blick fiel auf den leblosen Körper ihrer Mutter. Ob Dörrs Auftauchen in der Klinik sogar der Grund gewesen war, warum die todkranke Frau in Panik geraten war? Spätestens in dem Moment, in dem sie seine Stimme erkannt hatte, musste sie voller Angst gewesen sein.

»Sie haben meine Mutter auf dem Gewissen«, sagte Liva, und sie spürte eine ungeheure Wut im Bauch.

Er aber lachte nur laut los. »Das musst du erst mal beweisen, Süße.«

Man hätte ihn nie zu ihr vorlassen dürfen. Wie oft hatten Naumann und seine Kollegen davor gewarnt, einer Komapatientin in dieser Phase zu viel zuzumuten. Nur wie, fragte sie sich, war der Mann an den Ärzten, Schwestern und Pflegern vorbeigekommen? Die Station war doch bewacht.

»Wie sind Sie hier überhaupt reingekommen?« Liva funkelte ihn böse an. Dass sie ihn weiterhin siezte, war nur logisch. Sie kannte diesen Mann nicht und sie wollte ihn auch gar nicht kennen.

»Hab mich als Leon Treuer ausgegeben, der Name meines Enkels. Hat geklappt, stand ja auf der Besucherliste.« Dörr schaute sie mit einem diabolischen Grinsen an. Unmerklich hatte er ganz langsam das Bett umrundet und war ein ganzes Stück nähergekommen.

Liva ärgerte sich, weil sie selbst die Namen von Melli und ihrem Sohn dort hinterlegt hatte. Damit hatte der Alte offenbar gerechnet und das ausgenutzt. Liva spürte, dass sie ihn in Schach halten musste. Sie musste ihn beruhigen, bis jemand kam und ihr half. Frangenberg vielleicht. Oder Konstantin. Der musste doch sowieso auf dem Weg zurück nach Marburg sein.

»Hilberg.« Lange Speichelfäden hingen nun in seinen Mundwinkeln, seine Wangen glühten vor Erregung. »Manchmal wache ich nachts auf und träume von ihm. Wie er da sitzt auf dem Rabenstein, die Augen rot vor Wut und Angst, die Fäuste hinter den Rücken gebunden und geballt. Ich höre die Schreie der Masse, die sich freut, dass es mit ihm zu Ende geht. Und ich sehe dieses riesige Schwert, wie es auf ihn hinunterfährt. Ich wache dann auf und schmecke Blut und Tränen. Das geht so, seit ich ein kleiner Junge bin.«

Sie ging jetzt automatisch einen Meter zurück, als er wieder einen Schritt nach vorne machte. Nun stand sie am Kopfende des Bettes. »Erklär mir das«, schrie er jetzt.

Liva machte eine beschwichtigende Geste, doch ihre Stimme klang krächzend hoch, voller Angst. »Ich bin ihm ähnlich, Liva. Auch ich habe meinen erstgeborenen Sohn im Stich gelassen. Habe einer anderen den Kopf verdreht, Theresa. Und wieder bekam ich einen Sohn. Alex war meine zweite Chance. Es hat mir das Herz zerrissen, dass ich nicht für ihn da sein durfte.«

Dörr brach plötzlich in schallendes Gelächter aus. Es störte ihn offenbar gar nicht, dass das hier ein Trauerzimmer war. Wie schon vor der lebenden Frau, hatte er offenbar auch keinerlei Respekt vor ihr im Tod.

»Dein Bruder war schon immer ein schlaues Kind gewesen. Als ich ihn vor drei Jahren kontaktierte und ihm erzählte, dass wir diesen Familienbann brechen müssen, hat er mir seine Hilfe angeboten. Er hat mir versprochen, sich auf die Suche nach dem Schwert zu machen. Um dich und Leon zu schützen.«

»Moment mal. Alex hat nicht allen Ernstes versprochen, dieses Schwert zu suchen, nur, weil Sie ihm diese Mörder-Story erzählt haben?« Liva konnte nicht fassen, was sie da hörte. Das klang wie in einer Mittelalter-Saga oder einem billigen Computerspiel, nicht wie eine Geschichte aus dem realen Leben. Andererseits hatte sie noch gut die Worte von Dr. Klatt im Ohr. Man konnte solche Übertragungen verhindern, wenn man sie nicht totschwieg.

»Angeblich hat er es sogar gefunden. Auf einem Dachboden eines entfernten Verwandten dieses Scharfrichters, in einem kleinen Dorf im Harz. Und was macht Alex, der Trottel? Er verschwindet damit auf Nimmerwiedersehen.«

Dann hatten die Einbrecher also dieses alte Richtschwert in Dörrs Auftrag gesucht. Da hätten sie lange suchen können, Alex hatte es vielleicht nie mit nach Hause genommen.

War er es gewesen, der ihr das Ding nach Köln geschickt hatte? Um es in Sicherheit zu wissen? Aber warum gerade jetzt? Warum nicht vor drei Jahren?

Dörr schien wie besessen von dieser alten Geschichte. Wenn er wirklich ein Nachfahre des Mörders Ludwig Hilberg war, stammte er ja auch von Carl ab. Einem Jungen, der seinen Vater hatte sterben sehen und sich davon vielleicht zeitlebens nicht mehr erholt hatte. Dörr war Opfer und Täter zugleich, ein Zerrissener, ein Getriebener.

»Wo ist mein Bruder?« Liva flüsterte zwar, aber man konnte sie gut hören. Sie bemühte sich um einen ruhigen Ton, weil sie ihn nicht weiter provozieren wollte. Vielleicht hatte sie jetzt endlich die Spur, die sie schon so lange suchte.

Das Gesicht ihres Gegenübers war jetzt eine einzige Fratze. Da war nichts Menschliches mehr in dem Gesicht.

Sie musste jetzt handeln. Unauffällig ließ sie ihre Hand am Bettrand entlangwandern und ertastete den Notfallknopf, der bei jedem Krankenhausbett zur Ausstattung gehörte und der sich etwas versteckt auf Höhe des Nachtisches befand. Das konnte er nicht sehen, von dort, wo er gerade stand. Unauffällig drückte sie auf den roten Knopf. Naumann, Schoner oder eine der Schwestern mussten sehen, wenn die Notlampe vor dem Zimmer leuchtete. Und sie konnten sich doch denken, dass es sich um einen ganz außerordentlichen Notfall handeln musste, weil doch in dem Zimmer nur eine

Tote aufgebahrt lag. Sie würden wissen, dass da etwas nicht stimmte. Oder schätzte sie das falsch ein?

»Wo ist Alex?« Liva brüllte fast.

Dörr war jetzt so nahe an sie herangerückt, dass sie ihn sogar riechen konnte. Es war eine Mischung aus Schweiß und süßlichem, altmodischem Parfüm, das ihr einen gewissen Würgereiz verursachte.

»Es gibt nur einen einzigen Menschen, der wissen kann, ob Alex noch lebt.« Und wieder zuckte ein diabolisches Grinsen über sein Gesicht. »Mein Erstgeborener, übrigens der Schlimmste in dieser kaputten Familie. Er hat zuerst seine Mutter zugrunde gerichtet und dann seinen eigenen Vater verraten. Und, wer weiß, vielleicht hat er auch seinen armen Bruder auf dem Gewissen.«

Von draußen hörte man laute Schritte. Es mussten mehrere Männer sein, die sich da gerade vor der Tür positionierten. Jemand riss die Tür auf, ein anderer richtete seine Waffe auf Dörr, der jetzt auch noch den zweiten Arm erhob und sich wortlos ergab. Ohne jeglichen Widerstand ließ er sich von dem bewaffneten Polizisten die Handschellen umlegen.

»Für mich ist es jetzt bald vorbei«, zischte er Liva noch zu, als er abgeführt wurde. Fast schien er froh, dass er nun in Gewahrsam war und keinen Schaden mehr anrichten konnte. Er hatte sich, wie Johanna Brauns nochmals erwähnte, auch keinerlei Mühe gegeben, seine Identität oder seinen Wohnort zu verschleiern. Vielleicht war er deshalb so lange unbehelligt geblieben. Keiner war ihm zunächst als Anführer einer Diebesbande auf die Schliche gekommen.

»Aber dein Leid, mein Mädchen, das fängt gerade erst an«, hörte sie ihn rufen. »Liva. Zerstöre alles, was man in meinem Haus gefunden hat. Zerstöre unser Unglück. Tue es für Leon.«

* * *

Die letzten Stunden waren an ihr vorbeigerauscht. Die Gespräche mit den Polizisten, mit den Ärzten, dem Beerdigungsinstitut. Naumann hatte ihr sein Beileid ausgesprochen. Er war merkwürdig reserviert, wie sie fand. Vielleicht hatte er herausgefunden, dass sie mit seiner Ex in Verbindung stand. Frangenberg war dann so nett gewesen, sie am Rothenberg rauszulassen. Sie war ihm sehr dankbar, dass er nicht gefragt hatte, was sie hier oben am Dammelsberg wollte. Jeder normale Mensch hätte sich vielleicht erst mal nach seinem Zuhause gesehnt.

Jetzt war sie also alleine. Mutterseelenallein. Sie ahnte, wie viel Kraft sie in nächster Zeit brauchen würde, bis sie die Ereignisse der letzten Tage verarbeitet haben würde. Dazu musste die Beerdigung gestemmt und längerfristig das Haus in Ockershausen verkauft werden. Das alles lastete ganz alleine auf ihren Schultern. Was sie zudem beschäftigte, war die Tatsache, dass sie sich ganz überraschend in Marburg wie zu Hause fühlte – eigentlich ja ein schönes Gefühl für eine Entwurzelte. Es würde schwer werden, das Elternhaus für immer aufzugeben. Aber was sollte sie mit der alten Bude?

Da kam ihr ein verrückter Gedanke. Einfach so, als sie plötzlich vor dieser alten Eiche stand.

Spontan legte sie beide Arme um den Baum und streichelte die morsche Rinde. Der Stamm war viel zu breit, als dass sie ihn ganz umfassen konnte. Sie schloss die Augen und konzentrierte sich kurz auf die Bereiche ihres Körpers, die die große Eiche berührten. Die Stirn, die Nase, den Mund, die Brüste, ihren Bauchnabel, die Knie. Was dieser alte Baum wohl erzählen würde, wenn man ihn ließe? Er würde sicher nicht nur von einer grausamen Mordtat erzählen können oder von Liebespaaren, die sich in seinem Schatten gefunden hatten. Vielleicht würde sie so auch erfahren, wie es Alex ging. Ihrem Bruder. Ob er wusste, dass seine Mutter für immer die Augen zugemacht hatte? Ob er von einem Halbbruder wusste, einem Erstgeborenen? Oder hatte Dörr sie da wieder mal hinters Licht führen wollen?

Liva setzte sich in den Schatten der breiten Krone, ließ die Hände durch das saftige Gras gleiten und lehnte sich an den Stamm. Ein starker Rücken, an den man sich lehnen konnte, hatte ihr immer gefehlt. Nachdem sie ihre Familie verlassen hatte, hatte sie immer nur Typen kennengelernt, denen Rückgrat und Verantwortung gefehlt hatte. Dieser Marcel, der sich heute Morgen mit einer knappen SMS aus Marburg verabschiedet hatte, war dafür das beste Beispiel. Ein Hallodri, der jedem Rock hinterherschaute.

Hier oben ist es so ruhig und friedlich, dachte sie. Fast empfand sie gerade etwas wie eine ganz seltsame, angenehme, innere Ruhe. Sie würde in Zukunft nur noch auf ihre eigene Stimme hören. Die hatte sie lange Zeit gar nicht mehr wahrnehmen können. War das nicht spannend herauszufinden, wer sie wirklich war?

Woher sie stammte und – ganz wichtig – wohin sie eigentlich wollte? »Ich bin Liva Lohrey. Bin Schwester, vielleicht sogar Halbschwester, ich bin Tochter und eine stolze Tante und ich kann meinen Lieben eine gute Freundin sein. Und vielleicht bin ich auch mal eine aufrichtige Liebende und irgendwann selbst Mutter. Das alles bin ich. Und noch viel mehr.« Welche Rolle spielte dieser Dörr da überhaupt? Sie hatte ihn bis jetzt nicht gebraucht, er würde auch für ihre Zukunft keine Rolle spielen. Da war sie sich sicher.

Der Kommissar hatte ihr auf der Autofahrt noch erzählt, dass man Severin Dörr nicht nur für den Überfall am Barfüßertor, sondern auch für den Raubmord auf Theresa Lohrey zur Verantwortung ziehen würde. Beide Taten waren in seinem Auftrag erfolgt, das hatte Gunnar Schäfer – inzwischen wieder bei Kräften und bereit, seine Entziehungskur nun endlich durchzuziehen – zu Protokoll gegeben. Sicher, so mutmaßte Frangenberg, würde Dörr wegen Anstiftung zum Raubmord und versuchten Totschlags an seiner Ex-Frau den Rest seines Lebens im Knast verbringen. Wie es hieß, hatte man in Dörrs Wohnung allerlei Diebesgut sichergestellt, darunter die Original-Ausreisepapiere Ludwig Hilbergs nach Amerika, die er wegen seines Haftantritts nie benutzt hatte, und ein zierlicher Ring aus echten Haaren, der von der Mitinhaftierten Maria Bald stammte. Außerdem war die Kette mit dem Elisabethtaler aufgetaucht – Frangenberg hatte ihr hoch und heilig versprochen, sie ihr zurückzugeben, sobald der Fall abgeschlossen war.

Am schwersten war es für Liva, dass es sich bei diesem Verrückten um ihren lange herbeigesehnten Vater handelte. Und daran gab es kaum mehr einen Zweifel: Als Liva noch aus der Klinik ihre Tante in Frankfurt telefonisch über den Tod ihrer Schwester informierte – überhaupt war sie die Einzige, die angerufen werden musste – konnte sie die unglückliche, jahrelange Liaison von Theresa mit Dörr bestätigen. »Dieser Teufel«, hatte Tante Hedwig sofort geflucht. »Ich habe ihr immer gesagt, dass er nie Ruhe geben wird. Auch, wenn man ihn totschweigt.«

Ja, alles totzuschweigen war in ihrer Familie so richtig angesagt, hatte Liva da bei sich gedacht. Alle hatten da also mitgemacht. Wohin das führte, sah man jetzt. Mord, Totschlag, Tränen und unglaublich viel Enttäuschung.

Livas Blick fiel auf die verwelkte Lilie, die etwas abseits des Weges lag, wo sie ein Unbekannter vor einigen Tagen abgelegt hatte. Der Stein lag in der Nähe, der Zettel mit ihrer Botschaft aber war nirgends zu sehen. Liva wurde plötzlich ganz aufgeregt. Sie sprang auf und inspizierte den Platz genauer. Unmöglich, dass der Zettel weggeflogen war. Eine leere Weinflasche lehnte an einem Felsbrocken, die letztens noch nicht da gewesen war. Bei genauem Hinsehen konnte man einen zusammengerollten Zettel darin ausmachen – ähnlich wie bei einer Flaschenpost. Sie hatte also tatsächlich eine Antwort erhalten?

Mit zitternden Fingern zog sie den zusammengerollten Zettel aus der Flasche und las die wenigen Worte immer und immer wieder: *Liebe Liva, ich freue mich, dass du auf einem guten Weg bist. Ich dagegen brauche noch Zeit, bitte sei mir nicht böse. In Liebe, Dein großer Bruder.*

Noch bevor Liva einen klaren Gedanken fassen konnte, hörte sie hinter sich schwere Schritte im Wald. Äste knacksten, ein Vogel floh lärmend durch die Baumkronen, panisch drehte Liva sich um. Da war jemand?! Da hatte sie doch eindeutig schwere Schritte gehört.

* * *

Dann hatte sie Konstis blaue Jeansjacke sofort durch das Buschwerk erkannt, als Nächstes war ihr sein schwarzer Haarschopf ins Auge gefallen, dann – als er immer näherkam – die stechend blauen Augen und dieses schöne Lächeln.

»Hej! Was machst du denn hier?« Ihr wurde es ganz warm ums Herz. Auf direktem Weg war er sicher nicht hergekommen, sondern quer durch die Prärie gelaufen.

»Hi!«, sagte Konstantin, wischte sich die Schweißperlen von der Stirn und grinste dann spitzbübisch. Er tat grade so, als würden sie sich jeden Tag hier oben treffen und als wäre dieses Zusammentreffen das Normalste auf der Welt. Spontan streckte er ihr seine Hand entgegen und bot ihr seinen starken Arm an, um sie vom staubigen Boden hochzuziehen. »Darf ich dir hochhelfen?«

Liva nahm das Angebot dankbar an. Dann umarmten sie sich wortlos. Sie mochte diese ruhige, feine Art an ihm. So war er immer, also auch, wenn er sein Beileid ausdrücken wollte. Kurz streichelte er ihr über den Kopf. »Weißt du eigentlich, wie lange ich dich gesucht habe?« Er tat so, als schimpfte er. Aber man konnte ihm anmerken, dass er nicht wirklich böse auf sie war. Warum auch? Sie war ein freier Mensch, konnte tun und lassen, was sie wollte. Vielleicht zum ersten Mal in ihrem Leben hatte sie niemanden, der auf sie wartete. Okay, außer Konsti, der aber selbst dauernd sein eigenes Ding machte, ohne sich abzumelden.

»Ich habe mir Sorgen gemacht, als ich vom Tod deiner Ma erfahren habe. Ich war in der Klinik, dann bei Melli, schließlich bei dir zu Hause. Erst Jessi hat mich auf die Idee gebracht, ich solle mal hier oben nach dir suchen.«

»Ja, ich wollte mich noch von diesem Ort verabschieden. Ich glaube, ich werde lange nicht mehr hierher zurückkehren.« Liva hielt Konstantin den Brief aus der Flaschenpost hin. »Lies.«

Während er auf den Zettel starrte und die wenigen Worte immer und immer wieder las, schaute sie ihn prüfend an. Seine Stirn lag jetzt in tiefen Falten. Ansonsten blieb sein Gesichtsausdruck starr und ausdruckslos.

»Von Alex?«, sagte er nur. Was ihm wohl gerade durch den Kopf ging? Er schaute sie an. »Er lebt?«

»Naja, sagen wir es mal so«, sagte Liva und hängte sich bei ihm ein, um ihn behutsam auf den Weg in Richtung Stadt zu lotsen. Es war Zeit, zu gehen. »Es will mich jemand glauben machen, dass er noch lebt. Und auch, dass er an mich denkt.«

Abrupt blieb er stehen. Wie groß er war. An den Schläfen konnte sie ein paar graue Haare ausmachen. Die Lachfältchen hatten sich tief in seine Gesichtszüge eingegraben. Das machte ihn fast noch hübscher.

»Wie meinst du das?«, fragte er erschrocken, sodass sie fast lachen musste über seine Ahnungslosigkeit.

»Naja, der Brief ist nicht von Alex. Es ist gar nicht seine Schrift.« Liva hatte es vom ersten Moment an gewusst. »Und nicht nur das: Er hasste es, sich als großen Bruder zu bezeichnen. Das hat er immer gesagt. Wir seien auf Augenhöhe. Das war sein Lieblingsspruch. Er hätte sowas nie geschrieben. Auch nicht im Spaß.«

Konstantin zitterte nun am ganzen Körper. »Aber … wer…?«

»Wer das geschrieben haben könnte?« Liva schob ihn weiter, sie wollte in keinem Fall Stillstand. Jetzt musste es weitergehen. »Einer, der es mit mir gut meint. Einer, der mir meine Hoffnung bewahren möchte. Jemand, der weiß, wie sehr ich an Alex hänge. Vielleicht einer, der selbst die Hoffnung noch nicht aufgegeben hat.«

Jetzt passierten sie den Kuttner, bald würden sie an der Hohen Leuchte sein. Diesen Weg war auch Ludwig Hilberg mehrfach gelaufen – in umgekehrter Richtung. Einmal, um zu morden. Die anderen Male, um nach der verwesenden Leiche zu sehen. Es war gut, dass man ihn gefasst und verurteilt hatte. Dass man ihn – wie damals noch üblich – auf grausame Art hingerichtet hatte, war es sicher nicht. Diese alte Geschichte, das wusste Liva jetzt, beeinflusste auch noch heute das Leben zahlreicher Menschen. Schweigend liefen sie weiter und traten nun aus dem Wald heraus.

»Sag mal, Konstantin, was weißt du eigentlich über deinen Vater? Du hast immer gesagt, er sei ein Arsch und habe deine Mutter im Stich gelassen. War er der Grund, dass sie angefangen hat, zu trinken?« Liva wusste, dass das jetzt etwas überraschend kommen musste. Doch es gab tatsächlich noch eine Frage, die ihr nicht aus dem Kopf gehen wollte. »Kennst du auch seinen Namen?«

Konstantin räusperte sich, man merkte ihm an, dass ihm dieses Gespräch unangenehm war. »Wie kommst du jetzt darauf?«

»Weißt du seinen Namen?« Liva blieb hartnäckig. Insgeheim machte es ihr gerade Spaß, den Freund aus der Reserve zu locken. Sie war viel zu lange begriffsstutzig gewesen, fast schon naiv. Nichts hatte sie kapiert. Doch jetzt lag alles so klar vor ihr. Sie musste diese Fragen stellen. Und hier konnte Konstantin vor den Antworten wenigstens nicht wegrennen.

»Ich wusste nicht viel über meinen Vater, bis er mich vor einigen Monaten persönlich kontaktiert hat. Er tauchte einfach so in Köln auf und wollte mit mir reden.«

»Severin Dörr«, ergänzte Liva.

Konstantin nickte.

»Er erzählte von einer schweren Krebserkrankung und dass ihm nicht mehr viel Zeit bleibe. Er habe es eilig, seine Sache zu Ende zu bringen, sagte er immer wieder.«

»Welche Sache meinte er?«

»Er hatte wohl all die Jahre verzweifelt nach Alex gesucht und ihn nicht gefunden. Mein Eindruck war, dass er sich nicht um ihn Sorgen machte. Es ging ihm einzig und allein um dieses alte Henkersschwert. Das fehlte ihm noch für seine Sammlung.«

Die Wahrheit. Es tat gut, dass sie nun jemand aussprach. Dass Alex, Liva und Konstantin denselben Vater hatten, war ihr in dem Moment klar geworden, als Dörr vor ihr gestanden und von der Existenz eines erstgeborenen Sohnes gesprochen hatte. Auch in dem Punkt stand er seinem Vorfahren also in nichts nach: der ehemals gutaussehende, charmante Frauenheld, der die Damen reihenweise bezirzte, sie schwängerte und schließlich sitzen ließ.

»Warum um alles in der Welt hortete er all diese Dinge?« Liva war so neugierig, dass sie es kaum noch aushielt. Vielleicht deshalb lief sie viel zu schnell den Berg hinunter, sodass ihre Knie zu schmerzen begannen.

»Seit wann weißt du, dass wir Geschwister sind?«, fragte Konstantin mit brüchiger Stimme. Ihm schien es nicht so leicht zu fallen, darüber zu sprechen.

»Seit heute. Dabei lag es irgendwie immer auf der Hand. Ihr wart doch schon immer wie Brüder, Alex und du. Eure ganze Haltung, der Gang, die schwarzen Haare, derselbe Humor. Und doch habe ich es erst gecheckt, als Dörr von einem Erstgeborenen sprach, der ihn verraten habe.«

»Er hat mir gedroht, dass er auch dich fertigmachen wird, wenn ich dir von unserer Begegnung erzähle. Da bin ich gegangen. Er wollte mich auf Alex ansetzen und hat mir sogar Geld versprochen. Aber ich habe abgelehnt. Da wurde er fuchsteufelswild.« Konstantin seufzte, als er daran dachte. Die Begegnung war ja noch nicht lange her. »Kurz dachte ich, er schlägt auf mich ein.«

Während Konsti am ganzen Körper zitterte, wunderte sich Liva gerade über sich selbst, dass sie das Ganze so sachlich betrachten konnte. Vielleicht, weil sie nicht nur selbst betroffen, sondern auch als Journalistin an dem Fall interessiert war. Half ihr diese Tatsache vielleicht gerade, Distanz zu wahren? Eins hatte sie sich aber vorgenommen: Sie wollte Konstantin keine Vorwürfe machen. Dafür war er ihr zu viel wert und im Grunde ja genauso in die Sache verwickelt wie sie. Ihn hatte ja auch niemand gefragt, in welche Familie er hineingeboren werden wollte.

»Er war wie besessen von der Idee, an dieses Schwert zu kommen. Und er war sich sicher, dass es Alex irgendwo versteckt hielt. Was er nicht wusste: Dass es all die Jahre auf meinem Schrank gelegen hat. Alex hatte mich darum gebeten, es aufzubewahren. Ich hab ja nicht ahnen können, was es damit auf sich hat.«

Schweigend gingen sie eine Weile nebeneinander her. Vollkommen normal, dass man so viele Dinge erst einmal für sich klarkriegen musste.

* * *

Am Haus angekommen, steckte Liva den Schlüssel ins Schloss. Hatte sie heute Morgen nicht zwei Mal abgeschlossen? Seltsam, denn die Tür ging bereits bei der leichtesten Drehung des Schlüssels auf. Dieses Misstrauen würde sie sicher noch lange begleiten. Dafür hatte sie in den letzten Tagen einen zu tiefen Einblick in die menschlichen Abgründe bekommen. Sie empfand Respekt gegenüber Leuten wie Frangenberg und Brauns, für die das ja Alltag war und die trotzdem weiterleben mussten.

Wie selbstverständlich betrat auch Konstantin hinter ihr den langen, dunklen Flur und zog an der Garderobe die Schuhe aus. Wie früher, eine kleine Routine, die Liva sofort registrierte. Zum ersten Mal fiel ihr auf, wie muffig es in dem alten Haus roch. Liva traf die Erkenntnis ganz plötzlich: Theresa Lohrey würde dieses Haus nie wieder betreten. Das machte sie unendlich traurig. Schnell versuchte sie, die traurigen Gedanken abzuschütteln. Sie würde trauern müssen. Ja. Irgendwann. Wenn dafür Zeit war.

Liva schüttete sich ein Glas Wasser ein und trank es in einem Rutsch aus. Dann hatte sie genug Mut gesammelt, eine weitere Frage zu stellen, die ihr auf der Seele brannte. »Und die regelmäßigen Anrufe abends?«

»Ich habe mir einfach Sorgen gemacht, wenn du nicht zu Hause warst. Dörr hatte ja angedroht, dir einen Besuch abzustatten.« Egal, ob er als treusorgender Bruder oder als bester Freund handelte, es kam in jedem Fall von Herzen.

»Der Typ, der mehrfach oben am Dammelsberg gesehen wurde. In alten, zerrissenen Klamotten. Mit diesem wirren Blick. Das warst auch du?«

Konstantin nickte niedergeschlagen. Es habe ja diese klitzekleine Chance bestanden, dass er Alex mit seinem Verhalten aus der Reserve locken konnte. Wenn er überhaupt noch lebte, hatte er von seinem Doppelgänger gehört. Er habe so sehr gehofft, dass er dadurch zurückkommen würde. Aber vor allem habe er Dörr täuschen und von sich ablenken wollen. »Ich konnte ja nicht ahnen, dass das so weite Kreise schlagen würde. Und dass Zauner auch darauf so anspringen würde. Er ist wie besessen von dem Gedanken, dass Alex noch lebt. Irgendwann kam ich aus der Sache nicht mehr raus.«

Liva breitete den Brief auf dem Küchentisch aus, den sie aus der Flaschenpost gezogen hatte. Dann kramte sie in den Tiefen ihrer Hosentasche und zog einen weiteren Zettel heraus, den sie danebenlegte. Jetzt wurde Konstantin noch blasser. »*Schaue heute bei meiner Mutter vorbei, melde mich, wenn ich noch Zeit für einen Kaffee habe.*« Liva hatte die Worte laut vorgelesen. »Das hast du geschrieben, Konsti.«

Man sah auf den ersten Blick, dass die beiden Briefe von demselben Verfasser stammten. Die Buchstaben wiesen denselben Schwung auf, selbst der Sprachgestus ähnelte sich.

»Es tut mir leid«, murmelte er. »Es war so schön zu sehen, wie du in letzter Zeit aufgeblüht bist im Gedanken an Alex' Wiederkehr. Ich wollte diese Hoffnung nicht wieder kaputt machen. Du bist doch ... meine kleine Schwester, Liva.«

Diese Hoffnung hatte ihr so gutgetan. Die Vorstellung, Alex vielleicht bald wieder in die Arme schließen zu können, hatte ihr Herz wieder ganz weich gemacht.

Jede Spur war ins Leere gelaufen, jede Spur zu Alex hatte sich nun zerschlagen. Aber vielleicht war es das einfach wert gewesen, um sie – Liva – aufzuwecken. Sie war dadurch in den letzten Tagen eine andere geworden.

* * *

Liva wollte nur noch schreiben. Dieses Bedürfnis war so stark wie nie. Ob sie jemals eine gute Journalistin werden würde, wusste sie nicht. Aber dass ihr das Schreiben guttat, das merkte sie bei jedem Wort, das aus ihr herauswollte. Die alte Schreibmaschine würde warten müssen und auch das Laptop hatte sie seit Tagen nicht angerührt. Sie wollte, dass die Worte aus der Feder aufs

Papier flossen, dass ihr Arm zur Verlängerung ihrer Gedanken wurde.

Liva fühlte sich wohl in Mellis Küche. Vielleicht würde sie hier ein paar Tage morgens an ihrer Reportage arbeiten können, solange Leon im Kindergarten und Melli auf der Arbeit waren. Dann würde Wodka nicht alleine sein und sie musste nicht im Haus an der Hohen Leuchte sein, wo sie alles an ihre Mutter erinnerte. Das schmerzte zu sehr. Dennoch hatte sie dieser kleinen Trauerfeier unter Freunden zugestimmt. Einfach, weil sie das ihren Marburger Freunden schuldig war.

Liva hatte es sich auf Mellis Eckbank gemütlich gemacht, neben ihr saß Leon und malte eifrig mit seinen stumpfen Holzstiften ein buntes Bild. Man konnte darauf nur eine Frau mit langen, weißen Haaren in einem Blumenfeld ausmachen, die freundlich lächelte.

»Das' die Oma!«, sagte er stolz. »Die Oma ist jetzt'n Engel. Weißt du, Tante Liva?«

»Ja, mein Schatz. Das weiß ich«, antwortete Liva und streichelte dem Kleinen über sein schwarzgelocktes Haar. Irgendwann würde sie ihm mal erzählen, dass er einen Vorfahren hatte, der ein guter Maler gewesen war.

Melli nippte gedankenverloren an ihrem Tee. Ihr Gesicht sah rot und verweint aus. Trotz ihrer Trauer hatte sie zugestimmt, das Treffen in ihrer Küche abzuhalten, weil sie eine kleine überschaubare Gruppe waren und sie auch nicht alleine sein wollte. Liva betrachtete sie lange aus den Augenwinkeln. Kein Wunder, dass Alex sich damals in sie verliebt hatte. Sie war immer noch unglaublich hübsch, wenngleich die letzten Jahren Spuren in dem einst so jugendlichen Puppengesicht hinterlassen hatten. Melli Treuer. Die so sehr geliebte, dann betrogene und später verlassene Freundin.

In dem Aufsatz über den Mord an Dorothea Wiegand stand, dass die Zeugin, die schon im ersten Prozess gegen Hilberg ausgesagt hatte, auch eine Treuer gewesen sei. Sie habe in den frühen Morgenstunden des 9. September 1861 mehrfach Schreie am oberen Dammelsberg gehört. Und nichts unternommen. Obwohl es sich angehört habe, »als ob Engländer streiten« und »jemand in Not« wäre, wie es wohl in den Prozessakten stand. An besagtem Tag war sie dennoch einfach wieder aufs Feld am Kuttner gegangen und hatte ihr Tagwerk verrichtet. Als wäre nichts passiert. Dabei hatte Dorothea Wiegand ja vielleicht noch gelebt, als sie die Schreie gehört hatte. Was wäre passiert, wenn die Frau gleich Hilfe geholt hätte? Liva würde diese Geschichte Melli gegenüber nie erwähnen, das hatte sie sich geschworen. Manchmal war es besser, man ließ die Vergangenheit ruhen.

Daneben saß Jessi, die gerade gedankenverloren aus dem Fenster schaute. Sie hatte Theresa Lohrey kaum gekannt, doch sie war gekommen, um ihren Freunden beizustehen. Ihre langen, roten Haare hatte sie zum Zopf gebunden, sie trug einen blauen Pullover, der ihr ausnehmend gutstand. Konstantin schien das auch schon aufgefallen zu sein, denn er hatte sich sofort neben sie gesetzt und sie in ein Gespräch verwickelt. Die beiden waren sich in den letzten Tagen nähergekommen, wie Liva bemerkt hatte. Die Halbbrüder Alex und Konstantin hatten sogar auch noch ein ähnliches Beuteschema, hatte sie amüsiert bei sich gedacht. Ihr geliebter Konsti. Der Mann mit dem großen Herzen, der immer allen half. Sie gönnte ihm eine große Liebe, die es ernst mit ihm meinte.

In Livas Kopf drehte sich nun alles. Wen konnte man von Schuld freisprechen? Wer hatte nicht mit seiner Familiengeschichte zu kämpfen? Wer war Täter und wer Opfer? Alex hatte sich diese Fragen vielleicht auch gestellt und beschlossen, seine Familie vor dem Wissen zu schützen, das ihn zerstört hatte. Deshalb war er gegangen.

Liva wusste in dem Moment, dass sie ihn lange nicht wiedersehen würde. Vielleicht auch nie mehr. Wer wusste das schon. Aber schreiben, schreiben würde sie über ihn können. Und irgendwann, wenn er alt genug war, würde sie Leon von dieser Geschichte erzählen. Selbstverständlich nur, wenn er sie danach fragen würde.

13. Oktober 1864, Abschiedsbrief von Ludwig Hilberg

Da nun meine Zeit und Stunde gekommen ist, dass ich nun mein Leben soll ablegen, dass ich hier von meinen Ketten und Banden entledigt soll werden, was ich auch gern thun will, denn ich hoffe von diesem vergänglichen Leben, wo nur lauter Jammer und Elend ist, aber in dem, wo Jesus leuchtet wie die helle Sonne, wo Loblieder gesungen werden, da will ich lieber sein wie hier, darum weinet nur nicht um mich, dass ich aus dieser Welt scheide, und ob einer stirbt durch das Schwert oder auf einem Bett. Wenn ich nun auch wohl diese Strafe rechtmäßig verdient habe, so will ich sie nun auch willig annehmen, denn ich will es so annehmen und denken, der liebe Gott hat mich hierhergebracht, dass er meiner Seele so ist nachgegangen, denn wer weiß was aus mir geworden wäre, wenn mich der liebe Gott auf meiner Freiheit gelassen hätte. Es war ja Gott ein kleines, aber es heißt immer, wen Gott lieb hat, den züchtigt er und er hat meine Seele geliebt, deshalb hat er mich nun gezüchtigt, aber meine Züchtigung hat mir zu einem Leben geholfen, dass ich die Gewissheit habe, dass mir der liebe Gott meine Sünde vergeben hat, denn ich habe meine Sünde Gott bekannt und erkannt, denn ein Sünder, der seine Sünden erkennt und bereut sie aufrichtig, der kann auch in Jesu Blut Vergebung finden für seine Sünden.

Liebe Mutter, ihr hättet mir wohl gern mein Leben erhalten, aber ich will gewiss Gott danken, dass mich der liebe Gott hier aus dem Leben erlöst hat, ich will gewiss danken, dass er mich dahin gebracht hat. Ich habe Tag und Nacht zu Gott gebetet, dass er mir meine Sünden vergeben möchte, denn es war mir gewiss bang vor der Ewigkeit, aber vor der nicht, welche zum Leben führt, nur vor der, wo ihr Wurm nicht stirbt und ihr Feuer nicht verlischt.

Darum so bitt ich euch alle herzlich, haltet an am Gebet, dass wir uns in jenem Leben wiedersehen. Ihr könnt dem Herrn Pfarrer Kolbe und dem Herrn Pfarrer Wilke danken, dass sie so viele Mühe an mich gewandt haben. Ich will noch in jenem Leben für euch beten. Lebet alle wohl.

Christina Bacher (Hg.)

SOKO MARBURG-BIEDENKOPF

Taschenbuch, 400 Seiten
ISBN 978-3-95441-293-8
10,95 EURO

Spannende Morde im hessischen Fachwerkidyll

Harmlos, friedlich, ungefährlich? Von wegen! – Tolle Tatorte zwischen Trachten und Tradition.

Vorbei an stolzen romantischen Schlössern, Kirchen und Burgen, durch malerische Fachwerkstädtchen und idyllische Wälder schlängeln sich die Flüsse Lahn und Ohm: Dort, wo Touristen und Studenten, Einheimische und Zugezogene meist friedlich Seite an Seite leben, ahnt kaum einer, dass sich dieses Idyll auch ganz schnell verfinstern kann.

Dann nämlich, wenn plötzlich Schüsse fallen und schrille Schreie ertönen, wenn die Gemeinden Amöneburg, Bad Endbach, Biedenkopf, Marburg, Neustadt, Niedereisenhausen, Rauischholzhausen, Rauschenberg, Weimar, Wetter und Wallau literarische Auftragskiller engagieren, die die spitze Feder buchstäblich in blutige Tinte tauchen.

Lustvoller Mord und höchst unterhaltsamer Totschlag von 26 Mitgliedern des »Syndikats«, der Vereinigung deutschsprachiger Krimiautorinnen und -autoren, die mit dieser spannenden Geschichtensammlung einem ganzen Landkreis ein literarisch-kriminelles Denkmal setzen.

KBV KRIMINALROMAN

KBV KRIMINALROMAN

Ulrike Bliefert

DIE SAMARITERIN

Klappenbroschur,
296 Seiten
ISBN 978-3-95441-435-2
15,00 EURO

Sie pflegt. Sie hilft. Doch sie kann auch anders ...

In einem alten Forsthaus am Rande der Eifel verzichtet die Krankenschwester Susanne Kleinschmitt auf ein eigenes Leben. Sie pflegt ihre Mutter – eine bösartige Frau, unter deren Tyrannei sie seit ihrer Kindheit leidet. Susanne ist die sprichwörtliche Samariterin, selbstlos, still, unsicher.

Doch dann, ebenfalls aus dem Wunsch heraus zu helfen, beginnt sie einen Briefwechsel mit dem Häftling Andreas Vogel, der in der JVA Diez einsitzt. Den Briefen folgen schon bald Besuche, aus Zuneigung wird schließlich Liebe. Vogel könnte bei günstiger psychologischer Beurteilung vielleicht schon bald die Freiheit wiedererlangen.

Es hat den Anschein, dass sich Susannes Leben ganz unerwartet zum Positiven verändert. Ist dies die Chance auf das Glück, das Menschen wie sie niemals für sich zu beanspruchen wagen? Doch dann tut sich plötzlich ein Abgrund auf, als sie etwas herausfindet, das sie niemals hätte entdecken dürfen ...

Ein äußerst raffiniert gewobener Thriller um Manipulation, Selbstzweifel und die Suche nach der Schuld.